L'héritière royale d'un docteur

*

Les jumeaux de Key West

TRACI DOUGLASS

L'héritière royale d'un docteur

Traduction française de
CHRYSTELLE POULAIN

BLANCHE

HARLEQUIN

Collection : Blanche

Titre original :
THE GP'S ROYAL SECRET

HARPERCOLLINS FRANCE
83-85, boulevard Vincent-Auriol, 75646 PARIS CEDEX 13
Service Lectrices — Tél. : 01 45 82 47 47 - www.harlequin.fr
ISBN 978-2-2804-8756-6 — ISSN 0223-5056

Composé et édité par HarperCollins France.
Imprimé en avril 2023 par CPI Black Print (Barcelone)
en utilisant 100% d'électricité renouvelable.
Dépôt légal : mai 2023.

FSC
www.fsc.org
MIXTE
Papier issu de sources responsables
FSC® C159065

Pour limiter l'empreinte environnementale de ses livres, HarperCollins France s'engage à n'utiliser que du papier fabriqué à partir de bois provenant de forêts gérées durablement et de manière responsable.

1.

Le prince Davian Michael Julian Henry Constantin de Loroso n'avait pas ménagé ses efforts pour que la croisière soit un succès.

Ses parents, le roi et la reine de Ruclécie, s'apprêtaient à faire le tour de la Méditerranée en deux semaines. Ce voyage, bien qu'organisé en urgence, devait être parfait. Il avait donc tout géré… du moins le croyait-il puisqu'un grain de sable menaçait à présent de tout faire capoter !

Davian pénétra résolument dans la cuisine. Pour lui qui maîtrisait les trois D – dévouement, diplomatie et détermination –, ajouter celui de la défaite aurait été catastrophique. Il écouta un moment le chef français déverser sa colère sur le steward principal, un Américain, puis il intervint :

— François, s'il vous plaît, soyez raisonnable. Posez donc ce hachoir.

Il avait employé le ton lénifiant qu'il utilisait parfois avec des confrères à l'ego surdimensionné. Lui-même chirurgien, il avait appris à enseigner ses techniques novatrices en respectant l'avis de chacun, sans froisser personne, et toujours dans l'intérêt des patients.

Mais, cette fois, il devait livrer une bataille différente à l'enjeu colossal : éviter de mettre en péril une croisière VIP où aucune anicroche ne serait tolérée.

— Non ! répliqua François, têtu. Je veux que ce type sorte de ma kitchenette.

La « kitchenette » en question n'était autre que l'office ultramoderne du *Querencia*, l'énorme yacht que Davian avait loué pour sa famille. Le bateau venait d'être rénové sous la supervision d'un designer et, en termes de luxe et de confort, la famille régnante de Ruclécie serait servie.

S'il avait voyagé seul, Davian n'aurait jamais eu les mêmes exigences. Le prestige ne l'intéressait pas. En tant que fils cadet, il avait vite pris conscience de son statut. Il avait été moins exposé – et aussi moins « gâté » – que son frère Arthur, l'héritier de la couronne. Ce qui était une excellente chose. Il n'avait aucun goût pour le pouvoir et les tracas qui accompagnaient ce genre de responsabilités.

Ces dernières années, Davian avait bâti sa carrière idéale. Jamais il ne renoncerait à la chirurgie, la meilleure façon pour lui d'aider son prochain, mais, très souvent, il faisait office d'assistant et de conseiller auprès de sa famille, et, là aussi, il recherchait la perfection.

Pour cette croisière, il avait recruté le personnel avec un soin méticuleux. Il avait choisi l'élite, mais à présent il fallait que tout ce monde-là s'accorde !

— François, posez ce hachoir, répéta-t-il. J'aimerais que vous m'expliquiez les raisons de votre colère. Noah a-t-il critiqué votre cuisine ?

— Ce type... prétend que mes *fines ravioles potagères au consommé ambré* ressemblent à du vomi ! explosa le cuisinier, un chef étoilé mondialement connu.

S'ensuivit une bordée de jurons que Davian, qui parlait six langues, n'eut aucun mal à comprendre. Il ferma les paupières et prit une profonde inspiration. En l'occurrence, la maîtrise du français n'était pas nécessaire. Les coups de hachoir sur la planche à découper en bois étaient assez éloquents...

Au temps pour le choc des cultures. Noah avait sans doute voulu plaisanter, rien d'autre. Davian s'était habitué à l'humour américain pendant ses études à Stanford, mais tout le monde n'avait pas la même expérience !

Il desserra son col de chemise. Avec les fourneaux en marche, la température devait frôler les 30 degrés. On avait ouvert les hublots, mais ce mois d'août s'annonçait torride, notamment à Gibraltar où le yacht était à quai.

— Je n'ai jamais dit ça, protesta Noah, qui s'était réfugié derrière lui. J'ai simplement suggéré de mettre un peu de couleur dans la sauce avant de servir ce plat à Leurs Majestés.

— *Bâtard ! Tu mens !*

— Stop ! Ça suffit.

Davian gratifia les belligérants d'un regard sévère. Il ne pouvait se passer ni de l'un ni de l'autre. Il devait juste faire en sorte qu'ils arrivent à cohabiter pendant quinze jours.

En toute honnêteté, lui aussi trouvait que les assiettes posées sur un chauffe-plat manquaient de fantaisie. Mais l'originalité gastronomique n'était plus à l'ordre du jour pour son père, le roi Philippe, qui avait subi un quadruple pontage l'année précédente après un infarctus. Les médecins avaient prescrit un régime draconien, et François appliquait les consignes à la lettre.

Outre la nourriture, le roi devait aussi mener une vie calme et sans stress. Ses conseillers avaient donc suggéré de l'éloigner après que la famille royale eut reçu des menaces de mort. On ne plaisantait pas avec ces choses-là en Ruclécie. Davian se rappelait encore le jour où son grand-père adoré avait été tué d'une balle en plein cœur…

Un nouveau coup de hachoir le fit sursauter. Il se tourna vers François.

— Ce plat m'a l'air parfait. Et, comme je suis votre employeur, mon opinion est la seule dont vous devez vous inquiéter.

Ces propos parurent calmer le chef, qui posa le hachoir sur le plan de travail devant lui.

— *Merci beaucoup*, dit Davian d'un ton calme.

Il pivota vers Noah, qui regardait toujours le cuisinier d'un air sournois. En mer, la rivalité entre l'office et le pont n'était pas une légende. Il s'en était aperçu lors des nombreuses croisières effectuées sur les bateaux de la famille royale. Les responsables se chamaillaient souvent pour des broutilles !

Un peu comme des frères. Comme Arthur et moi…

Le pouvoir générait son lot de tensions. Arthur avait dû s'accommoder d'un avenir tout tracé alors que Davian, lui, avait choisi sa voie. Néanmoins, il n'avait pas pu renoncer aux devoirs inhérents à son titre. Et c'est ainsi que, régulièrement, on le mandatait pour jouer à l'agent de voyages, au diplomate ou au maître de cérémonies. Puis on le congédiait dès que sa présence n'était plus indispensable.

Le temps passant, il trouvait ces sollicitations de plus en plus pénibles. Il en avait assez d'abandonner son poste toutes affaires cessantes dès qu'on avait besoin de lui. Quand cette crise serait terminée, il provoquerait une réunion de famille pour expliquer que, cette fois, la coupe était pleine. Il s'était assez sacrifié pour la Couronne.

Mais, avant cela, il devrait veiller à ce que la croisière se passe bien.

— Noah, faites en sorte que tout soit prêt pour mes parents et leurs hôtes, ordonna-t-il. François, continuez à bien cuisiner et ne vous occupez pas du reste. Qu'il n'y ait plus de problèmes entre vous deux pendant quinze jours ! Est-ce clair ?

— Oui, Votre Altesse, maugréa Noah.

— Très clair, renchérit François entre ses dents.

— Parfait. Je vous laisse.

Davian enfila la coursive qui conduisait à l'escalier desservant les cabines privées. Mais, à peine avait-il fait trois pas que le haut-parleur mural se mit à grésiller :

— Tout le personnel soignant est demandé sur le pont principal en urgence. Je répète : on attend tout le personnel soignant sur le pont principal !

L'affolement perceptible dans la voix du capitaine n'avait pas échappé à Davian, qui poussa un juron, fit demi-tour et piqua un sprint vers l'escalier opposé.

N'aurait-il donc jamais la paix ? Voilà ce qui arrivait quand on portait plusieurs casquettes ! Cette journée s'annonçait décidément longue. Très longue…

— Maman, qu'est-ce qu'on voit, là-bas ?

Le Dr Cate Neves sourit à sa fille Adella, laquelle pointait du doigt le plus célèbre promontoire de la péninsule ibérique.

— C'est le rocher de Gibraltar, chérie.

— Il est très grand, dis donc !

Du haut de ses cinq ans, Adella fronçait les sourcils, visiblement impressionnée.

— Oui, ma puce. Il est immense comparé à nous.

Cate s'agenouilla sur le pont supérieur du *Querencia* et entoura la taille d'Adella. Sa mission d'adjointe au médecin de bord s'annonçait passionnante, d'autant qu'elle avait pu emmener sa fille.

— Tu vois le bout de terre, là-bas ? C'est le Maroc. Ce pays se trouve en Afrique, sur un autre continent.

— C'est quoi, un continent ?

Elle s'esclaffa. Sa fille était en plein dans la phase des « pourquoi ». Vive et curieuse, Adella posait des questions sur tout, sans arrêt… comme elle au même âge !

— Un continent est une grande, grande étendue de terre.

Cate voulait profiter de cette quinzaine pour faire découvrir une foule de choses à Adella. N'était-il pas merveilleux de pouvoir apprendre en voyageant ?

— Il va où, maman, le bateau ?

— Mon nouveau patron veut faire le tour de la mer Méditerranée.

— Et c'est qui, ton patron ?

Adella se dégagea, puis courut vers les canapés haut de gamme installés sur le pont supérieur. Elle en choisit un et s'y installa avec son doudou – un singe baptisé Fred – sur les genoux.

— Je travaille pour le Dr Will.

Cate rejoignit sa fille, s'assit à son tour et regarda les dernières brumes de l'Atlantique se dissiper. Elle savait que le passage en Méditerranée se traduirait bientôt par une nette augmentation des températures. À la longue, elle était devenue experte en météo marine !

Si, en début de carrière, elle avait exercé comme médecin généraliste sur les ferries d'un tour-opérateur, elle privilégiait maintenant les missions plus courtes. Les propriétaires de yacht payaient bien, et le travail n'était pas trop contraignant. Néanmoins, pour la première fois, elle avait embarqué sans connaître l'identité de son employeur.

Chose rare, elle avait dû signer une clause de confidentialité en béton. Le Dr William Bryant, son référent direct, l'avait assurée qu'il s'agissait d'une simple précaution mais, malgré tout, elle aurait bien voulu savoir à qui elle avait affaire.

D'après Will, il s'agissait de personnes très respectables et aussi très riches. Elle avait donc accepté le poste, et sa rémunération généreuse dont elle avait bien besoin.

Son rêve d'ouvrir son propre cabinet aux États-Unis était sur le point de se concrétiser. Elle économisait le moindre dollar depuis qu'elle avait obtenu son diplôme à l'université de Stanford, cinq ans plus tôt. Ce dernier salaire allait donc lui permettre de démarrer dans des conditions très confortables.

Pour autant, elle trouvait cela un peu bizarre. Qui avait les moyens de s'offrir un voyage aussi luxueux et de payer tout ce personnel ? Sans être curieuse de nature, elle espérait le découvrir…

— On doit vraiment descendre, maman ? J'aimerais bien rester ici.

Elle ébouriffa la longue chevelure brune d'Adella en souriant.

— Moi aussi trésor, mais ce n'est pas possible. Je dois ranger l'infirmerie. Et, pour toi, il est l'heure d'aller manger.

Sitôt les dernières formalités accomplies, le capitaine lèverait l'ancre pour Marseille. Les touristes feraient ensuite escale à Monaco, après quoi on mettrait le cap vers la Sicile. Le voyage s'annonçait court, relaxant, et serait sans doute un régal, y compris pour les employés du yacht.

Pour une mère célibataire, la vie n'était pas de tout repos. Cate avait parfois eu du mal à joindre les deux bouts et certains remplacements avaient s'étaient avérés plus compliqués que d'autres. Mais, en général, les missions sur les bateaux privés étaient calmes. Elle ne traitait pas grand-chose, hormis des indigestions, des coups de soleil et des migraines dues à la chaleur.

De temps à autre, certains patients exigeaient une surveillance particulière. C'était le cas de son nouvel employeur qui, d'après Will, souffrait de problèmes cardiaques. La vigilance serait de mise, en espérant qu'il n'arriverait rien de fâcheux en mer.

Après avoir jeté un dernier coup d'œil sur le paysage enchanteur, Cate se leva, lissa les plis de sa chemise et de son pantalon immaculés, puis tendit la main à Adella.

— Allez mon cœur, c'est parti.

Adella la gratifia d'un sourire éclatant. Sa fille avait hérité du regard azur et de la beauté presque irréelle de son père. Cate ne l'avait pas vu depuis cinq ans, mais il lui semblait parfois que c'était la veille…

Elle avait d'abord été sidérée de découvrir qu'il lui avait menti. Ensuite, quand elle avait eu désespérément besoin de lui, elle avait voulu reprendre contact, mais en vain. Elle avait alors décidé de le bannir de son existence. Ayant grandi auprès d'un père aux abonnés absents, elle refusait que sa fille connaisse le même chagrin.

Main dans la main, elles descendirent le grand escalier qui menait à la cafétéria. Jamais elle ne regretterait d'avoir eu Adella. L'homme de ses rêves l'avait prise pour une idiote mais, en échange, la vie lui avait fait un magnifique cadeau !

— Fred aime bien être sur le bateau, chuchota Adella avec des mines de conspiratrice. Je pourrais avoir des fruits comme lui, maman, s'il te plaît ?

— Allons voir ce que le chef a préparé. Tout sera délicieux, j'en suis sûre.

Le monde des croisières privées était finalement assez petit. D'un voyage à l'autre, Cate retrouvait souvent les mêmes employés triés sur le volet, dont certains étaient devenus des amis. Ce n'était pas la première fois qu'elle emmenait Adella et, à la moindre occasion, ses camarades se proposaient pour faire du baby-sitting !

Ayant trouvé leur bonheur au buffet, elles s'installèrent près d'un hublot pour déjeuner. Cate dégustait son café lorsque, soudain, l'alarme retentit dans le haut-parleur :

— Tout le personnel soignant est demandé sur le pont principal en urgence, dit le capitaine. Je répète : on attend tout le personnel soignant sur le pont principal.

Cate bondit sur ses pieds et fit signe à Andy, une des stewardesses. Elles s'étaient rencontrées trois ans plus tôt, lors de la première mission d'Andy, laquelle était partie en mer après le décès de son compagnon dû à une leucémie. Leur vécu les avait rapprochées et, depuis, elles se voyaient autant que possible.

— Je dois y aller, trésor, dit-elle. Andy va te garder pendant que je travaille. Sois bien sage, d'accord ?

— D'accord, maman !

Cate se précipita vers l'infirmerie, récupéra sa sacoche puis se rua dans l'escalier. Un temps, elle avait pensé à devenir urgentiste car sa spécialisation dans un hôpital californien lui avait beaucoup plu. Mais la vie en avait décidé autrement. Elle s'était tournée vers la médecine générale afin d'être plus disponible pour Adella.

— Dr Cate Neves, annonça-t-elle d'une voix forte en arrivant sur le pont. Laissez-moi passer, s'il vous plaît.

Une dizaine de personnes entouraient une jeune employée qui, allongée sur le plancher, semblait avoir perdu connaissance. Cate s'agenouilla près d'elle puis chaussa rapidement son stéthoscope.

— Qu'est-il arrivé ? Quelqu'un a-t-il vu quelque chose ?

— Le personnel de service nettoyait les statuettes au-dessus du bar, expliqua le capitaine Stan. Alice a mis des gants et, presque aussitôt, elle s'est évanouie. Je n'y comprends rien. Ce n'est pas la première fois qu'elle en porte.

Cate secoua la tête. Les allergies au latex pouvaient se déclarer au bout de quelques mois après une exposition répétée. C'était probablement le cas ici, avec menace directe pour la vie de la jeune femme. Mais elle n'avait jamais perdu de patient et n'allait pas commencer !

Elle extirpa de sa mallette une seringue d'EpiPen. L'injection rapide d'adrénaline à haute dose aidait les victimes de choc anaphylactique en stimulant leur système cardiovasculaire. Il fallait espérer que cela fonctionnerait.

— Appelez une ambulance, s'il vous plaît. Quelqu'un parmi vous a-t-il des compétences en secourisme ?

— Oui, moi. Je suis médecin.

La voix grave, un peu rauque, parut étrangement familière à Cate. Elle devina qu'un homme se frayait un passage dans la foule. Quand il s'accroupit à son tour, elle releva la tête… et eut l'impression que son cœur s'arrêtait.

Oh non, pas lui ! Le père d'Adella ? C'était impossible !

Elle faillit se pincer pour être sûre qu'elle n'hallucinait pas. David Laurence était là, en chair et en os. Elle savait maintenant que ce n'était qu'un nom d'emprunt…

À l'époque de leur relation, il ne lui avait jamais révélé sa vraie identité. Elle pensait être tombée amoureuse d'un étudiant en médecine « ordinaire », comme elle. Mais tout, dans cette histoire, n'avait été qu'un leurre.

Heureusement pour elle, sa formation d'urgentiste lui fut d'un grand secours. Elle se reprit en trois secondes et se pencha de nouveau sur Alice, dont les bras et le visage étaient à présent couverts de plaques rouges.

Voyant qu'elle respirait mal, Cate lui releva sa jupe d'uniforme. Elle pinça la peau de la cuisse, puis injecta le contenu du stylo piqueur. La plupart du temps, l'amélioration se manifestait en quelques secondes. Et, de fait, le rythme cardiaque se stabilisa presque aussitôt.

— Des nouvelles de l'ambulance ? demanda-t-elle à Noah, le chef steward.

Du coin de l'œil, elle vit que David – ou plutôt Davian – vérifiait les constantes d'Alice. Que fabriquait-il sur le *Querencia* ? Elle jouait d'une malchance incroyable !

— Les secours arrivent, répondit Noah.

— Parfait, merci.

Elle jeta un nouveau coup d'œil sur Davian. Il fronçait les sourcils, un signe d'intense concentration chez lui. Elle se rappelait parfaitement ce détail… et le reste. D'ailleurs, il n'avait pas changé. Grand et sportif, il affichait la même silhouette élancée qu'autrefois. Et son regard azur était toujours aussi lumineux dans un visage bronzé aux proportions parfaites…

Le cœur serré, elle baissa les yeux sur Alice. La jeune femme était en train de revenir à elle, mais semblait désorientée. Elle lui tapota la joue.

— Alice, c'est le Dr Neves. Vous souvenez-vous de quelque chose ?

— N… Non. Qui sont ces gens ? Où sommes-nous ?

La patiente voulut s'asseoir, mais elle l'en empêcha d'une main posée sur sa poitrine.

— Vous êtes sur le *Querencia*, expliqua-t-elle gentiment. Vous faites une allergie sévère au latex. Avez-vous d'autres allergies connues ?

— Je… Non.

— Eh bien, maintenant, il faudra faire attention aux gants.

Tout en parlant, elle avait sorti son matériel de perfusion.

— Je vais vous mettre une petite aiguille dans le bras, Alice. Vous n'allez rien sentir… Voilà, c'est terminé. Cette perfusion fera gagner du temps aux médecins de l'hôpital. Je les appellerai dès que l'ambulance sera partie.

Elle s'écarta pour permettre aux secouristes d'installer la patiente sur un brancard. Dans le mouvement, son bras frôla celui de Davian, et elle ne put retenir un frisson. Cela avait toujours fait des étincelles entre eux. Apparemment, rien n'avait changé de ce côté-là…

— Pouls et tension normaux, annonça le chef des secouristes. L'EpiPen a fonctionné. Merci beaucoup, docteur.

L'homme reporta son attention sur Davian, écarquilla les yeux et inclina la tête.

— Merci également, Votre Altesse.

Cate sentit les poils se hérisser sur ses bras. Son ex, David Laurence, était en réalité le prince Davian de Loroso. Si seulement elle avait été moins crédule !

Lorsqu'ils s'étaient rencontrés à Stanford, elle l'avait pris pour un étudiant qui, comme elle, ambitionnait de devenir un bon médecin. Elle n'avait rien compris, rien soupçonné.

Une colère irrépressible déferla sur elle. Après avoir vu sa mère batailler toute sa vie, elle s'était promis de ne jamais connaître la douleur d'être abandonnée par un homme. Elle s'était dit qu'elle ne s'attacherait pas. Mais elle était tombée amoureuse de Davian, et avec quel résultat…

— Restez tranquille, Alice, conseilla-t-elle, s'arrachant à ces sombres réflexions. Vous allez vite vous rétablir.

— Je vais l'accompagner, décida le deuxième steward. Avec un peu de chance, ils la laisseront sortir avant le départ du bateau. On a quelques heures devant nous.

— Ça ira, je pense, estima-t-elle.

Après le départ d'Alice, elle commença à ranger ses affaires. À son grand désarroi, Davian s'accroupit près d'elle.

— Il faut qu'on parle, Cate. Je… ne m'attendais pas à te voir ici aujourd'hui.

Elle lut dans son regard à quel point il était troublé. Mais les états d'âme de ce menteur étaient le cadet de ses soucis.

— Moi non plus, siffla-t-elle, les dents serrées.

Elle fourra ses ciseaux dans sa mallette, puis se leva.

— Si Votre Altesse veut bien m'excuser…

La tête haute, elle tourna les talons. Pour elle, Davian n'existait plus. Elle n'avait rien à dire à un homme qui, cinq ans plus tôt, avait disparu sans explication.

Sans même un adieu.

2.

Accoudé au bastingage, Davian tentait de recouvrer son calme.

Cate était la dernière personne qu'il aurait imaginée voir à bord. Mais, tout bien réfléchi, de quoi s'étonnait-il ? Le destin les avait mis en présence une fois, alors pourquoi pas deux ?

Le Dr Will Bryant – un ex-professeur de Stanford – avait eu toute latitude pour choisir le personnel soignant du *Querencia*.

Will était l'un des seuls, à l'époque, à connaître l'identité de Davian. Il avait été son mentor, son guide. Mais le vieux médecin ne pouvait pas tout savoir. Il n'avait sans doute jamais été au courant pour Cate, sinon il ne l'aurait pas engagée…

Davian soupira. Cate avait représenté son idéal. Comment aurait-il pu oublier une jeune femme aussi adorable, brillante… et fascinante ?

Non, elle n'avait pas changé. Elle nouait toujours sa longue chevelure dorée en queue-de-cheval. Elle était restée mince, avec de jolies courbes. Et, surtout, son magnifique regard émeraude n'avait rien perdu de son éclat. Davian avait toujours pensé que ses yeux reflétaient sa beauté intérieure…

Où avait-il puisé le courage de se séparer d'elle ?

Arrête. Tu te fais du mal.

Réinventer l'histoire ne servirait à rien. Il n'avait pas eu le choix. Il avait respecté ses obligations familiales, puis il avait bâti sa carrière. Que pouvait-il espérer de mieux ? Cate avait dû tourner la page depuis belle lurette !

Pour autant, il trouvait curieux de la voir exercer son métier sur un bateau. La médecine « d'agrément » n'avait jamais paru l'intéresser. À l'époque, elle voulait travailler comme urgentiste dans des dispensaires réservés aux plus démunis. Il aurait bien aimé connaître les raisons d'un pareil changement de cap…

Avait-elle été perturbée par leur rupture ? Elle avait forcément dû lire l'annonce de ses fiançailles dans la presse people. Quel gâchis !

Ce mariage avec la fille d'un haut dignitaire ruclécien avait été arrangé quand il était encore au berceau. Il n'avait été qu'un pion dans le grand jeu d'échecs royal. Une histoire de politique et surtout d'argent car la Ruclécie vivait essentiellement du tourisme. Alors il fallait vendre du rêve !

Davian était très attaché à ses parents et à son frère. En tant que personnes, il les trouvait gentils, honnêtes et loyaux. Mais tous étaient pris dans l'engrenage du pouvoir et, pire encore, du devoir. Son père n'avait que ce mot à la bouche à longueur de journée.

Pour Davian qui s'était toujours montré docile, vivre aux États-Unis avait été une révélation. Le changement s'était accentué après sa rencontre avec Cate car il s'était pris à rêver d'une vie différente. D'une vie « normale », libre, auprès d'une femme qu'il aimait et qu'il aurait choisie.

Il commençait à y croire quand la réalité l'avait rattrapé de plein fouet. Son père avait eu une alerte cardiaque. Davian avait dû partir en catastrophe, comme un voleur. Il comptait revenir à Stanford rapidement et tout expliquer à Cate, mais le destin s'en était mêlé. Les responsables du palais avaient rendu ses fiançailles publiques – sans tenir compte de ses protestations – pour occuper la presse et cacher la maladie du roi !

Namina, la jeune fille qu'il devait épouser, s'était également rebellée contre ces méthodes. Elle ne désirait pas non plus se marier et, sitôt le roi guéri, ils avaient annoncé leur rupture. Mais, hélas, il était trop tard. Cate avait déménagé quand il avait enfin eu la permission de rentrer aux États-Unis. Ses tentatives pour la retrouver (appels, messages et enquête auprès de ses amies) étaient restées vaines…

Frustré et malheureux, il avait fini le semestre. Il avait ensuite dit adieu à Stanford pour rejoindre son pays natal où, depuis, il exerçait la médecine tout en remplissant ses fonctions princières.

Si seulement son avenir avait pu être aussi paisible que les flots bleus de la Méditerranée…

Il soupira. Cate et lui avaient passé plusieurs années séparés. Rien n'indiquait qu'ils pourraient rattraper le temps perdu. Beaucoup d'eau avait coulé sous les ponts. Il devait penser au présent au lieu de remâcher cette vieille histoire.

S'il avait suivi son instinct un peu plus tôt, il aurait couru derrière Cate. Il l'aurait suppliée de lui accorder quelques minutes pour s'expliquer. Mais à quoi bon, finalement ? Laisser les choses en l'état serait plus simple.

Simple ? Tu plaisantes ? Ta vie a toujours été compliquée.

Il détacha les mains du bastingage et rajusta sa cravate. Même s'il faisait trop chaud pour porter un costume, il ne voulait pas heurter ses parents d'emblée. Il devait garder son énergie pour la discussion qu'il projetait d'avoir avec eux…

Au loin, un taxi-ambulance approchait. Il vit Alice, la jeune stewardesse, en descendre avec Noah. L'équipage s'affairait sur le quai. Le départ était imminent, et Cate devait s'en réjouir. Il était sûr qu'elle aimait la mer. Elle avait toujours apprécié la nature, les grands espaces, la liberté…

Il se détourna puis traversa le pont, ralentissant malgré lui à l'endroit où ils avaient secouru Alice. Il avait senti les mêmes vibrations qu'autrefois. L'attirance magnétique qui le poussait vers Cate n'avait pas disparu, loin de là.

Cinq ans avaient passé, mais il en était toujours au même point.

3.

Cate verrouilla l'armoire à médicaments, lissa les plis de sa blouse et jeta un regard satisfait autour d'elle.

L'infirmerie haut de gamme du yacht était prête. Elle espérait ne pas y accueillir trop de patients mais, en tout cas, la cabine réservée au personnel soignant avait fière allure et tout était en ordre.

Carrie, la réceptionniste, avait imprimé les dossiers médicaux de leurs employeurs – un couple d'une soixantaine d'années. Leur nom n'apparaissait pas, mais les informations étaient arrivées par mail via un serveur inconnu.

Elles avaient ainsi découvert que la dame ne présentait aucun problème particulier, hormis une banale arthrose. Le monsieur, en revanche, était sous surveillance renforcée après un quadruple pontage. Néanmoins, s'il suivait son traitement à la lettre, il n'y avait aucune raison pour que la croisière se passe mal. Au contraire, cette escapade ne pouvait que lui faire du bien.

Cate leva le nez vers la pendule et sursauta. Elle devait maintenant récupérer Adella, qui s'était prise d'amitié pour le chef François au point de squatter la cuisine !

Comme disait le proverbe africain, « il faut tout un village pour élever un enfant », et dans son cas cela se vérifiait. L'éducation d'Adella était riche de rencontres et d'échanges sur les bateaux. En revanche, elles voyaient peu de monde à Boston où elles habitaient, sauf bien sûr la mère de Cate. Lorsqu'elle aurait ouvert son cabinet, les choses changeraient encore. Elles devraient repartir de zéro. Il y aurait l'école, un nouvel environnement…

— Hello, docteur !

La voix féminine l'arracha à ses pensées. Alice, la jeune stewardesse, se tenait devant elle, un peu pâle mais souriante.

— J'ai eu la permission de revenir à bord. Tout va bien, annonça-t-elle en lui tendant un dossier.

Cate le parcourut, puis leva la tête et sourit.

— Excellent ! Je vous conseille quand même d'aller vous coucher tôt. On a frôlé la catastrophe aujourd'hui.

— Je n'en reviens pas. Je n'avais jamais eu dc problèmes avec le latex auparavant.

— Cela arrive quand on est trop exposé à une substance. C'est la même chose pour certaines allergies alimentaires.

— Wow… Eh bien je me méfierai des gants, ne vous inquiétez pas. Merci mille fois, docteur.

— Mais de rien. Je n'ai fait que mon travail.

Après le départ d'Alice, elle rangea le dossier et soupira. Son nom figurait sur les papiers comme médecin urgentiste ayant pratiqué le sauvetage, associé à celui de Son Altesse le prince Davian…

Elle avait beau chercher, elle ne comprenait toujours pas ce qu'il faisait à bord. Elle avait reçu un gros choc en le voyant apparaître. Pourquoi là, maintenant ? Elle n'avait plus besoin de lui. Il était bien trop tard ! Allait-il participer à la croisière ? Et, si oui, pourquoi ?

Révoltée par ses mensonges, elle avait soigneusement évité tous les articles parlant de la Ruclécie, mais elle connaissait tout de même certains détails. Elle savait par exemple que Davian ne régnerait jamais puisqu'il avait un frère aîné, lequel avait lui-même deux enfants. Adella devrait donc, logiquement, avoir la paix.

Elle crispa les poings dans ses poches. Jamais elle n'accepterait que sa fille mène une existence « différente ». Qu'elle vive entourée de gardes du corps ou soit obligée de mentir comme Davian avait dû le faire aux États-Unis. Ce serait non !

En grandissant, Adella commençait à poser des questions sur son père, ce qui était normal. Jusqu'alors, elle lui avait donné des réponses assez vagues, mais maintenant que Davian avait refait surface… Que dire ? Que faire ? Quelle catastrophe. Il réapparaissait au plus mauvais moment !

Elle n'avait pas eu besoin de lui pour construire sa vie de mère célibataire. Et si, cinq ans plus tôt, elle avait dû abandonner son projet social, ce n'était plus le cas. Au retour, elle allait enfin ouvrir son propre dispensaire dans un quartier défavorisé.

Rien ni personne ne l'en empêcherait. Surtout pas Davian.

— Coucou ! Je crois qu'une petite fille cherche sa maman !

Pivotant, elle découvrit Noah et Adella plantés sur le seuil. Sa fille vint se jeter dans ses bras, et elle l'étreignit, la joue posée sur ses cheveux.

— Maman ! J'ai fait cuire des panais. C'est tellement bon !

— Vraiment ? Depuis quand es-tu fan de légumes, toi ?

Elle se redressa et sourit à Noah.

— Merci de l'avoir ramenée.

— Je t'en prie, avec plaisir… Au fait, le capitaine nous attend tous sur le pont dans cinq minutes pour les présentations officielles.

— Oh là là, d'accord. Merci pour l'info. J'arrive.

Elle entraîna Adella vers leur cabine, où elle l'installa confortablement sur son petit lit. Après quoi elle alluma la télévision et choisit une chaîne de dessins animés.

— Ça m'embête de te laisser seule, chérie, mais je n'en ai pas pour longtemps.

— Je ne suis pas toute seule ! Fred va regarder Pat Patrouille avec moi.

Elle s'esclaffa.

— Dans ce cas, c'est parfait. À tout de suite, trésor.

Après avoir vérifié son reflet dans le miroir, elle quitta la cabine et se dépêcha de rejoindre le pont principal. Elle y arriva juste à temps pour voir un cortège de trois limousines noires, aux vitres teintées, longer le quai. À peine les conducteurs avaient-ils freiné que six gardes du corps jaillirent. Ils parlaient dans des micro-casques, regardaient partout et, finalement, ils entourèrent la voiture du milieu.

Le chauffeur descendit ouvrir la portière. Elle vit alors un couple d'une soixante années sortir, l'homme d'abord, la dame ensuite.

Sur un yacht, le personnel était formé à la discrétion. On pouvait regarder sans en avoir l'air, mais défense de manifester son admiration ou sa surprise. Pourtant, cette fois, Cate faillit pousser un cri de stupeur. Ces gens n'étaient autres que le roi et la reine de Ruclécie !

Non, non, non. Elle allait passer quinze jours avec les parents de Davian. Elle comprenait une foule de choses, à présent…

En revanche, elle ne s'expliquait pas pourquoi ces gens fortunés, qui possédaient plusieurs bateaux, avaient loué le *Querencia*. Et, à voir la tête de ses camarades, il semblait clair que plusieurs d'entre eux se posaient la même question.

Soudain, une boule d'angoisse lui noua la gorge. Et si les souverains croisaient Adella ? Que feraient-ils s'ils notaient sa ressemblance avec Davian ?

Paniquée, elle faillit prendre ses jambes à son cou. Elle pouvait encore récupérer sa fille, empoigner les valises qu'elle n'avait pas défaites et partir loin, très loin.

Trop tard. Le couple royal avançait sur le tapis rouge qu'on avait déroulé pour eux devant le *Querencia*. Davian les attendait sur la passerelle et, après les avoir accueillis – de manière plutôt guindée –, il les invita à monter à bord.

Le cœur de Cate se mit à cogner dans sa poitrine. Cette journée allait de mal en pis. Le visage tendu de Davian ne faisait d'ailleurs rien pour atténuer son malaise…

Un par un, il présenta les membres d'équipage à ses parents. Quand le couple royal s'arrêta devant elle, Cate esquissa une révérence maladroite.

— … et voici le Dr Cate Neves, adjointe au Dr Bryant.

— Je suis très honorée, Vos Majestés, balbutia-t-elle.

Elle se redressa, croisa le regard de Davian et frémit. Les genoux tremblants, elle maintint un sourire crispé jusqu'à ce que les souverains s'arrêtent devant Noah, qui était à côté d'elle. Jamais elle n'avait vécu moment plus difficile sur un bateau !

L'épreuve terminée, elle se dépêcha de rejoindre Adella. Il lui semblait déjà que cette croisière si prometteuse avait tourné au cauchemar…

Des cauchemars, elle en fit justement toute la nuit, la faute à cette situation inédite qui la bouleversait.

Elle se réveilla tôt et se rendit compte qu'elle avait pleuré dans son sommeil. Elle vit par le hublot que le *Querencia* était à quai. Le capitaine avait rallié Marseille pendant la nuit pour permettre à ses hôtes de profiter au maximum de leur journée…

Épuisée, elle prit une douche tiède puis, une fois n'était pas coutume, se maquilla légèrement. Il était hors de question que sa fille soupçonne quelque chose. Elle devait continuer à faire bonne figure !

Parce qu'elle n'avait pas le choix, elle emmena Adella prendre son petit déjeuner au self. Elle ne souhaitait guère entendre parler de ses illustres employeurs, mais elle allait devoir s'y faire. Après tout, elle n'avait « que » deux semaines à tenir.

Quinze jours. Une éternité. Néanmoins, elle devait raisonner en professionnelle. Elle avait toujours donné le meilleur d'elle-même pour ses employeurs et il n'y avait pas de raison que cela change.

En revanche, elle n'avait aucune obligation envers Davian. Il n'était pas son patron. Elle ne lui devait rien et, partant de là, elle comptait l'éviter au maximum. Bien sûr, elle lui dirait la vérité au sujet d'Adella, mais cette révélation pouvait attendre. Elle avait besoin d'un peu de temps pour absorber le choc des retrouvailles.

Tandis qu'Adella, reposée et en pleine forme, courait en direction de Noah pour lui montrer sa poupée, Cate se dirigea lentement vers le buffet. Elle avait la tête ailleurs ce matin-là. Elle se revoyait cinq ans plus tôt, fraîchement diplômée et malheureuse. Sa mère lui avait suggéré de partir en mer plutôt que de faire des remplacements à Boston. Elle avait souligné qu'un changement d'horizon lui ferait du bien… et elle avait eu raison sur toute la ligne !

Cate avait travaillé dans des conditions idéales. Elle avait beaucoup voyagé – la plupart du temps avec Adella –, vu du pays, rencontré des gens formidables. Maintenant, elle était prête à poser ses valises.

Son dernier challenge serait de ne pas croiser trop souvent Davian et sa famille. Cela devrait être facile puisque, d'habitude, les touristes descendaient souvent à terre pour des visites organisées. Elle devrait juste veiller à ce qu'Adella ne se promène pas partout mais, là encore, rien d'infaisable.

Le tour de Méditerranée bouclé, elle repartirait l'esprit serein avec la perspective d'écrire un nouveau chapitre. Davian n'en ferait pas partie. Même s'il apprenait la vérité au sujet d'Adella, elle comptait bien le tenir à l'écart définitivement.

Elle avait assez souffert comme cela.

Après une nuit agitée, Davian avait résolu de prendre son « problème » du moment à bras-le-corps.

La veille, il s'était renseigné sur les heures d'ouverture de l'infirmerie. Sachant que Cate ne serait probablement pas débordée de bon matin, il avait expédié le petit déjeuner, et maintenant il longeait d'un bon pas la coursive moquettée et repeinte à neuf qui desservait le cabinet médical.

Il atteignait son but quand la porte de l'infirmerie s'ouvrit en grand. Cate se figea sur le seuil, les yeux écarquillés. Il devina qu'elle allait se réfugier à l'intérieur et leva la main.

— Cate ! Attends, s'il te plaît. J'aimerais te parler.

— Je n'ai pas le temps, murmura-t-elle.

Il glissa un pied dans l'entrebâillement de la porte. D'habitude, il se montrait beaucoup plus courtois, mais il ne voulait pas laisser passer sa chance. Si Cate se méfiait de lui, il n'aurait peut-être plus l'occasion de la croiser…

— Si c'est pour une consultation, il faut prendre rendez-vous, dit-elle, glaciale.

Il eut un rire incrédule.

— Pour que tu aies le temps d'annuler ? Oui, bien sûr !

Elle pesta entre ses dents et se détourna. Puis elle se mit à parler tout bas et Davian, étonné, relâcha légèrement sa pression sur la porte. Y avait-il un patient à l'intérieur ? Il ne voulait pas la déranger dans son travail, juste lui parler…

À sa grande surprise, elle ressortit au bout d'une minute, ferma la porte et se dirigea vers l'escalier le plus proche.

— Où vas-tu ?

— Sur le pont promenade, répondit-elle sèchement.

Elle semblait très contrariée, mais quoi de plus normal ? Elle avait toutes les raisons de l'être. Il était donc primordial qu'il puisse enfin s'expliquer.

Sitôt dehors, elle traversa l'espace détente pour aller s'accouder au bastingage. Elle avait noué sa longue chevelure en chignon, mais l'air marin faisait voleter quelques mèches sur ses tempes. Il dut résister à la tentation de les remettre en place…

Après avoir chaussé des lunettes noires de style aviateur, elle s'absorba dans la contemplation de la mer.

— Que fait Ton Altesse sur le *Querencia* ? Ta famille doit posséder une vingtaine de yachts. Mais pardon… Je devrais peut-être dire « votre » famille.

Dans sa bouche, le mot « Altesse » sonnait comme une insulte. Et elle proposait de le vouvoyer ? Sérieusement ?

— On n'a pas besoin de formules de politesse, Cate.

— Non ? J'ai le droit de t'insulter, alors ?

Il soupira. Qu'aurait-il pu espérer d'autre ? Il avait mérité cette rancune.

— Je voulais te présenter mes excuses. Je suis vraiment, terriblement désolé d'être parti comme un voleur. J'aimerais… que tu saches enfin pourquoi.

— Je m'en moque ! riposta-t-elle, glaciale. Cela n'a plus d'importance.

— C'est important pour moi.

— Alors, comme ça, tu ne te fiches pas de tout ? Je suis ravie de l'apprendre.

Il cilla sous l'attaque. Elle ne devinerait jamais combien il avait souffert de l'abandonner. Il culpabilisait depuis cinq ans.

Il avait pensé à elle chaque jour depuis qu'il avait dû sacrifier leur amour à son devoir.

Mais, aujourd'hui, la donne avait changé. Il avait trente-deux ans. Il était fatigué de faire passer la vie des autres, parents, frère et citoyens de Ruclécie, avant la sienne.

Cate se détourna, la tête haute.

— Je dois retourner à l'infirmerie. Je vous souhaite un excellent séjour, Votre Altesse.

— S'il te plaît, Cate !

Il la rejoignit et pivota, dos à l'escalier, afin de lui barrer le passage.

— J'aimerais crever l'abcès, implora-t-il. Si tu savais comme j'ai espéré pouvoir tout te dire…

Elle le toisa, les bras croisés sur la poitrine. Il insista :

— Accorde-moi juste quelques instants pour m'expliquer. Ensuite, je ne t'embêterai plus. C'est promis.

Il eut l'impression que le silence durait une éternité. Sans voir les yeux de Cate, il sentait son regard le brûler à travers les lunettes noires. Et soudain, au moment où il allait renoncer, elle leva les deux mains.

— Tu as cinq minutes. Je suis pressée.

Elle se dirigea de nouveau vers la rambarde, et il la suivit, tout heureux malgré les circonstances. Comme elle lui avait manqué ! Elle n'avait pas été qu'un amour de jeunesse. Elle avait été sa confidente, sa meilleure amie. Personne ne l'avait compris aussi bien qu'elle. En la quittant, il avait eu l'impression de perdre une partie de lui-même.

À cette minute précise, il voulait tenter l'impossible pour balayer la colère, le chagrin et la rancœur qu'il sentait en elle. Il ne pouvait pas supporter qu'elle le déteste à ce point !

Il inspira à fond pour se donner du courage. Néanmoins, une voix d'enfant l'interrompit au moment où il allait parler.

— Maman ! Je voulais prendre l'air, alors Noah m'a emmenée sur le pont d'en bas. Je me suis fait un nouveau copain. Regarde, il est venu avec moi ! Il s'appelle Paulo. On peut jouer pendant que tu discutes, dis, maman ?

4.

Cate serra les poings pour dissimuler la panique qui montait en elle.

Adella venait de débarquer au plus mauvais moment, et Davian semblait intrigué. Avait-il perçu son malaise ? Comment sortir de ce mauvais pas ?

— Je… Bien sûr, chérie.

Elle évita le regard de Davian, courut vers les enfants et s'agenouilla près d'eux.

— Coucou, Paulo ! Tu dois être le fils de Juan…

— *Si*, répondit le bambin avec un large sourire édenté.

Juan, un Espagnol, travaillait sur le yacht comme mécanicien. Divorcé depuis peu, il s'occupait de Paulo en garde alternée. Et c'est ainsi que, pour cette croisière, l'équipage comptait deux enfants à bord, pour la plus grande joie des collègues !

Laissant les nouveaux amis à leurs jeux, Cate se leva puis, sans se presser, retourna vers Davian. Il n'avait apparemment pas perdu une miette de la scène.

Dis-lui la vérité. Pourquoi pas maintenant ?

Elle secoua la tête de manière imperceptible. Elle n'était pas prête. Jamais elle n'aurait cru que ce moment arriverait si tôt.

— Comme tu peux le voir, j'ai avancé, dit-elle.

Davian eut l'air chagriné, et elle s'en voulut de lui avoir fait de la peine. Puis elle se reprit. Après tout, qu'espérait-il ? Il ne l'avait pas attendue !

— Toi aussi, tu es passé à autre chose, reprit-elle. Tu es marié, tu as peut-être fondé une famille…

— Je ne suis pas marié.

Elle eut l'impression que le tonnerre éclatait à ses pieds.

Pour une nouvelle, c'en était une. Elle aurait peut-être dû suivre l'actualité de la Ruclécie au lieu de faire l'autruche.

— Pardon, je croyais… Quand as-tu divorcé ?

— Je ne suis pas divorcé non plus.

Quelle idiote. Elle aurait été mieux inspirée de se taire !

— Je suis vraiment, terriblement désolée. J'ignorais que tu avais perdu ta femme.

Il poussa un juron étouffé et secoua la tête.

— Mais non, ce n'est pas ça. Je n'ai jamais été marié. Namina et moi avons annulé nos fiançailles peu de temps après la publication des bans. Cette rupture a fait les gros titres, alors j'ai cru que tu savais…

Se détournant, il passa une main nerveuse dans sa chevelure ébouriffée. Déjà à l'époque, elle aimait le voir décoiffé, les cheveux au vent. Elle avait toujours pensé que cela faisait partie de son charme ravageur.

Agacée, elle se chapitra. La nostalgie ne la mènerait nulle part !

Elle comprit que Davian s'était ressaisi quand il lui fit face une nouvelle fois.

— J'ai toujours supposé que tu étais au courant, Cate. J'aurais dû t'appeler tout de suite, mais… c'était le chaos chez moi. Et, quand je suis revenu à Stanford, tu étais introuvable. J'ai souvent pensé à approfondir mes recherches, mais plus les mois défilaient, plus je me disais qu'il était trop tard. En plus, j'avais peur de t'embarquer dans mes histoires de famille. Elles ne sont pas passionnantes, crois-moi.

Il la regarda droit dans les yeux, puis conclut :

— J'ai cru que le temps adoucirait les choses. De toute évidence, je me suis trompé.

— Effectivement.

Le temps n'avait pas été leur allié, au contraire. Mieux valait donc en finir avec cette histoire une fois pour toutes.

— Allons nous asseoir sous la pergola, suggéra-t-elle. Je suis prête à t'écouter.

Ils allaient bouger quand un cri les fit bondir tous les deux.

Ils se retournèrent en même temps, puis coururent vers le jacuzzi. Une minute plus tôt, Cate avait vu les enfants chahuter autour du bassin. Paulo avait visiblement glissé sur le plancher mouillé et, à présent, il était allongé par terre de tout son long !

Davian s'agenouilla pour prendre le pouls du garçonnet.

— Chérie… Que s'est-il passé ? demanda Cate en attirant Adella dans ses bras.

— On jouait au loup… et Paulo, c'était lui le loup… et, quand je me suis retournée pour voir s'il m'attrapait, il a marché dans la grosse flaque là-bas, et il s'est cogné la tête sur le bord du jacuzzi. Maman, il est pas mort, dis ?

Alertés par les cris d'Adella, plusieurs membres d'équipage s'étaient rués sur le pont. Un murmure affolé parcourut le groupe lorsqu'ils virent Paulo inconscient, et une petite tache de sang maculer le plancher.

— Appelez une ambulance, ordonna Davian. Et allez chercher son père. Pouls régulier, respiration normale, ajouta-t-il.

Cate opina, puis confia sa fille à Noah qui s'était rapproché, devinant sans doute qu'elle aurait besoin de lui.

— Trois minutes, dit-elle en jetant un coup d'œil sur sa montre.

Davian tapota la joue du garçonnet.

— Paulo, est-ce que tu m'entends ? Essaie de te réveiller, s'il te plaît !

— *Santo Christo !*

Juan venait d'accourir, complètement paniqué. Il s'agenouilla près de son fils et se prit la tête à deux mains.

— Qu'est-ce qu'il a fait ?

Mal à l'aise, Cate lui narra les circonstances de l'accident. Si elle avait mieux surveillé les petits, rien ne serait arrivé ! Elle s'était laissé distraire par Davian. Elle s'était pourtant promis que cela n'arriverait plus !

Soudain, Paulo battit des paupières. Il gémit, voulut se redresser, mais Davian l'en empêcha.

— Reste tranquille, mon grand.

— Paulo, *mi hijo*, chuchota Juan d'une voix rauque en étreignant la main de son fils.

Il chuchota des paroles réconfortantes en espagnol, qui produisirent un effet immédiat. Davian put ainsi terminer son examen juste avant que les brancardiers ne montent à bord. Pour la seconde fois en moins de quarante-huit heures, il avait fallu appeler les secours. Cela n'était encore jamais arrivé à Cate auparavant…

— Quel âge a Paulo ? demanda Davian.

— Sept ans, répondit Juan d'une voix étranglée.

— Garçon de sept ans, chute avec trauma crânien. Perte de connaissance pendant trois minutes. Pouls bilatéral fort et régulier. Respiration OK, résuma-t-il aux ambulanciers.

Il n'avait sans doute pas arrêté la médecine, songea Cate. Ou alors, il avait de beaux restes…

— Lacération de deux centimètres à droite, compléta-t-elle. Sutures à prévoir. Je ne pense pas qu'il y ait de fracture, mais il faudra vérifier.

— Je vais leur dire de réserver une place au scanner, annonça le chef secouriste.

Davian fit une petite blague qui eut le mérite de détendre Paulo. Il put ainsi lui passer une minerve, juste avant que les ambulanciers ne prennent le relais avec la civière. L'intervention s'était déroulée en un temps record, un vrai soulagement pour Cate.

— Ils vont bien te soigner, Paulo, murmura-t-elle. Tu seras vite de retour sur le bateau.

— Papa t'accompagne, mon cœur, renchérit Juan. On va aller à l'hôpital tous les deux.

En quelques minutes, le jeune blessé et son père furent pris en charge par l'équipe française. Les employés du yacht retournèrent à leurs occupations, et Cate se retrouva seule avec Davian, Adella et Noah.

— J'ai eu très peur ! s'écria Adella dans un sanglot.

— Je sais, ma chérie. Mais Paulo va vite se rétablir.

— Si on allait manger une glace ? suggéra Noah avec un clin d'œil. Maman doit sûrement avoir des papiers à remplir…

— C'est vrai, mais cela peut attendre. Je ne voudrais pas abuser, Noah, répondit-elle gentiment.

— Au contraire, ça me fait plaisir.

— Dis oui, maman ! renchérit Adella, visiblement requinquée par cette suggestion.

Elle secoua la tête en souriant.

— D'accord pour cette fois, mais c'est exceptionnel. D'habitude, on ne mange pas de glace à 9 heures du matin !

Le duo parti, elle se troubla sous le regard inquisiteur de Davian.

— Bien joué, dit-elle pour détourner son attention. Je suppose que tu exerces toujours ?

— Merci. Oui, je dirige un centre hospitalier universitaire en Ruclécie. Quand je ne suis pas au bloc, je supervise la formation des internes. Je suis bien occupé.

— C'est génial… Tant mieux pour Paulo qu'on ait pu le prendre en charge sans attendre. J'espère qu'il pourra vite sortir de l'hôpital.

— À mon avis, il n'a rien de grave.

Il se détourna légèrement, puis regarda l'escalier où Noah était descendu avec Adella.

— Donc, tu es maman.

— Oui, lâcha-t-elle d'une voix rauque.

— Je suis content pour toi. Tu disais toujours que tu rêvais d'avoir des enfants… Comment s'appelle-t-elle ?

— Adella.

— C'est un prénom magnifique. Il lui va bien. Elle est très jolie.

Le sourire en coin de Davian la rendit nostalgique. Elle avait toujours flotté sur un nuage en le voyant sourire de cette manière.

— Quel âge a-t-elle ?

Elle hésita. Si elle disait la vérité, il ne tarderait pas à faire le calcul. De toute façon, elle ne s'imaginait pas mentir.

— Cinq ans.

— D'accord.

Il parut réfléchir puis, soudain, il se rembrunit.

— Tu es vite passée à autre chose, dis-moi…

— Dois-je te rappeler que tu t'étais volatilisé sans explication ? Tu aurais voulu que je t'attende toute la vie ? ironisa-t-elle.

Il baissa le nez sur ses chaussures.

— Bien sûr que non. Ce n'est pas ce que je voulais dire. Simplement… On a loupé une vraie chance, toi et moi. On aurait pu faire notre vie ensemble. J'ai tout gâché à cause de ma famille.

— Pourquoi ne m'as-tu pas dit la vérité ? Pourquoi m'as-tu laissé espérer des choses en sachant que rien n'était possible ? Tu m'as menée en bateau ! Pourtant, je pensais que tu tenais à moi. Que nous étions amis…

La souffrance dans la voix de Cate blessa Davian plus profondément qu'un coup de scalpel.

Cela faisait mal d'entendre la vérité dans sa bouche. Elle avait raison sur toute la ligne. Ils avaient été amis. Il avait éprouvé des sentiments très forts pour elle. C'était d'ailleurs toujours le cas, mais il n'y pouvait plus rien.

Trop d'eau avait coulé sous les ponts. Même si leur attirance restait intacte, ils avaient changé tous les deux. Néanmoins, il ne voulait pas perdre une si belle occasion de s'expliquer. Il n'aurait peut-être plus jamais cette chance…

Il la suivit jusqu'à la pergola où elle était allée s'asseoir. Elle se tenait très raide, les mains sur les genoux. Il s'installa près d'elle sans oser la regarder.

— J'espérais te retrouver à mon retour aux États-Unis, commença-t-il. J'ai frappé à toutes les portes, j'ai questionné tes amies… Cela n'a pas marché. Plus de six mois s'étaient écoulés et, au bout d'un moment, j'ai hésité. Ma situation familiale restait chaotique. J'ai fini par me demander quel avenir s'offrirait à nous dans ce contexte… et j'ai abandonné. Je le regretterai toute ma vie. J'aurais dû insister, engager des détectives. Si c'était à refaire, je le ferais !

Il inspira à fond, puis ajouta :

— Je suis désolé de t'avoir menti. Même si elles ne valent pas grand-chose, je te présente mes excuses. Je n'ai jamais voulu te faire souffrir, au contraire.

Cate le dévisagea sans répondre. Elle n'allait pas lui faciliter les choses, mais à quoi aurait-il pu s'attendre ?

— Tout a commencé lorsque j'ai émis le souhait d'aller étudier la médecine à Stanford. Mon père n'était pas ravi par cette idée. Il aurait préféré me garder sous le coude.

— Te garder sous le coude ? répéta-t-elle sèchement.

Il soupira.

— Je ne suis pas l'héritier du trône puisque j'ai un frère aîné, qui a lui-même des enfants. En revanche, je suis un peu l'homme à tout faire de la monarchie. Je gère les relations publiques délicates. Je mets de l'huile dans les rouages. J'organise des soirées de gala. Ce sont des corvées pour moi. Ma vraie vie, c'est la médecine. Donc, quand j'ai voulu étudier aux États-Unis, j'ai conclu un marché avec mon père. Il m'autorisait à partir à la condition expresse que j'aie un garde du corps et que je cache mon identité. Personne n'était au courant sauf le directeur, le Dr Bryant et deux ou trois membres de l'administration.

— Donc, tu es venu à Stanford sous un nom d'emprunt. Mais, quand les choses ont évolué entre nous, tu aurais pu me le dire, non ? Je croyais qu'on se faisait confiance. Pour moi, on était proches, ajouta-t-elle dans un murmure. On travaillait ensemble, on partageait nos loisirs, on…

— Je sais. Et j'avais prévu de te dire la vérité, le lendemain de la nuit où on a …

Fait l'amour.

Même après toutes ces années, il avait du mal à prononcer les mots. Car c'était bien de l'amour qu'il avait ressenti pour Cate. Il n'avait jamais aimé personne avant elle et, depuis, aucune femme ne l'avait remplacée dans son cœur.

— J'ai reçu un appel à 3 heures du matin. Ou, plus exactement, ma mère a contacté Grigorio.

— Qui ça ? Attends… Tu parles de Greg, ton colocataire ?

— Oui. En réalité, il s'appelle Grigorio. On se connaît depuis l'enfance. C'est le fils de notre majordome en chef. Il était mon garde du corps.

— Plus maintenant ?

— Non. Il a quitté le palais pour monter une start-up, mais à l'époque il travaillait pour moi. Cette fameuse nuit, ma mère l'a appelé pour lui dire que mon père venait d'avoir une crise cardiaque. Le pronostic vital était engagé, je devais rentrer immédiatement. J'ai demandé un délai de quelques heures, le temps que je puisse t'expliquer la situation, mais je n'ai pas eu le choix. Grigorio avait déjà fait mes bagages et affrété un avion privé. Comme tu dormais, je n'ai pas osé te réveiller. Je me suis dit que je t'appellerais en arrivant chez moi mais, d'une chose à l'autre, je me suis retrouvé avec une crise politique et familiale à gérer. Mon père allait peut-être mourir, il fallait tenir la presse à l'écart… Je n'ai pas touché terre pendant plusieurs semaines.

Cate hocha la tête en fronçant les sourcils.

— Je comprends cette partie de l'histoire, mais les fiançailles…

Il eut un rire amer.

— Les conseillers royaux ont publié les bans pour amuser la galerie. Namina et moi n'avons jamais voulu nous marier. Cette union avait été arrangée quand nous étions encore au berceau. On se connaissait à peine.

— Tu as quand même eu ton mot à dire ?

— Détrompe-toi, Cate. L'annonce a été faite contre mon gré pour détourner l'attention des journalistes. Personne ne devait savoir que mon père était malade. Quoi de mieux qu'un mariage pour distraire les gens ? Tout le monde se fichait que ma vie privée soit un dommage collatéral. Chez nous, on fait passer la famille avant le reste. C'est encore pire depuis l'assassinat de mon grand-père.

Cate eut l'air choqué.

— Je suis navrée, Davian. J'ignorais…

— C'est vieux, tout ça. J'avais cinq ans à l'époque. Un groupe d'extrémistes avait lu dans les journaux que mon grand-père devait inaugurer une salle de congrès. Il a été tué d'une balle en plein cœur devant les caméras de télévision. C'était affreux.

— Oh ! Davian…

La main de Cate, douce et réconfortante, se posa sur la sienne. Touché par son empathie, il eut un sourire triste.

— Je ne me souviens de rien, sinon d'avoir vu des gens pleurer et porter un brassard noir. Mais les choses ont changé après ce drame. La presse n'a plus été considérée comme un atout, plutôt comme une menace. Désormais, les membres de la famille royale voyagent toujours séparément. Enfin… presque, corrigea-t-il en voyant Cate hausser les sourcils. Cette croisière est spéciale.

— Ah bon ? Pourquoi ?

— Les extrémistes n'ont jamais vraiment disparu de la scène politique. Ces derniers mois, ils ont émis de nouvelles menaces et la pression sur mon père s'est accentuée. Il y avait déjà eu le quadruple pontage l'année dernière, les rumeurs d'abdication… Le chef de la sécurité a conseillé à mes parents de prendre des vacances. Par souci de discrétion, il nous a suggéré de louer un bateau privé.

Cate se rejeta en arrière sur les coussins.

— Beaucoup de choses s'expliquent quand on sait tout cela, murmura-t-elle.

— Oui, mais rien n'excusera jamais mon départ précipité de Stanford. Je culpabilise toujours d'être parti comme un voleur. On ne peut pas réécrire l'histoire, mais je tenais à te dire… qu'il n'y avait personne d'autre. Namina et moi avons rompu d'un commun accord dès que mon père s'est rétabli. J'ai grandi avec le sens du devoir, des responsabilités… Vue de l'extérieur, cette vie doit paraître infernale.

— Hm. Différente, en tout cas. Je comprends mieux une foule de choses à ton sujet.

— Lesquelles ? demanda-t-il, perplexe.

Elle haussa les épaules.

— Tu ne ressemblais pas aux autres étudiants. Tu t'exprimais de manière plus… formelle. Comme si on t'avait bourré le crâne avec un dictionnaire, ajouta-t-elle en souriant.

Il s'esclaffa.

— On m'a déjà fait cette remarque.

Ils se turent, absorbés par leurs pensées. On n'entendait plus que le cri des mouettes et Davian commençait à trouver le silence pesant quand Cate reprit la parole.

— Donc, tu as organisé cette croisière pour tes parents ?

— Oui. J'essaie d'être à la hauteur, répondit-il d'un ton désabusé.

— C'est bien parti ! Tout le monde va te prendre pour un héros après ces deux sauvetages.

Il lui jeta un coup d'œil oblique. Son sourire lui parut plus naturel, plus détendu, et une vague de chaleur soudaine déferla sur lui. Ils s'étaient toujours entendus à la perfection pour le travail et pour le reste. Cette complicité lui avait terriblement manqué. Que ne pouvait-il revenir en arrière !

On était faits pour être ensemble. Ce n'est plus possible.

Ce constat lui fit l'effet d'un seau d'eau froide en plein visage. Il devait être réaliste. Les étudiants Davian et Cate n'existaient plus. Ils étaient devenus adultes, et chacun avait avancé à sa manière.

Cate avait un enfant. Une jolie petite fille dont la bouille ronde et les grands yeux bleus lui paraissaient étrangement familiers…

Il secoua la tête, jeta un coup d'œil sur sa montre et se leva.

— Mes parents doivent avoir fini leur petit déjeuner. Je vais descendre leur dire bonjour et voir s'ils ont besoin de quelque chose. Merci de m'avoir écouté, Cate. Tu n'imagines pas à quel point j'apprécie. C'était important pour moi de te parler.

Il se détourna, puis fit quelques pas vers l'escalier en songeant qu'il avait besoin d'un moment seul, au calme, pour réfléchir. Mais la voix de Cate l'arrêta alors qu'il posait le pied sur la première marche.

— Davian… Attends. Moi aussi j'ai quelque chose à te dire.

Il pivota, surpris. Elle était restée sous la pergola et, quand elle lui fit signe d'approcher, il revint s'asseoir. Elle avait fait l'effort de l'écouter. Il était normal qu'il lui rende la pareille.

Lorsqu'elle croisa et décroisa les mains sur les genoux, il la considéra, de plus en plus étonné. Dans son souvenir, elle avait toujours été un modèle de calme. Pourquoi semblait-elle si nerveuse ?

— Honnêtement, j'ai du mal à trouver les mots, bafouilla-t-elle.

— Ton expérience de médecin a dû t'apprendre qu'il est toujours plus simple d'aller droit au but, répondit-il en souriant.

Elle inspira à fond, puis le regarda droit dans les yeux.

— Je voulais te parler… d'Adella. C'est ta fille, Davian. Notre fille.

Il eut l'impression d'être changé en statue de sel. Avait-il bien entendu ? Les mots valsaient dans sa tête alors qu'il essayait désespérément de réfléchir. Adella ne pouvait pas être sa fille. Cate et lui n'avaient passé qu'une nuit ensemble. Ils s'étaient protégés et, en plus, elle prenait la pilule…

Aucun contraceptif n'est fiable à cent pour cent. Tu devrais le savoir.

Voilà pourquoi le visage de cette petite puce lui avait paru si familier. Elle ressemblait à son frère Arthur au même âge !

Adella avait des boucles brunes et de grands yeux bleus. Elle ne tenait pas cela de Cate, qui était blonde aux yeux verts… Seigneur !

De toute façon, ressemblance ou pas, il ne mettrait jamais en doute la parole de Cate. C'était la femme la plus droite, la plus honnête qu'il ait jamais rencontrée.

Ma fille. Adella est ma fille.

— Mais je… Comment… Pourquoi ?

Il devait être ridicule, à bafouiller ainsi. Il prit une profonde inspiration et tenta de se ressaisir.

— Pourquoi ne me l'as-tu pas dit plus tôt ?

— J'ai essayé, Davian. J'ai fait mon test de grossesse

quelques semaines après ton départ. J'avais lu l'annonce de tes fiançailles dans la presse, mais je voulais quand même te le dire. Tu avais le droit d'être au courant.

Cate secoua la tête, puis reprit :

— Apparemment, ton numéro de portable américain avait été supprimé. Comme je n'avais aucun moyen de te joindre, j'ai appelé le responsable des études. J'ai également contacté l'ambassade de Ruclécie quand l'université a rejeté ma demande. Je leur ai donné mon identité et expliqué la raison de ma démarche.

Elle eut un rire amer.

— Avec le recul, j'ai compris que beaucoup de jeunes femmes espèrent vivre un conte de fées. Ton ambassadeur a dû me prendre pour une opportuniste. Je peux le comprendre. Sauf que, moi, j'étais sérieuse… J'ai essayé toutes les options possibles, en vain. Et j'ai fini par abandonner.

— Cate, je…

Pour la première fois de sa vie, Davian se trouvait à court de mots. Qu'aurait-il pu répondre ? Il était sûr qu'elle disait la vérité.

Il fallait montrer patte blanche avant d'approcher les membres de la famille royale. Les rendez-vous étaient octroyés au compte-gouttes après de nombreuses vérifications. Et, neuf fois sur dix, le palais faisait barrage, redoutant les pièges tendus par la presse people.

Cate avait dû passer pour une folle ou pour une arriviste. Personne ne l'avait crue lorsqu'elle avait raconté son histoire. Et pourtant…

Il se prit la tête à deux mains. Quel gâchis ! Cate et lui avaient souffert, chacun de son côté. Leur fille avait grandi sans père. C'était tellement injuste !

Alors qu'il réfléchissait fébrilement, Adella se matérialisa soudain devant eux. Elle venait d'arriver en courant, un large sourire aux lèvres.

— Maman ! J'ai fini ma glace, et Noah doit aller travailler ! On fait quoi maintenant, dis ?

La puce parut enfin remarquer que sa mère n'était pas seule. Elle se tourna vers Davian dont le cœur manqua un battement.

— Comment tu t'appelles ? Tu es docteur, toi aussi ?

Toute sa vie, il s'était exercé à parler en public. Il maîtrisait l'art de la conversation avec ses patients, avec les têtes couronnées ou les milliardaires. Mais il demeura sans voix face à cette adorable fillette… sa chair et son sang.

Heureusement, Cate se leva et prit Adella dans ses bras.

— Je te présente le Dr de Loroso. C'est un collègue et aussi un ami, dit-elle d'un ton tendu. On doit aller travailler. Quant à toi, tu vas aller te reposer un peu dans la cabine. Il commence à faire chaud.

— Mais… je n'veux pas me reposer, maman ! J'veux rester ici avec le Dr de Loroso et avec toi…

L'intonation plaintive d'Adella laissait-elle présager une colère ? Cate, en tout cas, n'eut pas l'air impressionnée.

— Voilà ce qu'on va faire, dit-elle. Si je chargeais les nouvelles histoires dans ta boîte à contes ? Tu pourrais en écouter une ou deux, le temps que je finisse mes papiers. Ensuite, je reviendrai te chercher pour aller à la piscine. Et après, ce sera l'heure du déjeuner. Le chef François m'a promis de te couper un pamplemousse.

Adella opina, l'air ravi.

— Tu aimes le pamplemousse, docteur de Loroso ?

Davian déglutit péniblement.

— Oui, beaucoup, répondit-il d'une voix méconnaissable.

— Super, on pourra manger ensemble ! Pas vrai, maman ?

Le sourire d'Adella était un rayon de soleil, et Davian s'esclaffa, conquis. Mais Cate, elle, ne souriait pas. Une lueur méfiante dansait dans ses prunelles émeraude.

Davian comprenait très bien qu'elle reste sur la réserve. Elle se demandait probablement si elle pouvait lui faire confiance. Quoi de plus normal ? Lui-même n'était pas sûr d'être à la hauteur.

Bien sûr, il lui arrivait de soigner des petits et il aimait beaucoup ses neveu et nièce, mais ce n'était pas la même chose que d'avoir un enfant à soi. La paternité s'accompagnait de responsabilités énormes. Certains jours, il se sentait épuisé par le travail et par ses obligations familiales. Trouverait-il l'énergie suffisante pour s'occuper d'Adella si l'occasion se présentait ?

L'espace de quelques secondes, la panique l'envahit. Mais, très vite, une chaleur intense lui irradia la poitrine, accompagnée d'un curieux sentiment de plénitude.

C'est ma fille. Ma princesse. Mon Adella.

Bien sûr qu'il pouvait le faire. Il voulait prendre soin d'Adella et de sa maman. Il ne les laisserait pas tomber, ni maintenant ni jamais.

— Cela me ferait très plaisir de manger avec toi, Adella, déclara-t-il. Ne t'inquiète pas, je m'arrangerai pour descendre au self en même temps que toi. Va vite écouter tes histoires pour être en forme à midi, d'accord ?

Puis, pivotant vers Cate, il ajouta à voix basse :

— Il faut qu'on parle, d'accord ?

Elle hocha la tête sans répondre, prit la main d'Adella et l'entraîna vers l'escalier. Il les regarda s'éloigner, le cœur battant.

En quelques instants, il était devenu père de famille. Et, même si les enjeux étaient énormes, il se sentait prêt à soulever des montagnes pour sa fille et pour Cate.

5.

Il était presque 10 heures quand Cate sortit de son bureau.

Adella s'était installée de bonne grâce dans leur cabine, où elle écoutait des histoires. Elle disposait donc d'une demi-heure pour s'entretenir avec Davian qui l'attendait dans la bibliothèque. Maintenant qu'il connaissait la vérité, il n'allait pas en rester là !

Quelle mouche l'avait piquée de tout lui dire si vite ? Au départ, elle avait prévu de l'observer, de jauger son attitude. Elle s'était dit que, s'il se conduisait bien, elle lui parlerait d'Adella en fin de croisière, à l'heure des au revoir.

Mais là-haut, sur le pont, elle s'était sentie assez à l'aise pour oublier ses bonnes résolutions. Allait-elle le regretter ?

Quoi qu'il en soit, elle défendrait bec et ongles sa vie avec Adella. Si Davian avait des exigences quelconques, il devrait y renoncer. Elle avait vécu cinq ans seule avec sa fille – leur fille. Il n'était pas question de tout chambouler d'un coup.

Allons, elle s'égarait. Davian voulait juste parler. Elle ne devait pas lui faire de procès d'intention. De toute manière, elle n'avait jamais reculé devant l'adversité et n'allait pas commencer…

Tendue à l'extrême, elle entra dans la bibliothèque. Sans surprise, elle trouva la pièce vide, mais elle se mit à arpenter le petit espace de long en large au lieu d'aller s'asseoir dans un fauteuil. Elle s'apprêtait à remettre de l'ordre sur les étagères pour s'occuper quand, enfin, Davian la rejoignit.

Il avait desserré sa cravate, révélant une encolure bronzée à la lisière de sa chemise. Elle éprouva l'envie folle de poser les lèvres sur cette peau mate et serra les poings. Quelle idée ! Avait-elle perdu la raison ?

Quand il se rapprocha pour s'asseoir sur le canapé, elle remarqua qu'il avait les yeux cernés. Sans doute avait-il, lui aussi, mal dormi après leurs retrouvailles. À une autre époque, ils auraient pu se réconforter mutuellement…

Non, non, non. Sois raisonnable.

— Suis-je en retard ? demanda-t-il.

— Mais non. De toute manière, ce n'est pas un rendez-vous officiel. Enfin, tu vois…

Elle s'interrompit, mortifiée. Elle devait se calmer et, surtout, s'empêcher de parler à tort et à travers !

Elle hésita, puis s'installa sur une chaise en face de lui.

— Bien…, commença-t-elle.

— Bien…

Un guéridon les séparait, mais cela aurait pu être le Grand Canyon. Elle s'était sentie beaucoup plus à l'aise sur le pont. Ici, dans cette pièce exiguë, l'atmosphère était à couper au couteau.

Davian regarda d'un air contrit les mains qu'il avait crispées sur le bord du sofa.

— Pardon, marmonna-t-il. J'ai du mal à trouver les mots. Découvrir qu'on est père n'arrive pas tous les jours.

— En effet.

Même si elle était désolée, quelque chose l'empêchait d'avoir pitié de lui car il était responsable de cette situation. C'était lui qui était parti. Et, au retour, il ne l'avait pas cherchée bien longtemps. Avec quelques efforts supplémentaires, il n'aurait pourtant eu aucun mal à la trouver. Elle en concluait que leur histoire n'avait pas dû beaucoup compter pour lui.

Elle avait toujours pensé que faire l'amour était un acte… d'amour. Mais il n'avait pas dû attacher la même importance à cette nuit qui, pour elle, avait été magique.

— Je n'attends rien de ta part, déclara-t-elle, la tête haute.

Il fronça les sourcils.

— Quoi ? Je ne comprends pas.

— Pour Adella… Tu avais le droit de savoir, donc je te

l'ai dit. Mais ça s'arrête là. Je ne veux pas d'argent. Je n'ai pas besoin d'aide. Je me débrouille parfaitement toute seule.

Il secoua la tête.

— Je n'en doute pas. Tu dois être une maman formidable, Cate. Ça crève les yeux quand on te voit avec Adella. D'ailleurs, tu es la personne la plus forte et la plus courageuse que j'aie jamais rencontrée. Je suis sûr qu'effectivement tu t'en sors très bien.

— Mais ? Il doit y avoir un « mais », Davian. Pointilleux comme tu l'es, tu dois déjà chercher la faille. Tu ne laissais jamais rien au hasard à l'époque. Tu prescrivais toujours des bilans et des analyses supplémentaires, quitte à te faire réprimander par les chefs. J'imagine que, pour ta fille, tu vas chercher la petite bête, puissance douze. Je n'en attends pas moins de toi !

Ayant livré le fond de sa pensée, elle se tut. Davian avait retiré sa veste, et les muscles de ses bras jouaient sous le tissu de sa chemise. Tout, dans sa posture, révélait une tension extrême, mais elle le trouvait hyper sexy…

Non, elle n'avait rien oublié. Elle se rappelait la chaleur de sa peau, la fermeté de son corps, son parfum légèrement épicé. D'ailleurs, il n'y avait eu personne après lui. Elle n'en avait jamais eu le temps ni l'envie.

Elle avait fini son internat enceinte jusqu'aux yeux. Puis elle avait démarré dans la vie active tout en s'occupant d'Adella. Elle s'était focalisée sur son enfant et sur sa carrière. C'était déjà bien, non ?

— Parle-moi d'Adella, dit Davian d'un ton calme. J'aimerais savoir tellement de choses… Quand est-elle née ? Quelle est sa couleur préférée ? Son plat favori ? A-t-elle des allergies, des problèmes de santé ?

Il soupira, puis reprit :

— J'ai cinq ans à rattraper, quand on y pense. Lui as-tu parlé de moi ? Je veux dire… de son père ?

Malgré la tension ambiante, elle eut envie de rire. Davian avait toujours eu un style direct. Il n'avait pas changé !

— Adella est une petite fille très curieuse, répondit-elle. Elle pose sans arrêt des questions sur tous les sujets. Elle aime le rose. Pour la cuisine, elle mangerait des frites tous les jours si je la laissais faire. Ou alors du pamplemousse. Elle est née le 12 août. Elle est très rarement malade et, non, elle n'a pas d'allergie connue.

Elle marqua une pause avant d'aborder le dernier point.

— Au sujet de son père… Je n'ai rien dit. On a toujours vécu juste toutes les deux, ou avec ma maman. Elle n'a jamais eu beaucoup de contacts avec des familles type. J'imagine qu'elle posera des questions à la rentrée, quand elle aura commencé l'école et qu'elle verra des enfants avec leur papa. Je m'y attends.

— Tu comptes rester aux États-Unis, alors ?

— Oui. Cette croisière est ma dernière mission sur un bateau. Il est temps qu'on pose nos valises pour qu'Adella ait des repères. J'ai mis de l'argent de côté et je vais enfin pouvoir ouvrir mon propre cabinet.

— Eh bien… Bravo pour ce joli parcours. Je me demandais justement ce qu'étaient devenus tes rêves.

— Ils vont très bien, merci. J'ai acheté mon local et engagé des entrepreneurs pour le mettre aux normes, et à mon goût. Il devrait être prêt à la rentrée.

— Tu t'installes chez toi, à Boston ?

— Oui, en banlieue. Il y a un gros quartier défavorisé et pas mal de sans-abri. Je veux leur permettre d'avoir accès aux soins avec l'aide des autorités locales.

— Tu as toujours été idéaliste. Tu n'as pas changé.

Quand Davian lui sourit, elle manqua chanceler sur son siège. Cela lui faisait tout drôle qu'il s'intéresse à elle. Elle préféra changer de sujet pour ne pas trahir son émoi.

— Et toi, alors ? Tu diriges un hôpital ? Je ne t'imaginais pas gestionnaire. Tu étais plutôt un homme de terrain.

— C'est toujours le cas. Heureusement, je suis très bien secondé pour l'administratif car la paperasse n'est vraiment pas mon truc. Je préfère être au bloc, tu t'en doutes. Et j'aime aussi enseigner. Je trouve intéressant de partager mon expérience avec d'autres chirurgiens.

— Tes rêves ont fini par se réaliser.

— Pas tous, malheureusement.

Inutile de lui demander où il voulait en venir : elle avait très bien compris. Mais, après tout, il ne pouvait s'en prendre qu'à lui-même. Il avait trahi sa confiance. Elle n'avait aucune raison de penser qu'il agirait différemment aujourd'hui si leur histoire renaissait de ses cendres.

Allons, elle s'égarait. La fatigue l'entraînait sur une pente dangereuse. Jamais Davian et elle ne pourraient être réunis, même pour Adella. Le passé était un frein, le présent, un obstacle. Ils appartenaient à des mondes trop différents !

Davian tendit la main vers elle.

— Cate… Crois-tu qu'on pourrait repartir sur de meilleures bases ? Ce n'était pas génial hier.

— Je m'excuse d'avoir manqué d'enthousiasme. J'aurais peut-être été plus agréable si tu ne m'avais pas jetée comme un Kleenex.

— Oui, forcément.

Que dire, maintenant ? Leur relation était de l'histoire ancienne. On ne pouvait rien changer au passé. Néanmoins, elle voulait être sûre qu'il ne récidiverait pas.

— J'aimerais connaître tes intentions pour Adella, dit-elle d'un ton ferme. Autant que tu le saches, je ne te laisserai pas faire n'importe quoi. Si tu comptes disparaître à nouveau, je préfère qu'on laisse les choses en l'état. On pourra lui dire la vérité plus tard, quand elle sera en âge de comprendre.

Il opina, l'air grave.

— Ta réaction est logique, je serais mal placé pour dire le contraire. Mais, crois-le ou non, je n'ai pas l'intention de disparaître. Je n'ai jamais voulu te « jeter », comme tu dis. J'ai dû faire mon devoir à l'époque.

— Si on explique tout à Adella, tu auras un devoir envers elle aussi ! Alors mieux vaut qu'elle grandisse sans père, plutôt que de vivre ce que j'ai vécu étant gamine. Je ne le permettrai pas.

— Je répondrai toujours présent, Cate. Je te le garantis.

Comme elle le jaugeait du regard, il soupira.

— Je sais à quel point c'est difficile. Ton père t'a abandonnée, j'ai fait la même chose… Tu n'imagines pas à quel point je regrette de t'avoir blessée. J'espère vraiment que tu pourras me pardonner un jour. Mais, quoi qu'il advienne, je veux me rattraper. Je te promets qu'à partir d'aujourd'hui je serai digne d'Adella… et, j'espère, digne de regagner ta confiance.

Cate eut soudain la nausée. Elle aurait voulu croire ces belles paroles, mais elle en était incapable. Davian devrait faire ses preuves.

— Accepterais-tu un dîner en famille ? demanda-t-il d'un ton hésitant. Mes parents sont là et…

— Non. Je préfère avancer par étapes. Il faut déjà qu'on discute avec Adella, qu'on voie comment elle réagit. Ne la mettons pas en surcharge émotionnelle. Elle risque d'être perturbée si, après avoir découvert son papa, elle doit faire la connaissance de ses grands-parents. En plus, ils ne sont pas M. et Mme Tout-le-monde !

— D'accord. Dans ce cas, on pourrait prévoir une excursion à Monaco ? On descendrait à terre, Adella et moi ferions connaissance… Ensuite, si la journée s'est bien passée, on lui dirait peut-être la vérité ? On y réfléchirait ensemble…

Cate s'attendait à beaucoup de choses, mais pas à ça. Davian acceptait son point de vue sans broncher. Il se montrait conciliant et agréable. Malgré ses griefs, elle devait admettre que cette proposition ne manquait pas de bon sens.

— Si tu veux… Mais je dois d'abord vérifier mon planning, et éventuellement demander un congé à Will.

Quand Davian se leva, Cate osa enfin poser la question qui lui trottait dans la tête.

— Pourquoi ne demandes-tu pas un test de paternité ?

Il s'esclaffa.

— Dès que mes parents apprendront la nouvelle, ils s'empresseront de le faire. Ils vont me servir le couplet de l'arbre généalogique, etc. Mais on n'a pas besoin de ça entre nous. Je te fais confiance. Je t'ai toujours fait confiance.

Cette déclaration la laissa sans voix. Ils s'étaient effectivement toujours appuyés l'un sur l'autre pendant leur internat. Néanmoins, il n'avait pas jugé bon de lui faire confiance au moment clé de leur histoire. Il avait préféré partir.

— Il faut que j'y aille, mes parents m'attendent, dit-il. Ils ont prévu de visiter Monte-Carlo. Je dois assurer l'intendance, notamment pour la sécurité.

Elle se leva à son tour, puis le suivit dans le couloir.

— N'avez-vous pas des employés pour ça ?

— En tant que fils cadet, je suis l'homme à tout faire de la maison. Ils n'ont besoin de personne d'autre.

Même si elle voulait garder ses distances, elle ne put s'empêcher d'avoir pitié de lui.

— Je suis désolée, répondit-elle, sincère. Cela doit être dur d'être traité comme un serviteur dans sa propre famille.

Il haussa les épaules.

— Ne t'inquiète pas, j'ai l'habitude. Et puis, ce n'est pas le bagne. Je fais quand même partie des privilégiés. J'aurais mauvaise grâce de m'apitoyer sur mon sort. Voilà pourquoi j'ai choisi d'aider les autres à ma manière, en devenant médecin et en parrainant des bonnes œuvres. À mon modeste niveau, j'essaie de me rendre utile.

Ils avaient toujours partagé une vision idéaliste de la médecine et du monde en général. Elle se réjouissait de voir qu'il n'avait pas changé.

— Je suis certaine que tu t'en sors très bien, dit-elle.

Leurs regards se soudèrent. Parcourue d'un frisson délicieux, elle recula.

— Pour Monaco… je te redirai.

Elle avait presque atteint l'escalier quand la voix de Davian s'éleva dans son dos.

— Cate ?
Elle se retourna, le cœur battant.
— Oui ?
— Merci. Vraiment.

6.

Passé le premier choc, Davian avait commencé à réfléchir. Il réalisait maintenant que protéger Adella ne serait pas facile en présence du roi et de la reine. Pourtant, il était prêt à assumer à la fois son héritage familial et les conséquences de ses actes. C'était sa responsabilité.

Je suis papa. J'ai une fille.

Cette pensée l'effrayait autant qu'elle l'emplissait de joie. Il aimait beaucoup les enfants, mais il aurait voulu être mieux préparé à son rôle de père car les obstacles qui l'attendaient seraient nombreux. Néanmoins, il se sentait capable d'affronter le monde entier, y compris sa famille, pour préserver l'enfance d'Adella.

Il avait déjà accepté trop de sacrifices personnels au nom de la royauté. Il ne tolérerait jamais que sa fille paye ses origines au prix fort. Après tout, elle n'avait pas demandé à naître princesse de Ruclécie !

— Quelque chose te tracasse, mon fils ? Tu as l'air contrarié.

Davian but une gorgée de café, s'arrachant avec effort aux pensées qui revenaient en boucle depuis la veille.

— Tout va bien, père, marmonna-t-il.

Le petit déjeuner servi dans la suite de ses parents était un vrai festin, mais il regrettait d'avoir accepté leur invitation. Il aurait dû prétexter un mal de mer, une nausée, n'importe quoi. Il n'avait pas faim du tout !

— Mange quelque chose, mon cœur, insista sa mère. En tant que médecin, tu sais que ce n'est pas bon de commencer la journée le ventre vide.

Pour lui faire plaisir, il prit un croissant tiède dans la panière en argent posée devant lui.

— As-tu organisé notre visite à Monte-Carlo ? demanda-t-elle. Surtout, n'oublie pas d'appeler Marco. Il est descendu au même hôtel que d'habitude. Il sait exactement ce que nous aimerions visiter.

— Je l'ai déjà contacté, répondit-il, non sans agacement.

— Quel dommage qu'Arthur ne soit pas là ! se lamenta son père. Il a toujours aimé venir à Monte-Carlo.

Il est resté au palais pour ta sécurité.

Davian ravala un commentaire acerbe. Le roi était bien placé pour savoir qu'il ne devait plus voyager avec son héritier direct. À quoi bon relancer un débat sur une question réglée depuis Mathusalem ? Il avait beaucoup mieux à faire. Ses préoccupations du moment s'appelaient Cate et Adella.

Même s'il détestait les chichis, même s'il n'attachait pas d'importance à l'argent, sa fille avait droit aux mêmes privilèges que ses cousins. Lorsqu'elle serait en âge de choisir, elle déciderait elle-même mais, en attendant, il se devait de lui offrir une éducation et un train de vie dignes de son rang.

Le hic, c'est qu'il ne pourrait pas garder son identité secrète. Une foule de problèmes allait émerger dès que le « scoop » serait révélé au monde, à commencer par des questions de sécurité. Il n'avait aucune envie qu'Adella soit menacée par des activistes comme le reste de la famille. Pour cette raison, il devait réfléchir posément et mettre l'affectif de côté. Il devait se montrer logique, envisager les meilleures options. Rien qui ne pouvait pas se faire dans l'urgence avec le cerveau perturbé !

Ayant terminé son café, il s'éclipsa rapidement sous prétexte de finaliser l'excursion à Monte-Carlo. Mais, au lieu de rejoindre sa cabine, il gagna le pont supérieur pour respirer un peu d'air pur. Le soleil déjà chaud se levait sur une mer d'huile et il inspira profondément, déterminé à reprendre ses esprits.

Un rire cristallin en provenance du pont inférieur lui provoqua un délicieux frisson. Il avait toujours aimé le rire de Cate… et le reste. Même après toutes ces années, son attirance pour elle demeurait intacte. Sachant ce qu'elle avait vécu par sa faute, il souhaitait par-dessus tout faire amende honorable.

Même si elle se débrouillait très bien, il voulait prendre soin d'elle au nom de leur amour passé et dans l'intérêt de leur fille. Il devrait juste trouver la meilleure solution pour les protéger et les tenir loin des objectifs des paparazzis.

Enfant, il avait été malheureux de cette surexposition médiatique qui la plupart du temps servait les intérêts de la Couronne. Combien de fois n'avait-il pas rêvé de grandir dans une famille « normale » où il aurait juste été aimé pour lui-même ? Cate et Adella ne devraient jamais subir ce poids, et encore moins se sentir en insécurité partout où elles iraient. Il y veillerait personnellement, quitte à se fâcher avec ses parents et son frère.

Perdu dans ses réflexions, il observa sans les voir les bateaux qui voguaient sur les flots bleus jusqu'à ce que la lumière devienne plus intense. Alors, il consulta sa montre et sursauta. Il avait procrastiné pendant une demi-heure mais, là, il devait agir. Cette excursion à Monte-Carlo n'allait pas s'organiser toute seule !

Il redescendit et passa plusieurs appels, avant de remplir les formulaires demandés par les douanes et les autorités monégasques. Ces tâches ingrates l'occupèrent jusqu'à l'heure du déjeuner, qu'il prit dans sa cabine. Alors, finalement, il put se consacrer à ce qu'il aimait par-dessus tout : son métier.

Une visioconférence avec ses collègues lui permit de faire le point sur ses malades, qu'il avait dû abandonner le temps de la croisière. Puis, rassuré, il commença à organiser son retour en préparant les fiches et les diaporamas dont il aurait besoin pour donner ses cours.

L'après-midi touchait à sa fin quand il débrancha son ordinateur avec la satisfaction du devoir accompli. Il décida alors de remonter sur le pont afin de s'aérer. Pour quelqu'un censé être en villégiature, il avait passé le plus gros de la journée enfermé !

À peine arrivé dehors, il aperçut Cate qui regardait la mer, les cheveux au vent. Pieds nus et en short, elle était absolument renversante, et il sentit sa gorge se nouer. Il n'avait pas oublié ses longues jambes bronzées nouées autour de sa taille. Il se remémorait la douceur de Cate, son parfum fleuri…

S'il avait suivi son instinct, il aurait couru vers elle. Il l'aurait prise dans ses bras. Il l'aurait embrassée à perdre haleine, les mains glissées dans sa chevelure soyeuse. Puis il aurait posé les lèvres à la base de son cou, là où une petite veine battait follement lorsqu'elle était excitée.

Le corps durci, il desserra machinalement sa cravate. En costume et chemise, il se sentait bien trop habillé. Il aurait voulu être à égalité avec Cate, porter un bermuda et un polo. Il aurait alors pu se dévêtir plus vite pour…

Cate avait-elle senti sa présence ? Elle se retourna et, voyant qu'il s'avançait vers elle, fit un pas en arrière, puis un autre. Elle se retrouva bientôt coincée, le dos au bastingage, tandis qu'il s'arrêtait devant elle.

— Coucou. Ça va ? bafouilla-t-il. Tu es… très jolie aujourd'hui.

« Jolie » était un euphémisme : c'était tout simplement la plus belle personne qu'il ait jamais rencontrée. Son physique avantageux n'était qu'un pâle reflet de sa beauté intérieure. Il la trouvait attachante, intelligente, vive et chaleureuse… mais jamais il n'oserait exprimer son admiration en ces termes. Surtout pas au bout de cinq ans, avec la mauvaise opinion qu'elle avait de lui !

Fâchée ou non, elle rougit comme un coquelicot. Il ne distinguait pas ses yeux cachés derrière des lunettes noires, mais il était sûr que son regard reflétait une certaine gêne. Les compliments l'avaient toujours embarrassée. Elle avait gardé de son enfance une certaine réserve, malgré le caractère bien trempé qu'elle affichait au travail.

— Euh… merci. On n'a pas trop le choix de ce qu'on porte, tout est imposé. C'est soit l'uniforme soit la tenue décontractée que tu vois là…

Elle parlait trop vite et, devinant combien elle était nerveuse, il se détendit un peu. Visiblement, il n'était pas le seul à être perturbé par ces retrouvailles. Comme lui, Cate voulait-elle tout faire pour que les choses se passent bien ? Appréhendait-elle de mal gérer la situation ? La connaissant, c'était probable.

Le silence tomba, interrompu de temps à autre par le cri d'une mouette. Le bras de Davian frôlait celui de Cate sur la rambarde, un contact banal mais dangereux pour ses sens. Cela n'aurait pas été pire si elle avait été en bikini ou, mieux encore, nue dans son lit…

Une chaleur traîtresse le submergea. Quand il éprouva un élancement douloureux sous la ceinture, il inspira à fond et se traita d'idiot. Il n'était plus adolescent. Il avait de l'expérience. Pourtant, son corps prenait le contrôle dès qu'il se trouvait à moins de cinq mètres de Cate !

— J'ai regardé mon emploi du temps, pour Monaco, dit-elle enfin. Je suis en repos jusqu'à 18 heures, mais de garde le soir. Je pourrai donc descendre à terre si tu me garantis qu'on reviendra assez tôt.

— Mais oui, bien sûr. C'est génial.

Que dire de plus ? Il allait se ridiculiser s'il se lançait dans une grande tirade pour exprimer sa joie…

— J'ai dit à Adella qu'on irait se balader à Monte-Carlo, ajouta Cate. Elle m'a posé plein de questions. J'ai essayé d'y répondre, mais j'espère que tu es plus calé que moi sur le sujet. Enfin, je ne faisais pas allusion à tes origines princières… Tu m'as l'air de vivre loin de la jetset, d'après ce que j'ai compris, mais… bref.

— J'ai saisi l'idée, répondit-il en réprimant un sourire.

Cate eut l'air mortifié.

— Excuse-moi. Je me demande pourquoi je suis aussi nerveuse. On se connaît, pourtant. On s'est même bien connus à une époque…

Elle rougit de nouveau et se mordit la lèvre.

— Oh ! tais-toi, Cate ! s'exclama-t-elle.

Cette fois, il ne put s'empêcher de rire. Elle était si adorable qu'il faillit la prendre dans ses bras pour la réconforter.

— Pas de problème, je comprends, dit-il d'un ton doux. D'ailleurs je suis un peu tendu aussi. Je pense que l'explication est simple. On ne s'est pas vus depuis longtemps et on a peur de tout gâcher… vu la situation.

Quand elle lui sourit, il eut l'impression qu'un feu d'artifice explosait au-dessus d'eux. Le brouillard se dissipait dans sa tête. Il voyait enfin le monde en Technicolor !

— Tu as raison, admit-elle. On se met une pression d'enfer. C'est ridicule.

— Absolument.

Il préféra détourner la conversation pour alléger l'atmosphère.

— As-tu des nouvelles de Paulo ? demanda-t-il.

— Oui, il va beaucoup mieux. Heureusement qu'il ne s'est pas fracturé le crâne en tombant ! Il devrait quitter l'hôpital ce soir. Juan et lui vont prendre un bateau express pour nous rejoindre à Monaco.

— Excellent.

Cate pencha la tête sur le côté, puis releva ses lunettes. Elle le fixait d'un air interrogateur et, à son tour, il remonta les siennes pour mieux la regarder.

— Et tes parents ? s'enquit-elle. J'ai cru comprendre qu'il y avait une excursion au programme…

— Oui, ils veulent faire visiter Monte-Carlo à leurs invités. Rassure-toi, nous ne les croiserons pas. J'ai passé la moitié de la journée à organiser leur emploi du temps.

— Tu n'as pas l'air ravi de gérer l'intendance.

— Disons plutôt que je m'inquiète.

— Pour leur sécurité ?

— Oui. Ils ont reçu des menaces de mort en Ruclécie juste avant la croisière.

— Oh ! non ! Tu m'as bien dit que ton grand-père…

— … a été assassiné, oui. Je m'en souviens comme si c'était hier. Je revois encore les sauveteurs lui porter secours avec l'énergie du désespoir. Ils m'ont impressionné. Même si j'étais petit, j'ai voulu devenir médecin ce jour-là.

Il inspira profondément, relâcha sa pression sur la rambarde, puis reprit :

— Les extrémistes responsables de son assassinat ont tous été capturés. Ils purgent une peine de prison à vie. Mais leurs idées n'ont pas disparu et, récemment, un nouveau groupuscule a émergé. Ils réclament l'instauration d'une république. Même si leur position est minoritaire, ils font du bruit et sont très virulents.

— N'y a-t-il aucun moyen de les contenir ?

— Plusieurs individus ont été arrêtés, mais les leaders se cachent. Ils sont recherchés, tu t'en doutes.

Cate se mordit la lèvre. Elle l'écoutait avec une attention soutenue, comme si son histoire l'intéressait vraiment. Pourtant, il ne le méritait guère…

— Et ton père ? Comment réagit-il ?

Il soupira.

— Tu touches le nœud du problème. Il a beaucoup donné pour la Ruclécie. À cause de ses ennuis cardiaques, il envisage de céder le trône à mon frère Arthur, mais abdiquer maintenant, dans ce climat politique tendu, pourrait fragiliser la monarchie. Et il ne s'en remettrait pas.

— Je comprends. Mais, alors, que pouvez-vous faire ?

— Arthur et moi avons suggéré cette croisière en accord avec le Conseil des ministres. Éloigner mes parents de Ruclécie semblait logique compte tenu de la situation. Nous espérons juste que la police aura le temps de faire son travail. Arthur gérera les affaires courantes, cela lui fera un bon entraînement pour la suite. À notre retour, on verra bien ce qui se passe.

— Waouh. Davian, je suis désolée pour tout ça… et pour ton grand-père.

— Merci. C'était il y a longtemps, mais ton empathie me touche beaucoup.

Ils se turent un moment, puis Cate baissa les yeux, paraissant réfléchir. Il l'imita machinalement… et son regard tomba sur ses pieds nus aux jolis orteils peints en rose. Il aurait voulu les embrasser un par un jusqu'à lui donner le fou rire ou le frisson…

N'importe quoi. Tu délires.

Cate avait dû deviner ses pensées car elle releva brusquement la tête. Elle se mit alors à fixer sa bouche avec insistance, le regard assombri, les lèvres entrouvertes. Il n'était pas seul à entretenir des pensées coupables. Ils étaient sur la même longueur d'onde !

S'il se penchait légèrement, il pourrait embrasser cette bouche en cœur qui hantait ses rêves. Il verrait si l'alchimie fonctionnait toujours, si leur complicité était aussi belle que dans ses souvenirs…

Arrête. Ressaisis-toi.

Cate toussota légèrement.

— Je suis… contente d'aller à Monaco, murmura-t-elle.

— Oui, c'est sympa. Tu connais ?

— Oh ! que non ! Le travail ne m'a jamais emmenée jusque là-bas. Pour une fille des bas quartiers de Boston, c'est déjà bien d'avoir vu du pays, ajouta-t-elle en exagérant son accent américain.

Il eut un sourire entendu. Il la comprenait car, pour lui, partir étudier en Amérique avait été une grande aventure. Tout comme elle, il avait eu besoin d'explorer des horizons lointains pour mieux se forger l'avenir dont il avait rêvé.

— As-tu eu une enfance difficile, Cate ?

— Difficile, non. Je dirais juste que… l'épanouissement personnel n'était pas au rendez-vous. J'ai voulu changer ça.

— Et tu as intégré la fac de médecine.

— Exactement. Oh ! je ne suis pas allée bien loin. Comme tu le sais, j'ai fait mes premières années d'études à Boston. J'ai pris une chambre en colocation sur le campus. Les filles et moi, on travaillait toutes comme serveuses pour payer le loyer. Ma mère m'aidait un peu, j'étais boursière… et voilà.

— Et tu as fini major de promotion.

— J'avais intérêt pour continuer mes études à Stanford. L'admission n'était pas gagnée, loin de là !

Il sentit sa gorge se nouer quand elle offrit son visage à la caresse du soleil en souriant. Quelle femme admirable ! Comment avait-il pu la quitter ?

— Je suppose que tu es content de vivre en Ruclécie ? demanda-t-elle comme si elle lisait ses pensées.

Il hésita. Il était très attaché à son pays, sauf qu'il s'y sentait de plus en plus seul. Il aurait bien voulu avancer, fonder une famille…

— La Ruclécie est un pays magnifique, mais j'aimais beaucoup la Californie. Peut-être que je cherche encore l'endroit où je poserai définitivement mes valises. Finalement, c'est à l'hôpital que je me sens le mieux. Là-bas, au moins, j'ai l'impression de servir à quelque chose.

— Ce n'est pas le cas chez toi, au palais royal ?

— Non, du tout.

Cate approuva, l'air grave.

— Je comprends. Cette vie doit être très… particulière. Quoi qu'il en soit, je suis soulagée de t'avoir mis au courant pour Adella mais, si tu lui fais de la peine, cela ira mal. D'accord ?

— Je ferai attention. Je te le promets.

Comme elle haussait les sourcils, il ajouta :

— Du moins, je te promets de faire de mon mieux. Rien n'est jamais garanti dans la vie, mais je te jure sur l'honneur que je vais essayer.

— Très bien. J'en prends bonne note.

Elle lâcha la rambarde, puis conclut :

— Je vais retourner à l'infirmerie. J'ai un peu de matériel à ranger.

— D'accord. Et, moi, je vais me pencher sur notre excursion à Monaco. Je veux que la journée soit spéciale pour Adella et pour toi.

— Merci, c'est gentil.

Il regarda Cate s'éloigner sur le pont, envahi d'un curieux sentiment de plénitude. Il ne s'était pas passé grand-chose mais, pour lui, cette conversation marquait un nouveau départ.

La journée à Monaco allait être d'une importance capitale

pour son avenir. Il devait tout mettre en œuvre pour ne pas gâcher cette chance de bonheur que le destin lui offrait.

Descendue à l'infirmerie, Cate trouva Carrie, la réceptionniste, occupée à répondre aux mails du jour.

Heureusement, il ne s'était pas passé grand-chose à bord depuis l'accident de Paulo. Mais, bien sûr, la vigilance restait de mise vingt-quatre heures sur vingt-quatre pour le roi Philippe. Le père de Davian était fragile. Elle en était bien consciente.

Davian… Pourquoi pensait-elle à lui sans arrêt ?

Malgré sa rancune, elle ne pouvait pas s'empêcher d'être attirée par lui. Et, de toute évidence, c'était réciproque. Elle avait bien vu comment il la regardait, là-haut, sur le pont…

Mais pour sa part, l'histoire s'arrêterait là. Elle n'allait pas se laisser avoir une deuxième fois. Elle avait donné !

— … et tu as vu les photos de leur palais dans *Vie royale* ? Ces gens-là sont richissimes. Un seul tapis chez eux doit valoir plus cher que la maison de mes parents !

Carrie se lança dans une grande tirade à propos de la royauté, que Cate écouta d'une oreille distraite, perdue dans ses pensées. Elle comprenait mieux pourquoi Davian était capable de tout abandonner pour sa famille. Cette attitude démontrait sa patience, son courage, son abnégation. Elle trouvait juste dommage d'en avoir elle-même fait les frais.

Cinq ans plus tôt, elle s'était mise à éplucher la presse people pour glaner quelques informations sur lui. Puis, à l'annonce de ses fiançailles, elle avait eu le réflexe inverse : elle avait soigneusement évité de lire les nouvelles en provenance de Ruclécie.

Elle s'était dit qu'elle était mieux sans Davian, qu'il ne la méritait pas. Mais, aujourd'hui, elle se sentait lasse. Être mère célibataire était fatigant, physiquement comme mentalement. L'ouverture de son cabinet lui demanderait encore plus d'énergie. En aurait-elle la force ? Bien sûr, elle pourrait compter sur sa maman, mais ne risquait-elle pas de passer à côté d'autres choses ?

Devait-elle laisser une place à Davian dans l'intérêt

d'Adella ? Leur fille avait le droit de connaître son oncle, ses cousins, ses grands-parents. Elle avait le droit de savoir d'où elle venait. À l'âge adulte, elle pourrait alors choisir sa vie en toute connaissance de cause…

— C'est bon, j'ai répondu à tout le monde, annonça Carrie. Je vais ranger un peu, maintenant.

Elles avaient complété leur stock à Marseille et, à présent, le matériel devait rejoindre les placards. Il n'était pas question de laisser des sachets et des boîtes traîner partout !

Cate ouvrit un carton pour aider la jeune réceptionniste. En se redressant, elle s'aperçut que Carrie la dévisageait avec curiosité.

— Alors, que penses-tu de ce prince ? Moi, je le trouve hyper canon !

Agacée, elle fronça les sourcils.

— Je ne pensais pas que tu l'avais vu…

— Si, il est passé hier. Il te cherchait. Quelle veinarde ! Où l'as-tu rencontré ?

Cate prit une grosse pile de compresses puis, sans hâte, traversa l'infirmerie pour les ranger. Elle devait rassembler ses esprits et, surtout, éviter de trop en dire !

— Oh ! je… On s'est croisés à un symposium en Californie. Ça remonte à plusieurs années. On se connaît à peine.

Elle avait répondu du bout des lèvres, mais Carrie, loin de se décourager, insista :

— Ah, bon ? C'est bizarre. Le Dr Bryant discutait avec lui l'autre jour et ils parlaient justement de toi. À les entendre, j'ai eu l'impression que vous étiez amis.

— Quoi ?

Elle compta jusqu'à cinq pour recouvrer son calme.

— Alors là, je ne vois pas du tout.

Ayant dit cela, elle tourna le dos à Carrie et continua de s'affairer comme si de rien n'était. Au bout d'un moment, la discussion roula sur le tourisme, et elle put enfin respirer plus librement. Elle avait eu chaud, très chaud !

Oui, Davian était « canon ». Oui, elle avait apprécié de

parler avec lui. Ces instants lui avaient rappelé leur vieille camaraderie. À l'époque, ils avaient vite noué une relation privilégiée au travail et en dehors. Ils s'étaient toujours compris d'instinct sans avoir besoin de mots.

De toute évidence, rien n'avait changé. Lorsqu'il l'avait regardée avec insistance, sur le pont, elle avait dû agripper la rambarde pour éviter de se jeter dans ses bras. Ce qui, bien sûr, n'aurait eu aucun sens.

Même s'ils se plaisaient toujours, même s'ils avaient Adella, un univers les séparait. Elle n'était sûrement plus le genre de Davian. Elle était trop focalisée sur sa carrière pour s'adapter à une éventuelle vie de couple avec un prince. Quant à lui, pourquoi s'encombrerait-il d'une médecin « ordinaire » quand il avait toutes les femmes de la jet-set à ses pieds ?

Ils devaient essayer de s'entendre pour Adella. Mais, cette fois, l'histoire s'arrêterait là.

L'excursion à Monaco ne va pas t'aider à maintenir tes distances. Il faudra rester sur tes gardes, Cate.

Elle soupira. Il était trop tard pour reculer. Si elle annulait, cela ne ferait qu'éveiller les soupçons de Davian. Et puis, la présence de leur fille changerait tout. Adella était un vrai moulin à paroles et, avec un peu de chance, elle meublerait les silences gênants !

Cette journée exceptionnelle lui donnerait l'occasion de connaître son père. Cela faciliterait les choses quand, plus tard, ils devraient communiquer à distance. Car il était peu probable qu'ils se voient beaucoup une fois qu'Adella serait scolarisée.

Cate ne voulait pas faire manquer l'école à sa fille, fût-ce pour Davian. Lui, pour sa part, aurait de nombreuses obligations dans son pays. Ils se retrouveraient de manière épisodique, au mieux une fois par an…

— Cate ? Hou hou !

Elle sursauta. Carrie avait dû lui poser une question, mais elle n'avait rien entendu.

— Pardon, j'étais ailleurs, marmonna-t-elle, les joues en feu.

— Tout va bien ? Tu n'as pas l'air dans ton assiette.

— Si, ça va. Je suis juste un peu fatiguée. Tu me demandais quelque chose ?

La jeune femme secoua la tête en souriant.

— Non, je te disais juste que j'avais fini. Je vais y aller.

— Oui, bien sûr ! On se voit demain ?

Carrie lui lança un regard curieux.

— D'accord, à demain. Bonne soirée. Repose-toi bien.

— Merci, Carrie. Bonne soirée.

La jeune infirmière partie, Cate plia quelques cartons destinés au recyclage, ferma le cabinet et sortit. L'heure du dîner approchait. En arrivant au self avant tout le monde, elle pourrait composer un plateau en toute tranquillité. Noah et Adella l'attendaient sur le pont. Ils se réjouiraient sûrement de dîner en admirant le coucher du soleil !

Comme d'habitude, François avait gâté les employés. Il avait mis des gambas et des légumes grillés au menu, du poisson frais et même du homard puisqu'on en avait servi au déjeuner à la table du roi Philippe. Tout le monde pouvait trouver son bonheur et Cate, gourmande, prit un assortiment généreux. Puis elle monta à la proue du bateau où Noah, qui jouait les baby-sitters, lui avait donné rendez-vous.

Elle avait presque atteint son but lorsqu'une voix masculine la fit s'arrêter net. On aurait dit… Mais oui, Davian était là, avec Adella !

Assis sur un canot de sauvetage renversé, ils regardaient la mer. Davian pointait l'horizon du doigt, et Adella semblait captivée par ce qu'il lui racontait…

Elle eut un moment de panique en les voyant si proches l'un de l'autre. Puis elle se raisonna. Davian était le père d'Adella. Il était normal qu'il veuille passer du temps avec sa fille. Elle devait l'accepter, que cela lui plaise ou non.

Sans faire de bruit, elle se rapprocha et s'arrêta près d'eux.

— Où est Noah ? demanda-t-elle.

Davian pivota vers elle, les cheveux en bataille, les joues rosies par le vent du large. Attendrie, elle sentit son cœur s'emballer et, pour se donner une contenance, posa son plateau sur un banc voisin.

— Noah est parti se changer, répondit-il. Je lui ai proposé d'aller dîner s'il le souhaitait. Adella n'avait pas faim.

— Mais, maintenant, j'ai très, très faim ! intervint cette dernière. C'est pour moi, maman ? ajouta-t-elle en louchant sur le plateau.

— Oui, enfin… Pas tout. J'avais apporté le dîner pour toi, moi et Noah. Mais s'il ne mange pas avec nous, alors…

— … je pourrais prendre sa place ? coupa Davian. J'aime beaucoup le homard.

Elle opina, pensant qu'un refus contrarierait Adella. Davian rapprocha le banc pour qu'il leur serve de table et, résignée, elle y déposa les petites bouteilles d'eau qu'elle avait fourrées dans ses poches.

Après avoir servi Adella, elle prit une queue de homard. Puis elle s'installa sur l'un des treuils électriques qui permettaient de manœuvrer l'ancre.

— Ce n'est peut-être pas prudent de s'asseoir là-dessus, remarqua Davian, qui s'était mis en devoir de beurrer des tartines.

— Il a raison, maman ! Noah, il dit qu'il n'faut jamais toucher ces choses-là.

Cate se leva en soupirant et se percha au bord du canot, en prenant garde de ne pas toucher Davian.

— Noah t'a dit ça parce que tu es petite, répondit-elle. C'est différent pour les adultes.

Adella fit la moue par-dessus son assiette.

— Moi, j'veux être une grande personne. Vous faites des choses bien plus rigolotes.

Cate croisa le regard amusé de Davian, qui se pencha pour ébouriffer la chevelure brune de leur fille.

— Prends ton temps, ma puce, déclara-t-il. Profite de ton enfance. Après, ce n'est plus pareil.

— Tout le monde répète toujours ça ! marmonna Adella.

Je n'comprends pas pourquoi. Si j'étais grande, je pourrais choisir plein d'amis et…

Son visage s'éclaira d'un coup, puis elle reprit :

— Maman, tu sais que Davian est mon nouvel ami ? Il connaît plein de trucs sur la gé… mographie.

— Tu veux dire « géographie », trésor. Cela permet de découvrir les pays et les continents.

— Oui, c'est c'que je disais ! On va regarder le coucher du soleil après dîner, maman ?

— Bien sûr, si ça te fait plaisir.

Cate dégusta quelques bouchées de homard, les yeux rivés sur le paysage. Elle devait savourer ces bons moments. Elle les garderait comme de précieux souvenirs lorsqu'elle aurait ouvert son cabinet à Boston.

— Puis-je profiter du spectacle en votre compagnie ? demanda Davian à voix basse.

Il s'imaginait probablement qu'Adella ne l'entendrait pas, mais il ignorait que leur fille était un vrai radar. Il suffisait de vouloir lui cacher quelque chose pour qu'elle capte les propos des adultes.

— Maman, dis oui, s'il te plaît ! J'veux qu'il regarde le coucher du soleil avec nous !

Cate ne put s'empêcher de rire devant l'air stupéfait de Davian. Comment aurait-elle pu refuser ? Adella semblait tellement contente…

— Le bateau appartient à tout le monde, répondit-elle enfin. Davian peut rester s'il en a envie.

Ils terminèrent de dîner en écoutant Adella s'extasier sur les paysages et les « merveilles » qu'elle avait vues depuis Gibraltar. Davian ne la quittait pas des yeux, complètement fasciné, et Cate eut un pincement au cœur. Les choses auraient pu être simples dans un autre contexte. Si leur situation avait été différente, il se serait vite attaché à leur fille et vice versa.

Après avoir dévoré sa salade de fruits, Adella demanda la permission d'aller jouer avec ses peluches contre la rambarde.

— Bien sûr, chérie, mais n'approche pas de la piscine. Reste là sur le côté, que je te voie…

Le soleil déclinait encore et, soudain, Cate se sentit gênée de se trouver sur ce canot, seule avec Davian qui la regardait d'un air bizarre.

— Cate ?

Lorsqu'il tendit la main vers elle, un long frisson la parcourut.

— Je… Oui ?

— Tu as du beurre sur la joue.

— Oh…

Gênée, elle s'essuya avec sa serviette en papier.

— C'est parti ?

— Non.

Elle frotta de nouveau.

— Et là ?

— Toujours pas, répondit-il en souriant. Laisse-moi faire…

Avant qu'elle ait pu réagir, il lui enleva sa serviette. Puis il lui souleva le menton d'une main tandis que, de l'autre, il lui nettoyait les coins de la bouche.

Saisie de vertiges, elle ferma les paupières. Cela faisait une éternité… Depuis Davian, personne ne l'avait effleurée avec tendresse comme il le faisait maintenant. Aucun homme ne l'avait approchée. Elle n'en avait eu ni le temps ni l'envie…

Lorsqu'elle rouvrit les yeux, il la tint captive de son regard brûlant. L'atmosphère était devenue électrique : elle retint son souffle tandis qu'une chaleur traîtresse s'insinuait en elle. Le désir qui flambait dans les prunelles assombries de Davian la laissait sans forces et, quand il lâcha la serviette pour arrondir une paume tiède sur sa joue, elle sentit sa raison vaciller.

Jamais ils n'auraient dû se rapprocher ainsi. C'était de la folie, avec Adella qui jouait quelques mètres plus loin, et en sachant que cette histoire risquait de mal finir.

Certes, elle n'avait jamais oublié Davian, mais à quoi bon se rendre malheureuse ? La flamme du désir s'éteindrait après la croisière. Chacun partirait de son côté. Ils se reverraient de manière épisodique pour Adella, et les choses en resteraient là.

Sois raisonnable. Il le faut…

Elle voulut s'écarter, mais n'en eut pas le courage. Elle demeura immobile, le souffle court, et finalement Davian effleura ses lèvres de sa bouche brûlante.

Aussitôt, ce fut une explosion de couleurs. Un feu d'artifice qu'elle croyait ne plus jamais revivre, qui embrasait tout l'univers et, au-delà, dans un moment d'une douceur et d'une sensualité incroyables.

Jusqu'à ce que, soudain…

— Maman ! Regarde, le soleil se cache !

Elle eut juste le temps de s'écarter de Davian avant qu'une petite tornade brune ne vienne s'accrocher à ses jambes. Dans l'enthousiasme du moment, Adella s'était précipitée vers eux. Elle avait bien failli les surprendre !

Bouleversée, Cate jeta un coup d'œil sur Davian. Il avait l'air aussi perdu qu'elle et, lorsqu'elle se pencha pour prendre Adella sur ses genoux, elle songea que cet « incident » ne devrait jamais se reproduire.

Ce baiser magique figurerait, lui aussi, au rang des souvenirs. Il n'y en aurait pas d'autres.

7.

Le lendemain, vers midi, Davian se sentait déjà épuisé. Il avait passé une mauvaise nuit, et le vacarme sur le pont supérieur lui tapait sur les nerfs.

C'était une journée magnifique, avec un soleil éclatant et une mer d'huile. L'ambiance était joyeuse car les invités de ses parents s'amusaient sur l'eau. Jet-skis, skis nautiques, planches de paddle et de wakeboaording, seabob, bouées géantes : rien ne manquait. L'équipage avait même installé un énorme toboggan gonflable pour les amateurs de glisse !

Il jeta un coup d'œil agacé à cet étalage. Il n'était pas d'humeur à entendre des cris et des rires. Depuis la veille, il ne pensait qu'au moment où il avait embrassé Cate. Il sentait encore son souffle tiède sur sa joue. Il se remémorait le frisson qui l'avait parcourue lorsqu'il avait capturé son beau visage.

Même après toutes ces années, il était resté « accro » à elle. Il savait maintenant pourquoi il n'avait jamais pu l'oublier…

— Attention en bas !

Le comte de Maybrook, un ami de son père, venait de se lancer à plat ventre sur le toboggan. Des gloussements et des rires tapageurs ponctuèrent son atterrissage dans la mer bleue. S'ensuivit une salve d'applaudissements qui donna l'envie à Davian de se boucher les oreilles. Il était encore tôt, mais tout le monde avait déjà bu pas mal de champagne et autres cocktails…

Résigné, il se cala dans son transat et reprit sa lecture. Il avait toujours apprécié les revues médicales traitant de chirurgie. Il aimait découvrir de nouvelles techniques pour les appliquer au bloc et, à son tour, en inventer quelques-unes.

Mais après avoir lu trois fois le même paragraphe sans rien y comprendre, il ferma le magazine.

Certains jours, mieux valait renoncer. Son cerveau n'était pas disponible. Il était trop obsédé par Cate et par les problèmes qui les attendaient.

Qu'elle reste sur la défensive à propos d'Adella le mettait profondément mal à l'aise. Bien sûr, elle avait de bonnes raisons de se méfier. Il les comprenait. Il les acceptait. Mais, s'ils voulaient trouver un nouvel équilibre pour leur fille, elle devrait, à un moment, dépasser cette vieille rancune pour avancer…

— Allez, j'y retourne !

La voix pâteuse de Maybrook l'arracha à ses pensées. Le comte s'avançait d'un pas légèrement chancelant vers le toboggan, où deux stewards aidaient les aventuriers du jour à escalader l'échelle.

— Je n'peux pas laisser Shorington faire un plus gros « splash » que moi, pas vrai, Davie ?

Davian leva la main sans répondre. Il avait maintes fois signifié à lord Maybrook qu'il détestait ce surnom, en vain. L'homme était un des plus vieux amis de son père. Il ne pouvait guère l'envoyer promener…

— Allez hop, j'vais descendre à l'envers cette fois, entendit-il derrière lui.

— Monsieur, attendez un instant, s'il vous plaît ! Nous devons remettre le toboggan bien en place. La dernière rafale de vent a décalé… Monsieur ! cria un des stewards.

Deux secondes plus tard, Davian entendit un bruit sourd, mais assez fort, et les cris stridents d'une femme. Il se leva d'un bond puis rejoignit les deux équipiers qui scrutaient le pont inférieur, blêmes et l'air catastrophé.

— Il a sauté quand même ?

— Oui, Votre Altesse. On lui avait dit d'attendre, le temps qu'on resserre les fixations. Avec ce vent, la structure avait bougé. Mais il continué à grimper… Oh ! là là !

Lord Maybrook gisait à présent sur le dos, inerte, et une décharge d'adrénaline fit basculer Davian en mode médecin.

— Appelez les secours immédiatement. Qu'ils nous envoient un hélicoptère.

Il se rua dans l'escalier, le cœur battant. D'après ses estimations, lord Maybrook avait fait une chute d'environ quatre mètres et le plancher en teck était dur. Très dur, même. Voilà qui n'augurait rien de bon.

Quand il s'agenouilla près du blessé, celui-ci respirait à peine. Avec douceur, il lui palpa le cuir chevelu et le cou afin de repérer d'éventuelles lésions.

— Lord Maybrook, est-ce que vous m'entendez ?

Du coin de l'œil, il vit Cate accourir. Quand elle s'agenouilla face à lui de l'autre côté du patient, il lui résuma la situation et prit le stéthoscope qu'elle lui tendait.

— Respiration superficielle, rythme irrégulier. Il est inconscient et non réactif.

Aussitôt, elle tapota les joues de lord Maybrook.

— Monsieur, monsieur ! C'est le Dr Neves qui vous parle. Si vous m'entendez, pouvez-vous me répondre ?

Le blessé gémit, puis, soudain, battit des bras et des jambes de manière désordonnée. Cate recula pour ne pas recevoir un coup, et Davian, préoccupé, maintint du mieux qu'il put les quatre membres au sol. Maybrook était déjà assez mal en point. Il risquait d'aggraver ses lésions en bougeant.

Quand enfin, il ouvrit les paupières, il semblait très désorienté. Davian se pencha sur lui.

— Vous êtes tombé du toboggan. On essaie de vous aider, le Dr Neves et moi. Surtout, restez tranquille.

— Les secours aériens arrivent, annonça Noah. Ils seront là dans cinq minutes.

Le chef steward, aidé de quelques hommes, avait formé un cordon pour maintenir les autres plaisanciers – dont l'épouse affolée de Maybrook – à l'écart. C'était une bonne chose car la situation devenait préoccupante.

— Monsieur, essayez de me dire où vous avez mal, demanda Cate.

Elle lui défit son gilet de sauvetage et lui palpa le ventre, puis le dos. Chaque fois, Maybrook poussa un cri de douleur.

— Bon sang, vous me faites mal partout ! cria-t-il, leur infligeant alors son haleine chargée.

Davian se promit de sermonner l'équipage au sujet de l'alcool. Laisser des gens qui avaient bu pratiquer des sports nautiques était très imprudent. Les invités auraient probablement passé outre les recommandations, mais il aurait au moins fallu les mettre en garde…

— Abdomen gonflé et sensible, dit Cate. Suspicion d'hémorragie interne.

— As-tu un cathéter dans ta mallette ?

— Oui.

— Parfait. Noah, emmenez tout le monde à l'étage supérieur, s'il vous plaît. Nous devons pratiquer un acte médical sur lord Maybrook.

Aidé des autres stewards, Noah s'exécuta promptement. Du coin de l'œil, Davian vit que ses parents et Mme Maybrook étaient restés au bout du pont. Sa mère faisait de son mieux pour consoler l'épouse du blessé, laquelle pleurait à chaudes larmes sur son épaule.

Pestant entre ses dents, il résolut de tout faire pour que la catastrophe ne tourne pas au drame.

— Voyons s'il a du sang dans les urines, dit-il.

Il s'équipa de gants, ouvrit le paquet stérile contenant le cathéter et l'inséra dans l'urètre de Maybrook. Le tube s'emplit aussitôt d'un liquide rouge vif qui confirma ses craintes.

— Un rein doit être touché au moins, et peut-être le foie, murmura-t-il.

Cate pesta entre ses dents.

— J'ai bien peur que tu n'aies raison. Où avez-vous le plus mal, monsieur ?

— En quelle langue faut-il vous le chanter ? Au dos ! Laissez-moi me mettre sur le côté !

Davian se positionna au-dessus du patient pour l'empêcher de remuer.

— C'est impossible. Maybrook, écoutez-moi. Vous avez fait une très mauvaise chute. Si vous bougez, vous risquez d'aggraver vos blessures. L'hélicoptère ne va plus tarder. Allez, tenez bon.

Il croisa le regard de Cate. Elle s'efforçait de garder un air impassible, mais elle partageait de toute évidence ses craintes. En cas d'hémorragie interne, les secours disposaient de quinze à vingt minutes pour atteindre l'hôpital et le bloc opératoire. Sinon, le pronostic vital était très réservé…

Cate reprit le stéthoscope puis contrôla la tension artérielle.

— 8/6, murmura-t-elle. L'hémorragie l'a fait chuter.

Davian dut raffermir sa pression sur les bras de Maybrook, qui commençait à se débattre.

— Je veux me lever ! Je ne veux pas que ma femme me voie dans cet état. J'ai ma fierté !

Il faillit répondre à Maybrook que sa fierté lui ferait une belle jambe quand il serait mort, mais l'arrivée des secouristes l'empêcha d'être désagréable. L'hélicoptère atterrit sur le pont supérieur dans un bruit assourdissant. Peu après, deux hommes en blouse blanche dévalèrent l'escalier et coururent vers eux.

— Qu'est-ce qu'on a ? demanda le plus âgé, qui portait un badge « médecin ».

Davian résuma la situation en quelques phrases et, à partir de ce moment, tout alla très vite. On posa une perfusion à Maybrook avant de le sangler sur un brancard spécial. Mme Maybrook fut invitée à accompagner son mari. Quelques instants plus tard, l'hélicoptère s'élevait de nouveau dans le ciel.

Davian et Cate regardèrent l'engin s'éloigner. Après ces moments de tension extrême, le silence paraissait presque incongru. Il n'y avait guère que le cri des mouettes pour leur rappeler que la Terre continuait de tourner, que la vie suivait son cours…

Une légère bourrade fit sursauter Davian. Il remarqua,

stupéfait, que son père se tenait à côté de lui, pâle et visiblement éprouvé.

Soucieux, il le guida vers une chaise longue et le fit asseoir. Puis il s'accroupit devant lui.

— Reposez-vous, père. Vous avez subi un stress.

— Maybrook va-t-il s'en remettre ?

— Je l'ignore, mais rassurez-vous, il est en de très bonnes mains. J'appellerai l'hôpital dans un moment pour avoir des nouvelles.

Son père hocha la tête, l'air grave.

— Dieu merci, tu étais là, mon garçon.

— J'ai fait mon travail du mieux possible…

— Ce n'est pas seulement un travail. C'est une vocation chez toi.

Davian eut l'impression que son père le voyait pour la première fois. Ou plutôt qu'il l'acceptait enfin pour lui-même, avec sa personnalité et le métier qu'il avait choisi.

Mais la parenthèse fut, hélas, de courte durée :

— Débrouille-toi pour que la presse n'ait pas vent de cette histoire.

Le visage de son père s'était durci. Quand il se leva, Davian l'imita puis inclina la tête en signe d'acquiescement. Qu'aurait-il pu répondre ? Son père n'avait que le mot « presse » à la bouche. Lord Maybrook était grièvement blessé, mais Sa Majesté le roi Philippe s'inquiétait des répercussions dans les journaux !

Cette fois, la coupe était pleine. Ce dernier incident confortait Davian dans l'idée de prendre ses distances avec la Couronne. Il en avait assez de cette vie où les apparences comptaient davantage que les êtres humains.

Sa décision était prise. Il ne reviendrait pas en arrière.

— Quelle histoire ! Je n'imaginais pas avoir une pause déjeuner aussi stressante…

Occupée à ranger ses affaires dans sa sacoche, Cate leva les yeux vers Davian. Il avait l'air grave depuis qu'il avait parlé au roi Philippe, et elle eut de la peine pour lui. Quel dommage qu'il ne s'entende pas avec son père ! Enfin… Lui, au moins, en avait un. Elle ne pouvait pas en dire autant.

Il hocha la tête, puis se rapprocha d'elle.

— C'était rock'n'roll, en effet. Joli travail, docteur Neves.

— Je te retourne le compliment.

Elle lui sourit. Elle avait toujours aimé travailler avec lui car une saine émulation s'était instaurée entre eux dès le départ. Chacun donnait le meilleur en compagnie de l'autre !

— Bien vu pour le cathéter, Davian.

— Merci.

— Comment va ton père ? Pas trop secoué ?

— Non, ça va. Il joue les durs à cuire. Il a l'habitude.

Comme elle fermait son sac, il lui tendit la main pour l'aider à se relever. Elle eut un sourire compréhensif.

— Ça doit être dur de toujours soigner les apparences.

Il soupira.

— Oh ! que oui… Allez, je t'accompagne en bas.

Sitôt à l'infirmerie, elle commença à renouveler les produits de sa mallette, troublée par la présence de Davian. Le Dr Bryant et Carrie ne travaillaient pas ce jour-là. Ils étaient arrivés à la fin du sauvetage mais, comme on n'avait pas besoin d'eux, ils avaient, depuis, regagné leurs cabines. Et ils ne reparaîtraient pas au cabinet avant le lendemain…

Au moins, personne ne verrait à quel point elle était perturbée. C'était beaucoup mieux ainsi.

Davian se laissa tomber sur une chaise près de la porte. Il avait l'air pensif.

— Ça fait réfléchir, non ? dit-il au bout d'un moment.

— Quoi donc ?

— Les accidents comme celui de tout à l'heure.

Elle prit deux bouteilles d'eau dans le réfrigérateur, lui en donna une et s'assit à côté de lui.

— Tout peut basculer en trois secondes, dans la vie, ajouta Davian.

— C'est particulièrement vrai pour nous, admit-elle.

Ils restèrent un moment silencieux, puis Davian lui lança un regard interrogateur.

— Comment prends-tu la chose, toi ? Pour nous ?

Elle haussa les épaules.

— J'essaie de gérer. Ça fait beaucoup… Et toi ?

Il passa une main nerveuse dans sa chevelure sombre.

— Je n'en sais rien, Cate. Sincèrement. J'aimerais te dire que ma paternité me réjouit, mais ce serait mentir.

— Je croyais que tu étais content !

— Bien sûr que je le suis. Mais je suis aussi… perdu. Je nage en plein brouillard.

Il secoua la tête, ferma les paupières et les rouvrit.

— J'essaie de communiquer avec toi. Je veux te faire partager ce que je pense, ce que j'éprouve. Je te le dois bien après la manière dont je t'ai traitée il y a cinq ans. Il n'empêche… que c'est difficile.

— Je comprends.

— Ah, bon ? Vraiment ?

Elle baissa le nez sur sa bouteille d'eau. Mais son regard la brûlait et, au bout d'un moment, elle se redressa. Comme il serait simple de lui accorder une nouvelle chance ! Cependant elle ne pouvait pas baisser la garde si vite. Elle pouvait juste lui montrer qu'elle n'était pas indifférente à ses propos.

— Je suis la fille unique d'une maman redevenue célibataire. Je suis moi-même parent isolé. J'ai l'habitude de garder ce que je ressens pour moi. Donc oui, je comprends.

Davian approuva, l'air grave.

— Tu m'avais parlé de ta jeunesse à l'époque de notre internat. Je m'en souviens. Comment va ta mère ?

— Très bien, merci. Elle habite toujours Boston. Elle s'occupe de ma maison quand nous sommes en voyage.

— Ça doit être pratique.

— Effectivement, ça l'est.

Un nouveau silence gêné tomba. Jusqu'à ce que, à sa grande surprise, Davian ne lâche sa bombe :

— Je vais prendre mes distances avec mes obligations

princières. Je compte en informer mes parents avant leur retour en Ruclécie.

— Quoi ? Mais… pourquoi ?

— Parce que c'est la meilleure solution. J'y pense depuis plusieurs mois, mais l'arrivée d'Adella dans ma vie a été l'élément déclencheur. Je refuse qu'elle grandisse au milieu des photographes, plombée par le protocole et entourée de gardes du corps.

Il leva les bras au ciel, puis reprit :

— J'en ai soupé de cette mascarade, de ce quotidien absurde au service de la Couronne. Je veux juste faire mon métier en menant une vie normale. Et, surtout, je tiens à ce qu'Adella échappe à tout ce cirque.

Une sirène d'alarme se déclencha dans l'esprit de Cate. Davian semblait avoir intégré leur fille à sa future existence. Mais c'était à elle, la maman d'Adella, de garder le contrôle de la situation !

Elle bondit sur ses pieds et le toisa avec froideur.

— J'en prends bonne note mais, à propos d'Adella, souviens-toi que *je* suis sa responsable légale. En d'autres termes, c'est *moi* qui décide. Que tu restes prince ou non ne changera rien à l'affaire. D'accord ?

Il plissa les yeux et, l'espace d'un instant, elle songea qu'elle avait peut-être poussé le bouchon trop loin. Mais, finalement, il se leva et esquissa un sourire charmeur.

— Oui, Cate, d'accord. Mais à ton tour, garde une chose en tête : je vais sortir le grand jeu. Adella et toi, vous ne pourrez plus vous passer de moi. Je ferai tout pour me rendre indispensable.

Ayant dit cela, il sortit en laissant la porte ouverte. Cate le regarda s'éloigner, chavirée, le cœur battant. Elle craignait bien que ses paroles ne soient prémonitoires. Car elle se demandait déjà comment elle allait pouvoir vivre sans lui, une fois la croisière terminée.

8.

Le lendemain matin, Davian se réveilla aux aurores.

Ayant reçu des nouvelles rassurantes de Maybrook – qui avait été opéré avec succès –, il monta sur le pont après le petit déjeuner. Il pensait y trouver ses parents et leurs amis mais, à sa grande surprise, il ne vit que Noah. Le chef steward observait les manœuvres d'arrimage dans le port de Monaco, l'air tranquille et peu affairé.

— Où sont le roi et la reine ?

— Dans leur cabine, Votre Altesse. Sa Majesté n'a pas envie de faire l'excursion prévue. Il a décidé de rester à bord, et Sa Majesté la reine aussi. Ils m'ont dit que les événements d'hier les avaient fatigués.

— Ah, bon ? Mon père n'est pas malade, au moins ? S'est-il plaint de quelque chose ? demanda-t-il, soucieux.

Pas plus tard que la veille au soir, son père avait paru tout excité à la perspective de revoir Monte-Carlo. Davian avait concocté une journée aux petits oignons, avec déjeuner chez des amis proches, lesquels possédaient une villa au bord de la Méditerranée.

— Non, Votre Altesse. Tout va bien. D'ailleurs, ils m'ont demandé de vous transmettre un message. Ils souhaitent que vous ne changiez rien à vos projets. Ils vous verront ce soir au dîner.

Décidément, quelque chose clochait. Davian résolut d'aller s'informer à la source.

— Merci, Noah. Si le Dr Neves et sa fille arrivent, dites-leur de m'attendre, s'il vous plaît. Je reviens tout de suite.

— Bien, Votre Altesse.

Davian courut vers l'escalier, rejoignit la suite de maître et frappa.

— Mère ? Père ? C'est moi.

La porte s'entrouvrit de quelques centimètres. Sa mère, vêtue d'une robe de chambre, le regarda à travers la fente.

— Bonjour, mon chéri. Que t'arrive-t-il ?

— J'ai appris que vous ne souhaitiez pas descendre à terre. Je voulais juste m'assurer qu'il n'y avait aucun problème.

— Mais non, tout va bien. On préfère rester ici pour passer une journée de détente.

— Et vos amis de Monte-Carlo ? Ils vont être déçus.

— Je les ai déjà appelés. Ils vont venir déjeuner avec nous. Tout est réglé.

Cette fois, Davian ne trouva rien à répondre. Il tendit le cou pour essayer de voir son père, mais en vain.

— Comment va papa ? Se sent-il fatigué ?

Une voix de stentor lui répondit :

— Tout va bien, mon garçon ! Je réponds à mes mails. Arabella, laisse-le donc entrer. Tu le connais. Il est toujours en train de s'inquiéter !

Sa mère s'écarta pour lui ouvrir le passage. Il s'avança légèrement et découvrit son père installé sur le grand lit double qui occupait le fond de la pièce. Appuyé contre les oreillers, il pianotait effectivement sur sa tablette.

Davian s'était-il tracassé pour rien ? Autant l'admettre, il était tendu à l'idée de passer la journée avec Cate et Adella…

— Pardon de vous avoir dérangés. Votre programme a l'air d'être bien calé, mais appelez-moi au besoin, d'accord ?

— Merci, mon chéri, répondit sa mère.

Elle le regarda des pieds à la tête avec un sourire en coin. Il avait troqué son costume contre une chemise hawaïenne, un bermuda et des baskets, une tenue peu réglementaire dans les garde-robes royales !

— Je suis contente que tu passes la journée à Monaco, ajouta-t-elle. Tu ne profites pas assez de la vie. Amuse-toi bien.

— Merci. Ça devrait être agréable, en effet.

— Approche, mon garçon ! ordonna son père au moment où il allait s'éclipser. J'ai une question à te poser.

Il soupira. Quand aurait-il enfin la paix ? Le pire, c'est qu'il s'était jeté lui-même dans la gueule du loup !

Résigné, il s'avança et s'arrêta près du lit.

— Cette femme que tu emmènes en excursion… le Dr Neves. Si j'ai bien compris, tu l'as rencontrée à Stanford ?

— Oui. C'est une amie. Nous avons fait notre internat ensemble.

Jusqu'à ce que vous me donniez l'ordre de partir toutes affaires cessantes…

— Méfie-toi, Davian. Nous n'avons pas besoin d'un scandale en ce moment.

Il prit sur lui pour retenir un commentaire acerbe. Le seul « scandale » de sa vie avait été la rupture de ses fiançailles. Les grands communicateurs du palais en étaient responsables. Il n'avait jamais rien provoqué lui-même !

Allons. La croisière serait terminée d'ici quelques jours et, avec elle, ses devoirs. D'ici là, il était inutile de s'énerver.

— Promis, il n'y en aura pas, répondit-il. Cate a une fille de cinq ans. Cette petite est un très bon chaperon, croyez-moi.

— Hmm… Invite donc cette docteur à dîner ce soir. J'aimerais bien la rencontrer.

Comment dire non ? Un refus aurait décuplé les soupçons de son père qui voyait déjà le mal partout.

— Euh, je… D'accord. Bonne journée à vous deux.

Il déposa un baiser sur la joue de sa mère, puis s'éclipsa et remonta sur le pont.

Cate et Adella l'attendaient près de la passerelle, toutes deux vêtues d'un T-shirt blanc, d'un short en jean et de baskets blanches. Il s'efforça de ne pas lorgner les jambes bronzées de Cate et, au lieu de cela, s'avança en souriant.

— Bonjour, mesdemoiselles. Prêtes à partir à l'aventure ?

Adella battit des mains en sautillant sur place.

— Oui, s'il te plaît Davian ! Je veux une grande aventure, moi !

— Tu ne vas pas être déçue, princesse, répondit-il en riant.

Il se pencha, la souleva et la fit tournoyer dans les airs. Lorsqu'elle se mit à rire aux éclats, une émotion étrange s'empara de lui. C'était la première fois qu'il portait sa fille. Il espérait qu'il y en aurait d'autres…

Un coup d'œil sur Cate suffit, hélas, à tempérer son enthousiasme. Elle le dévisageait d'un air méfiant, et il se promit de tout faire pour que cette journée soit mémorable, dans le bon sens du terme. Il ne serait pas question de l'embrasser ou de laisser parler son cœur, même s'il en mourait d'envie !

Ils descendirent à quai pour rejoindre la voiture avec chauffeur qu'il avait louée.

Leur guide les conduisit d'abord au palais, résidence de la famille princière de Monaco. Forteresse génoise au XIIIe siècle, la demeure historique perchée sur son roc dominait toute la principauté. La vue était magnifique de là-haut, et ils s'en délectèrent avant de pénétrer dans les salles richement ornées du palais.

À chaque pièce, dont le fameux Salon bleu, Cate murmurait des explications pour Adella qui semblait fascinée par ce qu'elle voyait. Mais dans la salle du Trône, leur fille posa une question pour le moins étonnante :

— C'est là que tu t'assieds, Davian ?

Il échangea un regard stupéfait avec Cate. Puis il sourit à Adella et s'accroupit à côté d'elle.

— Non, princesse, je ne m'assieds pas sur un trône. C'est la place de mon papa. Et comment sais-tu que je vis dans un palais, moi aussi ?

— C'est Noah qui me l'a dit. Il dit que tu es un arismocrate.

— Aristocrate, corrigea-t-il doucement. Oui, si on veut…

Il se releva et se dirigea vers la sortie, jugeant opportun de faire diversion.

— Si on allait au Musée océanographique ?

Adella glissa sa petite main dans la sienne.

— C'est l'endroit où il y a tous les poissons ? Oh ! j'aimerais tellement voir un requin ! Tu crois qu'il y en a, maman ?

— Je ne sais pas, chérie, répondit Cate. Nous allons vite le découvrir.

Il s'avéra que le fameux aquarium présentait non seulement des requins, mais aussi une belle collection de méduses et de coraux, ainsi qu'une exposition sur l'effet du réchauffement climatique sur les océans. Ils purent également visiter le centre de soins pour tortues marines, avant d'admirer la vue depuis la terrasse du musée océanographique.

L'heure du déjeuner avait largement sonné lorsqu'ils ressortirent. Le chauffeur les attendait comme convenu, et il sembla tout naturel à Davian d'installer Adella au milieu de la banquette arrière. Elle était à sa place, là, entre ses parents. Existait-il plus beau tableau ?

Une sensation de plénitude nouvelle déferla sur lui. Jusqu'alors, il n'avait pas réalisé à quel point il rêvait de fonder une famille. Il s'était, inconsciemment, empêché d'y penser depuis sa rupture avec Cate. Mais maintenant…

— On est déjà allées dans un musée à Boston avec maman ! déclara Adella. Mais il est pas pareil, le nôtre. Il y a beaucoup de peintures.

— Il doit être très beau aussi, répondit-t-il en souriant.

— La prochaine fois qu'on ira, tu pourras venir avec nous, dis, Davian ?

— Je, hm… Nous verrons.

Adella soupira bruyamment.

— Tu comprends, j'ai pas de papa, moi.

Il n'aurait pas eu plus mal si quelqu'un lui avait donné un coup de poing dans l'estomac. Quel choc !

Son instinct lui criait de prendre Adella sur ses genoux, de la serrer contre lui et de lui dire : « Si, tu as un papa. C'est moi. Je serai toujours là et je ne t'abandonnerai jamais. » Mais cela aurait été trop beau, trop simple. Il ne pouvait pas écouter son cœur.

Pour le moment, ils n'étaient que deux à savoir. Cate et lui-même. Il devait garder le secret tant qu'ils n'auraient pas établi de plan de bataille. Alors seulement, ils pourraient parler à Adella. Puis il informerait ses parents, Arthur, et le monde entier…

— Qui a faim ? demanda-t-il d'un ton faussement enjoué.

Aussitôt, Adella leva la main.

— Moiaaa ! J'ai très, très faim !

Il regarda Cate par-dessus la tête de leur fille. Un soulagement évident se peignait sur son beau visage, et il exhala un soupir discret. Adella avait mordu à l'hameçon. C'était le principal.

Peu après, le chauffeur les déposa devant une ruelle bordée de magasins et de restaurants. Ils entrèrent dans une pizzeria qu'il connaissait depuis longtemps pour y être déjà venu avec son frère. Il s'agissait d'un endroit discret où l'on servait une cuisine succulente. Pourvu que cela plaise à Cate et Adella !

Ses espoirs ne furent pas déçus puisque ses invitées dévorèrent littéralement. Le déjeuner se passa de manière très joyeuse, avec Adella qui leur laissait à peine le temps de parler entre deux bouchées. Quel régal de l'entendre jacasser ainsi ! Il la trouvait vive, intelligente, éveillée… Avec une maman comme Cate, fallait-il s'en étonner ?

Après le repas, Davian proposa d'aller visiter les jardins Saint-Martin. Le parc se situait à proximité de l'aquarium mais, craignant que la marche ne soit trop longue pour Adella, il rappela le chauffeur. La suite lui donna raison puisque, à peine montée en voiture, sa fille s'endormit avec ses peluches dans les bras !

Heureusement, ils purent louer une poussette à l'entrée des jardins. Adella ne se réveilla même pas lorsque Cate l'y installa, et ils se mirent aussitôt à explorer les allées calmes et reposantes qui surplombaient la mer. Pouvait-on rêver meilleure conclusion à cette journée ?

Après s'être offert une petite séance photos, ils s'assirent sur un banc, comme pour étirer le temps au maximum avant la fin de cette parenthèse enchantée. Cate admirait la vue, les cheveux au vent. En d'autres circonstances, sans doute lui aurait-il enlacé la taille. Il l'aurait attirée contre lui pour s'enivrer de son parfum citronné. Mais il ne pouvait pas. Il n'osait pas…

— Merci, Davian, dit-elle d'un ton doux. Je me souviendrai toujours de Monaco. C'était fantastique.

— Mais de rien. Tout le plaisir était pour moi.

Ils parlaient déjà au passé, sentant que le retour était proche. Pour lui, ce serait le retour des soucis…

— Mon père m'inquiète de plus en plus, dit-il.

Cate pivota vers lui, l'air préoccupé.

— Ah, bon ? Pourquoi ?

— Mes parents n'ont pas voulu aller à Monte-Carlo. J'avais passé des heures à tout organiser dans les moindres détails. Pour la sortie, je m'en fiche, mais… ce n'est pas leur genre d'annuler un déjeuner avec des amis.

Il secoua la tête, puis ajouta :

— Tu connais les antécédents cardiaques de mon père. J'ai peur qu'il ne soit, à nouveau, pas en grande forme.

— Lui as-tu posé la question ?

— Oui, avant de partir. Il m'a certifié que tout allait bien. Et pourtant…

— Tu as des doutes ?

— Oui. Mes parents m'ont déjà caché des choses. C'est même devenu une habitude.

— Je suis désolée, murmura Cate. Et je suis navrée que ta famille t'ait rappelé comme ça, de but en blanc, pendant notre internat. C'était injuste. Tu ne le méritais pas.

— Non, en effet.

Quand il lui prit la main, elle ne se dégagea pas. Il la regarda droit dans les yeux.

— Et moi, je suis désolé que tu en aies subi les conséquences. Je n'ai jamais voulu te faire souffrir. J'espère que tu le sais.

Cate opina.

— Je ne t'en ai pas parlé, à l'époque, mais… il m'est arrivé plusieurs fois de croiser mon père et sa nouvelle famille dans les rues de Boston. Il avait l'air tellement heureux ! Avec nous, il faisait toujours la tête.

Elle émit un rire sans joie.

— Jamais, pas une seule fois, il ne m'a dit qu'il était désolé d'être parti. Il a dit au revoir et, hop, il a quitté la maison. Je n'ai plus entendu parler de lui. Il n'est jamais revenu me voir. Il nous a jetées comme des vieilles chaussettes. Alors moi… je refuse qu'Adella vive ce genre de choses. Voilà pourquoi j'ai du mal à faire confiance.

Au lieu de répondre, il lui caressa l'intérieur du poignet. Puis il resserra son étreinte sur ses doigts, manière de lui témoigner sa compréhension et son soutien.

— Je m'en suis bien sortie toute seule jusqu'à présent, expliqua-t-elle. Je trouve difficile d'ouvrir la porte. De t'ouvrir la porte, *à toi*, sachant ce qui s'est passé.

— Davian ? On peut aller voir les fleurs, dis ? Les roses qui sont là-bas, devant le mur. C'est ma couleur préférée, le rose !

Adella se frottait les yeux, la voix embrumée de sommeil. Mais, en dix secondes, elle s'assit bien droite dans la poussette, visiblement requinquée après sa longue sieste.

Il jeta un coup d'œil incertain à Cate. Elle approuva de manière presque imperceptible, et il sourit à Adella qui le regardait, pleine d'espoir.

— Avec joie, princesse. Attends un peu, que je te détache… Voilà, c'est parti. Allons voir ces belles fleurs.

Cate resta assise sur le banc tandis que Davian accompagnait Adella vers les fleurs.

Une nuée d'abeilles butinait les massifs, et, tendant l'oreille, elle capta les mots « ruche » et « pollen ». Davian s'était lancé dans une leçon de sciences de la nature que leur fille écoutait avec une attention soutenue, la bouche entrouverte et les yeux écarquillés.

Même de loin, la ressemblance était frappante. Cate savait qu'elle aurait dû s'en inquiéter car les paparazzis rôdaient peut-être à leur insu. Néanmoins, elle fit taire ces pensées négatives. Pour l'heure, elle souhaitait juste être le témoin privilégié du bonheur d'Adella.

Jusqu'alors, elle ne s'était guère posé de questions. Elle croyait

Davian éloigné à jamais. Elle savait qu'Adella l'interrogerait un jour et que la présence d'un père risquait de lui manquer. Néanmoins, elle s'était dit qu'elle gérerait le problème au mieux quand il surviendrait. À chaque jour suffisait sa peine.

Mais la donne était en train de changer. Elle avait l'intuition profonde que Davian pourrait vite devenir indispensable à leur fille. S'il la voyait régulièrement, il deviendrait un confident, un guide, un ami. En tout cas, il semblait prêt à jouer son rôle. À la première occasion, elle dirait tout à Adella.

Jamais il ne paraissait dérangé par les questions ou les bavardages d'Adella. Jamais il ne refusait de faire ce qu'elle lui demandait. Si on avait dit à Cate qu'un jour elle verrait le prince de Ruclécie assis sur l'herbe en grande conversation avec un bourdon, elle ne l'aurait jamais cru !

Elle prit une profonde inspiration, certaine qu'elle allait se sentir nerveuse. Elle avait eu les nerfs en pelote chaque fois qu'elle avait imaginé ce moment. Néanmoins, rien ne se produisit. Au contraire, elle éprouvait une sérénité profonde à l'idée que, bientôt, Adella connaîtrait la vérité sur ses origines et sur le papa qui la regardait déjà comme si elle était la prunelle de ses yeux…

Oui, elle prenait la bonne décision. Une décision logique, raisonnable et juste. Elle était sûre que Davian saurait s'en montrer digne.

Quand il revint vers elle, portant une Adella qui riait aux éclats, elle lui adressa un sourire complice. Ils décidèrent de rejoindre le port à pied et, une fois la puce installée dans sa poussette, ils se mirent en route tranquillement, comme un couple « ordinaire » parmi la foule des promeneurs.

— J'ai bien réfléchi, dit-elle, le cœur battant.

Il s'esclaffa.

— Oh ! oh… J'ai peur !

— Non, je suis sérieuse, Davian.

Elle lui donna une bourrade amicale puis, à voix basse, elle reprit :

— J'ignore comment ça pourra fonctionner à distance, mais

Adella s'est attachée à toi. Vous vous entendez bien et… bref, elle a besoin d'un père. Je pense qu'il faut lui dire la vérité. Si tu es d'accord, bien sûr.

Il écarquilla les yeux et s'arrêta au milieu du chemin, déclenchant quelques commentaires irrités des promeneurs derrière eux. La foule était dense et, finalement, ils trouvèrent refuge sous une petite alcôve bordée de statuettes.

Davian avait l'air étonné, un peu inquiet, mais surtout ravi.

— Évidemment que je suis d'accord ! Ça me ferait très, très plaisir.

— Génial.

Dans cet espace restreint, ils se tenaient tout près l'un de l'autre. Le regard de Davian lui parut plus lumineux que jamais et, lorsqu'il se pencha vers elle, le temps suspendit son cours.

Il l'embrassa avec une tendresse infinie. Pourtant, le désir qui couvait entre eux était là, bien palpable.

— Cate, je…

— Chut.

Elle attira sa tête à elle et lui donna un nouveau baiser, passionné celui-là. Ils étaient hors d'haleine quand, finalement, ils s'écartèrent. Ils restèrent immobiles, front contre front, partageant une complicité touchante.

— On devrait y aller, suggéra-t-elle. Tu dois te changer pour le dîner, je suppose ?

— Tout à fait. D'ailleurs, mes parents aimeraient que tu dînes avec nous.

— Quoi ? Mais… Je n'ai jamais fréquenté le Gotha ! Je ne voudrais pas la jouer comme Vivian dans *Pretty Woman* et envoyer valser un escargot sur la tête de ton père !

— Je doute que cela arrive. D'après mes souvenirs, tu avais des manières impeccables lors des dîners de gala auxquels nous participions à Stanford.

— D'accord, mais là… On parle d'un roi et d'une reine.

— Qui, au bout du compte, sont juste mes parents. Ne t'inquiète pas. Ma mère est formidable. Elle gère très bien mon père et ses sautes d'humeur royales.

Elle soupira.

— Espérons-le. Je ne suis pas très rassurée.

— Maman ? Davian ? Pourquoi on s'est arrêtés ici ? Je voudrais bien goûter, moi !

La voix d'Adella, légèrement plaintive, était un signal. Il était temps de partir.

— On y va, ma puce, répondit Cate. Dans dix minutes, tu pourras manger une bonne crêpe ou une glace sur le bateau.

Lorsqu'ils atteignirent le yacht, Cate sentit que Davian lui prenait la main pour la guider vers la passerelle. Elle lui pressa les doigts, rassurée et heureuse.

Jamais, de toute son existence, elle n'avait été aussi en paix avec le monde.

9.

Malgré ses bonnes résolutions, Cate sentit son courage faiblir au moment d'entrer dans la salle à manger.

Sous la douche, elle s'était dit cent fois que ce dîner n'allait pas changer sa vie, que tout irait bien si elle restait naturelle et détendue. Elle s'était répété la même chose en enfilant sa petite robe noire à col bateau et manches trois quarts, la seule tenue chic qu'elle possédait dans ses valises.

Elle l'avait achetée peu avant son premier voyage sur les conseils de sa mère. « Tu en auras besoin pour dîner à la table du capitaine », avait décrété celle-ci. Alors, même si elle l'avait peu portée, elle se félicitait aujourd'hui que sa maman ait été une adepte du feuilleton *La croisière s'amuse* !

Elle inspira profondément, la main sur la poignée de la porte. Quoi qu'il advienne, rien ne gâcherait la magie de cette journée. Davian et elle avaient fait un grand bond en avant, pour Adella mais aussi pour eux-mêmes. Ils n'étaient pas redevenus amants et, malgré cela, elle se sentait plus proche de lui qu'elle ne l'avait jamais été.

Ils se voyaient enfin tels qu'ils étaient, sans filtres, avec leurs qualités et leurs défauts. Ils avaient laissé tomber les masques et, bien qu'elle se sentît un peu inquiète, elle était aussi pleine d'énergie. Elle n'avait jamais été une risque-tout mais, avec Davian, elle se sentait partante pour une nouvelle aventure. L'issue n'était pas gagnée d'avance, et après ?

Un sourire un peu crispé aux lèvres, elle entra. Il était 20 heures tapantes, mais tout le monde était déjà assis. Elle s'arrêta sur la première marche de l'escalier et fit une petite révérence.

— Bonsoir, Vos Majestés.

Davian se leva, un large sourire éclairant son visage bronzé.

— Ah, voilà le Dr Neves !

Il s'avança pour l'accueillir et, quand il fut près d'elle, chuchota :

— Tu es renversante.

Elle rougit comme un coquelicot sous son regard appréciateur. Comme des images de leur dernier baiser affluèrent à sa mémoire, elle se chapitra. Le moment était mal choisi pour avoir ce genre de pensées incongrues !

S'avançant, elle étudia le couple royal. Comme Davian, le roi était brun, grand et bien bâti. Il portait un costume noir, une chemise blanche et une cravate décorée du blason ruclécien. Il ne souriait pas, mais la dévisageait intensément.

— Docteur Neves. Je suis heureux de faire enfin votre connaissance. Notre fils nous a beaucoup parlé de vous, dit-il d'une voix profonde, teintée d'un léger accent.

Elle s'inclina de nouveau.

— Merci, Votre Majesté. Je suis très honorée par votre invitation.

— Oh ! ma chère ! Trêve de formalités ! N'oublions pas que nous sommes en vacances.

La reine s'était exprimée d'un ton doux, avec une chaleur indéniable. Quand la souveraine se leva et contourna la table pour venir lui serrer la main, Cate se détendit un peu. Cette femme élégante, vêtue d'un fourreau azur du même bleu que ses yeux, semblait extrêmement gentille.

— Vous êtes aussi jolie que je le pensais, ajouta-t-elle. Installez-vous, je vous en prie.

Quelques instants plus tard, pendant que le roi donnait ses instructions pour l'apéritif, Cate pivota vers Davian assis à sa gauche.

— On a passé une journée incroyable, dit-elle en souriant. Adella en parlait encore dans son bain. Merci de nous avoir emmenées à Monaco.

— Ça m'a fait plaisir, tu le sais bien.

Il lui pressa la main sur la nappe, sans doute pour la rassurer. Et force était d'admettre qu'elle avait besoin d'encouragements !

— Votre fille s'appelle Adella, docteur Neves ? demanda le roi.

— Oui, Votre Majesté.

— Quel âge a-t-elle ?

— Cinq ans. C'est la réceptionniste de l'infirmerie qui la garde ce soir.

— Jc vois.

Après qu'ils eurent dégusté un cocktail, le premier plat fut servi immédiatement. Il s'agissait de raviolis aux légumes servis dans un consommé qui fleurait bon les plantes aromatiques. Mais le roi fit une petite grimace.

— À la longue, je vais me transformer en lapin !

Davian s'esclaffa.

— Goûtez, père, c'est délicieux. Vous savez bien que les légumes sont bons pour votre santé. Se mettre au régime n'est jamais facile, mais cela aide d'avoir un bon cuisinier.

— J'aime beaucoup ces raviolis, commenta la reine.

Le roi dégusta les siens en fronçant les sourcils. Dès qu'ils eurent terminé, Noah débarrassa les assiettes.

— Je vais finir par ressembler à un courant d'air, maugréa le roi.

— Oh ! je ne m'inquiète pas, répliqua son épouse. On n'est pas près de voir le jour à travers votre uniforme !

Cate ne put s'empêcher de sourire. À leur attitude, on devinait l'affection que les deux souverains se portaient. Aurait-elle la chance de trouver son alter ego, elle aussi ? Il devait être réconfortant de se dire qu'on avait rencontré *la* bonne personne. L'homme ou la femme qui vous aimerait toujours malgré les aléas de la vie.

Comme s'il avait lu dans ses pensées, Davian lui pressa la main une nouvelle fois. Cinq ans plus tôt, elle avait sincèrement cru qu'il pourrait être sa moitié. Mais il l'avait déçue et, depuis leurs retrouvailles, elle s'efforçait de le tenir à distance.

Après une journée comme celle-ci, devait-elle encore se méfier ? Elle avait très envie de baisser la garde…

— Où est le père de votre fille, docteur Neves ?

La question abrupte faillit faire tomber Cate de sa chaise.

— Oh ! je…

Elle chercha ses mots. Elle n'avait aucune envie que les serveurs se répandent en commérages. Il y avait déjà assez de Carrie qui lisait tous les articles people sur Davian !

Elle but quelques gorgées d'eau avant de répondre :

— Il ne fait pas partie de ma vie pour l'instant.

À côté d'elle, Davian se raidit et commença à jouer avec ses couverts.

— Peut-être, père, pourrions-nous discuter d'autre chose que de la vie privée de Cate.

— Pourquoi ? C'est le sujet qui fâche ?

— Père !

— Philippe !

Davian et la reine s'étaient exclamés en chœur, visiblement aussi indignés l'un que l'autre. Mais le roi se contenta de hausser les épaules.

— J'aime que les choses soient claires et nettes.

Cate lança un regard paniqué à Davian. Son pire cauchemar était en train de prendre forme. Ils étaient tombés d'accord pour ne rien dire au roi et à la reine dans l'immédiat. Et si Davian changeait d'avis ? Et s'il lâchait sa bombe à propos d'Adella ? Peut-être n'aurait-elle pas dû lui faire confiance, après tout !

— Claires et nettes ? répéta-t-il, glacial. Cela vous va bien de dire ça, père. Vous passez votre temps à mettre les problèmes sous le tapis ! Je vous ai toujours servi de fusible pour détourner l'attention de la presse ou de la population. Et c'est vous qui exigez de la clarté ?

Tandis que la reine le dévisageait, bouche bée, Cate lui serra la main pour l'inviter à se taire. Ce n'était ni lieu ni le moment de régler ses comptes.

Mais, visiblement, il ne ressemblait pas à son père que sur le plan physique. Ils devaient partager quelques traits de caractère car, soudain, ils bondirent sur leurs pieds pour se faire face, chacun d'un côté de la table.

Cate échangea un regard navré avec la reine.

— Qu'entendez-vous par « le sujet qui fâche » ? questionna Davian d'un ton rogue.

— J'essaie de protéger la réputation de notre famille, mon garçon. Je l'ai toujours fait d'ailleurs, et regardez un peu où cela m'a mené. J'ai des problèmes cardiaques, on me menace de mort et notre nom fait régulièrement la une de la presse à scandale !

Son regard brun vira au noir et, soudain, il se tourna vers Cate.

— Je vous le demande sans détour, docteur Neves, quelles sont vos intentions ? Je trouve bizarre que vous réapparaissiez comme ça, après cinq ans, pendant cette croisière. Cinq ans, c'est justement l'âge de votre fille… Drôle de coïncidence, non ? Essayez-vous de faire chanter mon fils ? Davian, comment peux-tu faire confiance à cette femme ? Je croyais t'avoir mieux éduqué !

Bouche bée, Cate regarda Davian, puis la reine, puis Noah. Plaqué contre le mur, le steward se faisait tout petit. Son expression demeurait impassible, mais elle le connaissait bien. Elle savait qu'il était choqué, lui aussi !

Quel cauchemar. Elle posa ses couverts, prête à quitter la pièce. Elle devait récupérer Adella. Elles allaient prendre le premier vol pour les U.S.A. au départ de Nice. Il n'y avait pas d'autre solution ! Tant pis pour l'histoire qui était en train de renaître avec Davian. Ils en parleraient un jour, plus tard. Peut-être…

Avant qu'elle n'ait pu faire le moindre geste, il donna un grand coup de poing sur la table. Elle sursauta, médusée. Portait-il l'armure du chevalier blanc sous son costume ? En tout cas, son attitude était sans équivoque et, à le voir si furieux, elle se sentit un peu rassérénée.

— Premièrement, père, j'ai toute confiance en Cate. C'est une personne franche, honnête et loyale. Elle m'a toujours soutenu. Je la considère comme un excellent médecin et comme une amie proche. Elle ne m'a jamais trahi. J'aimerais pouvoir en dire autant mais, hélas, je lui ai fait beaucoup de mal à une époque.

Ignorant le rictus méprisant du roi, il poursuivit :

— Deuxièmement, j'en ai assez de vivre dans la crainte des « peut-être » et des « si ». On soupçonne tout le monde, on se méfie… Oui, il y a des gens mal intentionnés, et alors ? On ne peut pas passer son temps à redouter le pire. Je ne veux plus vivre comme ça. Ni pour vous ni pour la Couronne.

— Écoute un peu, mon garçon…

— Non, père, c'est vous qui allez m'écouter.

Cate sentit qu'il lui tirait la main pour la faire lever. Quand elle se mit debout, il se pencha vers elle.

— Fais-moi confiance, chuchota-t-il.

Elle opina, le cœur battant et la bouche sèche. Qu'allait-il faire ?

Pendant ce bref échange, le roi s'était rapproché de son épouse et lui avait posé une main sur l'épaule. Davian les regarda, l'air déterminé.

— Il y a cinq ans, nous avons eu une relation amoureuse, Cate et moi. Notre belle histoire débutait à peine lorsque j'ai dû rentrer en Ruclécie. Je me félicite qu'un heureux hasard nous ait remis en présence sur ce bateau. Nous sommes décidés à nous revoir, que cela vous plaise ou non.

Oh ! Seigneur. Le pire était à venir. Cate n'avait pas imaginé que le couple royal apprendrait la vérité de cette manière au sujet d'Adella…

— La fille de Cate est une enfant adorable. Elle est gentille, drôle, intelligente et bien élevée. N'importe quel homme digne de ce nom serait fier d'être son papa. N'importe quelle famille chaleureuse et sensée l'accueillerait à bras ouverts. Alors que je n'entende plus un mot de travers sur elle ou sur sa maman. Elles seront toujours dans mon cœur, et je les protégerai contre vents et marées. Est-ce clair ?

— Tu oublies la presse et les menaces qui pèsent sur notre famille ! tonna le roi.

— Je n'oublie rien, mais j'en ai assez que la raison d'État gouverne ma vie privée. Nous avons un service de renseignements hors normes, une police efficace. Que demander de plus ? Je ne suis pas l'héritier de la Couronne. Mon frère travaille dur pour être prêt à assurer votre succession. Je suis sûr qu'il fera un excellent monarque. Alors, de grâce, laissez-moi en paix. Je ne suis pas un pion qu'on déplace sur un jeu d'échecs. Je veux exercer mon métier tranquillement. Le moment venu, je compte vivre où je voudrai, avec la compagne que j'aurai choisie.

Le père et le fils se toisèrent par-dessus la table. L'atmosphère était à couper au couteau et, finalement, la reine toussota.

— Si nous passions à la suite ? Ces deux raviolis étaient excellents, mais ils ne me rassasieront pas jusqu'à demain…

Cette pointe d'humour, accompagnée d'un petit sourire, brisa le silence tendu. Cate reprit sa place, soulagée que Davian n'ait rien dit au sujet d'Adella. Chacun fit de même et le dîner put reprendre son cours.

Alors que le roi était devenu presque muet, Cate, Davian et la reine échangèrent leurs impressions sur Monaco et sur les pays méditerranéens. Noah et les serveurs, en bons équipiers discrets, apportaient les plats succulents concoctés par François.

— Tout était délicieux ! s'extasia la reine après avoir savouré ses profiteroles glacées à la verveine. Surtout, n'oubliez pas de transmettre nos compliments au chef.

— Avec plaisir, Votre Majesté, répondit Noah en esquissant une petite révérence. Je suis ravi que cela vous ait plu.

Une fois la table débarrassée, il reparut avec une desserte chargée de café, tisanes, liqueurs et champagne. Mais le roi semblait pressé de partir.

— Nous allons nous retirer, dit-il.

Cate et Davian se levèrent, imitant le couple royal.

— Père, je…, commença Davian.

— Cela suffira, mon garçon. Tu as été très clair. Il n'y a

rien à ajouter. Je me réjouis d'avoir enfin pu vous rencontrer, docteur Neves, ajouta-t-il à l'intention de Cate.

Elle esquissa une révérence maladroite.

— C'était un honneur, Votre Majesté.

La reine contourna la table, puis serra Davian contre son cœur.

— Ne t'en fais pas, il va s'habituer, dit-elle en souriant. Pour finir, il s'adapte toujours. Il lui faut juste un peu de temps.

Cate fut surprise de voir la reine s'avancer vers elle. Quand son hôte se pencha pour l'embrasser, elle demeura figée sur place, abasourdie.

— Très chère, j'ai été ravie de faire votre connaissance. Vous rendez mon fils heureux et c'est le principal. Il le mérite tellement ! Quelle chance que le destin vous ait réunis !

Le couple royal s'éclipsa, traversant la haie d'honneur formée par le personnel. Cate les regarda partir, bouche bée, toujours sous le choc de ce dîner pas comme les autres.

— Waouh. C'était…

— En effet ! marmonna Davian. Je suis désolé. Mon père a souvent tendance à passer les bornes.

— Il s'inquiète pour toi, c'est normal, répondit-elle pour ne pas l'embarrasser davantage.

— Mouais. Admettons.

Il emplit deux coupes de champagne, puis l'invita à le précéder sur le pont supérieur. Autant l'admettre, ils avaient besoin de prendre l'air !

Ils s'assirent sur un canapé en rotin extra-large recouvert de plaids et de coussins moelleux. Cate retira ses chaussures, imitée par Davian qui ôta également sa veste de costume.

Après avoir bu quelques gorgées, le regard perdu dans la nuit, il pivota vers elle.

— Mon père s'inquiète surtout de notre image de marque. La Couronne a une réputation à préserver, comprends-tu.

— Toutes les familles royales ont des problèmes avec les paparazzis. Vous n'êtes malheureusement pas les seuls. Il faut faire avec.

— Tu as raison, cependant mon père est de la vieille école.

Il pense à l'avenir de la monarchie. Mes parents m'aiment, c'est sûr, mais je suis moins important que mon frère dans la dynastie. Arthur est l'héritier du trône. Cela change tout.

Cate fronça les sourcils.

— Est-ce que cela te contrarie ?

— Absolument pas ! J'étais sincère, tout à l'heure, en disant qu'Arthur fera un excellent roi. Mais, cela étant, j'ai mes propres ambitions à défendre et ma vie à mener.

— Bien sûr. Je comprends.

Quand leurs genoux se frôlèrent, elle eut un délicieux frisson. Le champagne, le vent tiède, le murmure des vagues… tout concourait à lui faire tourner la tête.

— J'ai créé ma fondation dans ce but, expliqua Davian. Je voulais aider la Ruclécie par moi-même, en dehors de ma famille. Je suis un privilégié. Je fais partie du Gotha. Pour moi, il est normal de rendre un peu de ce qu'on a reçu. Mon père, lui, ne partage pas cette vision. Il estime que les membres de la famille royale n'ont pas à travailler ni à se mélanger avec des gens « ordinaires ». J'ai mis plusieurs années à le convaincre de me laisser partir aux États-Unis, et encore a-t-il fallu que j'accepte la présence de Grigorio. J'ai toujours eu la sensation de vivre dans une prison dorée. De l'extérieur, cela peut sembler palpitant, mais, de l'intérieur, c'est un cauchemar.

Cate lui pressa doucement le genou.

— Je suis désolée. Je ne me rendais pas compte… Cela doit être difficile à vivre au quotidien.

Il finit son champagne d'un trait, abandonna sa coupe et entremêla ses doigts aux siens. Elle lui sourit.

— Quoi qu'il en soit, je suis contente d'avoir rencontré tes parents. Tu n'aimes peut-être pas beaucoup qu'on te le dise, mais tu ressembles à ton papa.

Un grognement exaspéré lui parvint en réponse. Elle s'esclaffa.

— Console-toi, tu as les yeux de ta mère, et elle est adorable !

— Je te l'accorde, elle est merveilleuse. Et toi aussi, Cate. Tu t'en es sortie avec brio tout à l'heure. Quand mon père a commencé son interrogatoire, j'ai eu envie de lui voler dans les plumes !

Elle replia les jambes, calant ses pieds nus contre la cuisse de Davian. Il lui caressa doucement le mollet et, aussitôt, des petites flammes lui irradièrent le creux des reins.

— Je suis une grande fille, je peux me débrouiller toute seule, répliqua-t-elle d'un ton gai. Mais merci, en tout cas. J'ai apprécié de me sentir soutenue. Tout comme j'ai apprécié que tu gardes le secret pour Adella. J'ai eu un bref moment de panique. Je me suis demandé pendant trente secondes si je devais te faire confiance.

Avec douceur, il lui encercla les chevilles pour lui allonger les jambes sur ses genoux. Dans le mouvement, le tissu de sa robe remonta, et il se mit à lui caresser la cuisse, l'air de rien, avec une délicatesse à couper le souffle.

— Tu peux me faire confiance, dit-il d'une voix profonde.

Il arrondit la main sur sa hanche, puis ajouta :

— Je n'ai jamais voulu te faire souffrir, Cate. J'espère que tu me crois maintenant.

Elle allongea la main et, du bout de l'index, traça le contour de son beau visage. Puis, descendant plus bas, elle lui ouvrit son col de chemise. Elle flottait hors du monde, dans une bulle irréelle qui, sans doute, éclaterait à l'aube. Mais elle s'en moquait. Elle voulait juste goûter l'instant présent avec cet homme qui n'avait jamais quitté son cœur.

Sans lui laisser le temps de réagir, elle tira sur sa cravate, l'attira plus près et l'embrassa avec fougue. Il réagit en accentuant la pression sur ses hanches, jusqu'à ce que, soudain, elle se retrouve assise sur lui à califourchon. Alors, une lumière vive, à l'intensité bouleversante, s'éclaira au plus profond d'elle-même. Elle voulait plus encore. Beaucoup, beaucoup plus…

Quand ils se redressèrent, ils étaient tous les deux hors d'haleine. Davian l'enveloppa d'un regard brûlant.

— Allons dans ma cabine, chuchota-t-il d'une voix rauque. Je n'ai pas envie que la nuit s'arrête. Pas encore…

— Je n'en ai pas envie non plus, répondit-elle, le cœur battant.

Il lui donna un nouveau baiser ardent, puis il se mit debout et la souleva pour la porter dans l'escalier. Elle eut alors un bref moment de panique à l'idée qu'on puisse les voir, mais, heureusement, ils atteignirent l'étage inférieur sans croiser personne.

Dans le havre discret de la cabine de Davian, ils purent enfin laisser libre cours à leur passion. Ils envoyèrent valser leurs vêtements en quelques secondes, avant de se jeter nus sur le lit, impatients et affamés. On eût dit qu'ils ne pourraient jamais se rassasier l'un de l'autre, comme s'ils voulaient rattraper le temps perdu, ces cinq années où ils avaient été privés du bonheur de se toucher, de se goûter mutuellement, de s'étreindre peau contre peau.

S'ils avaient été timides à l'époque, ce n'était plus le cas. Ils avaient mûri. Ils avaient changé. Chacun devinait instinctivement ce que désirait l'autre.

Elle poussa un cri rauque lorsque Davian arrondit les paumes sur ses seins. Et quand il prit un mamelon durci entre ses lèvres, elle eut carrément l'impression d'exploser. Le point le plus sensible de son intimité la brûlait. Elle avait besoin de le sentir en elle, de fusionner avec son corps parfait…

Pour elle, l'amour avec Davian n'avait jamais été qu'une question de sexe, mais bien une affaire… d'amour. Elle savait aujourd'hui, à la tendresse et à la passion qu'il lui témoignait, qu'il pensait la même chose.

Oui, ils étaient sur la même longueur d'onde. Les émotions qu'ils partageaient étaient réelles, bouleversantes, magiques. Elles emportaient tout sur leur passage, et Cate ne demandait qu'une chose : se laisser emporter.

Davian perdit rapidement le contrôle à l'instant où Cate le fit basculer vers l'arrière.

Allongé contre les oreillers, il la laissa explorer son corps jusqu'à plus soif. Et il crut mourir de plaisir quand, enfin, elle promena la langue sur son sexe tendu et douloureux.

Même s'il avait vécu plusieurs aventures, faire l'amour avec Cate était différent. Il avait l'impression de la connaître aussi bien que lui-même. Il devinait d'instinct ce qu'elle aimait. Il savait comment la rendre heureuse avant de se laisser, à son tour, balayer par le plaisir. Et d'ailleurs…

Se sentant sur le point d'exploser, il la prit par les épaules et la renversa sur les oreillers. Puis il promena la bouche sur ses épaules, ses seins et son ventre, cherchant à lui rendre les sensations incroyables qu'elle lui avait procurées. Il voulait l'embrasser et la caresser jusqu'à ce qu'elle demande grâce. Il voulait sentir son corps magnifique se tendre, au bord de l'explosion…

Quand elle lui mordit l'épaule, il se redressa légèrement et tendit la main vers sa mallette pour y prendre un préservatif. Il se protégea sans la quitter des yeux, puis, dressé sur les coudes, il se positionna au-dessus d'elle qui l'attendait, chaude et humide, prête à l'accueillir.

Avec un cri d'impatience, elle captura son sexe dur et le caressa d'une main ferme.

— Continue comme ça, ma chérie, et je ne vais pas tenir longtemps…

En réponse, elle lui donna un baiser étourdissant.

— S'il te plaît, mon prince… J'ai besoin de toi.

Le son de sa voix rauque le fit vaciller au bord du précipice. Il se maîtrisa de justesse, prit une profonde inspiration et, enfin, fusionna leurs corps impatients. Il aurait voulu que ce moment dure une éternité, pourquoi pas jusqu'à la fin des temps ? Ils étaient si bien…

Mais la passion ne tarda pas à reprendre ses droits, et ils se mirent à onduler de plus en plus vite, de plus en plus fort.

— Davian ! cria Cate.

Incapable de se retenir plus longtemps, il culmina avec elle aux sommets du plaisir. Puis ils demeurèrent un long moment dans les bras l'un de l'autre, jusqu'à ce que leurs respirations s'apaisent.

Le clapotis des vagues contre la coque du bateau les berçait. Jamais, depuis une éternité, Davian ne s'était senti aussi bien. Il était à sa juste place, en paix avec le monde…

— Waouh, chuchota-t-il. Je ne sais pas comment le dire, mais ce qu'il y avait entre nous… est toujours là, Cate. Et je ne suis pas prêt à y renoncer.

— Moi non plus, répondit-elle doucement.

Il se dressa sur un coude pour la regarder. Dans la pénombre, il distinguait mal son visage, mais la vulnérabilité qu'il avait perçue dans sa voix le bouleversait. Il se promit alors de tout faire pour trouver une solution à leur problème.

Il voulait qu'ils restent ensemble, qu'ils fondent une famille. Et, surtout, il voulait la rendre heureuse.

Tendrement, il l'attira sur son cœur.

— Au départ, j'étais venu ici pour protéger mes parents. Ensuite, notre histoire est devenue une priorité.

Il hésita un instant, puis ajouta :

— Tu auras peut-être du mal à le croire, mais j'ai toujours voulu ton bonheur, Cate. Aujourd'hui, mon vœu le plus cher est de m'occuper de toi, et bien sûr d'Adella. J'espère qu'on arrivera à fonder une famille. Je veux y croire de toutes mes forces. Ça pourrait peut-être marcher ?

— Peut-être, oui, répondit-elle d'un ton incertain.

Il sentit sa gorge se nouer. Elle avait été malheureuse à cause de son père. Elle avait du mal à faire confiance, un réflexe d'autoprotection qu'il jugeait normal. Pourtant, il avait envie d'essayer.

Mais chaque chose en son temps. L'heure n'était pas à la discussion. Ils pourraient en parler plus tard.

— Essaie de te reposer, murmura-t-il, la bouche contre ses cheveux. Dors bien, ma chérie.

— Fais de beaux rêves, mon prince. À demain…

10.

Tôt le lendemain, Cate fit un saut à l'infirmerie, la tête dans les nuages après cette nuit magique.

Des muscles trop longtemps oubliés se rappelaient à son bon souvenir. Elle se sentait un peu fatiguée et, en même temps, elle avait envie de chanter à tue-tête. Cela faisait cinq ans qu'elle n'avait pas éprouvé ce genre de sensations. Une éternité !

Quand elle avait émergé d'un sommeil bienheureux, Davian dormait encore. Elle avait déposé un baiser papillon sur sa joue et s'était éclipsée discrètement, puis elle avait rejoint sa cabine pour se doucher et revêtir son uniforme.

Adella était sûrement réveillée, maintenant. Elle devait aller la rejoindre à la table du petit déjeuner, et libérer Carrie qui s'était gentiment occupée d'elle.

Comme elle s'y attendait, elle les trouva dans la salle du personnel avec Noah. Carrie s'éclipsa pour vaquer à ses occupations, les laissant tous les trois.

— Tu as fait une soirée pyjama hier, maman ? Moi, j'ai jamais le droit !

Cate prit une serviette en papier et nettoya la bouche d'Adella pour masquer son embarras.

— C'est parce que tu as cinq ans, marmonna-t-elle.

— Alors j'aurai le droit quand je serai grande ?

— Non ! Enfin… oui. Mais je n'étais pas à une soirée pyjama. J'ai discuté trop tard pour retourner te chercher.

Noah leva un sourcil moqueur.

— Discuter ? On appelle ça comme ça, maintenant ?

Elle empoigna la cafetière, les joues en feu. Rien ne demeurait secret bien longtemps sur un bateau. Elle aurait dû le savoir !

Un regard assassin à Noah ne suffit, hélas, pas à le réduire au silence.

— C'était bien, ce dîner royal ? demanda-t-il d'un ton réjoui.

— Maman, tu as dîné avec le roi et la reine ? s'écria Adella en battant des mains. Tu as trooop de la chance ! Tu portais une couronne, toi aussi ?

— Non.

Elle repoussa son assiette en soupirant. Les enjeux de sa relation avec Davian affluaient tout à coup à son cerveau. Elle n'avait pas beaucoup réfléchi avant de finir, une fois de plus, dans son lit. Elle ne regrettait rien, mais à présent…

« Je rêve de vivre avec toi, Cate. Avec Adella, on forme une famille maintenant. On y arrivera si on s'en donne la peine. »

Pouvait-elle croire les mots que Davian lui avait chuchotés cette nuit-là ? Leur relation avait-elle une issue ?

Voyant qu'Adella la regardait avec des yeux ronds, elle se secoua.

— Personne ne portait de couronne, expliqua-t-elle. C'était juste un bon repas.

— Assorti d'un bel interrogatoire, murmura Noah en aparté.

Elle sourit malgré elle. Il avait entièrement raison. Elle s'était attendue à une certaine curiosité, mais pas à ces questions abruptes de la part du roi !

Heureusement, Davian l'avait soutenue. Il s'était toujours montré prévenant à l'époque de leur internat et, au fond, il n'avait pas changé. Autant l'admettre, sa force tranquille et son énergie lui avaient manqué. Le problème, c'est qu'elle ne voulait pas devenir dépendante de lui.

Elle préférait compter exclusivement sur elle-même puisque, dans la vie, les gens finissaient toujours par vous laisser tomber. Davian n'avait pas fait exception. Il risquait fort de recommencer…

— Maman ! On dirait ta photo, là !

Adella pointait du doigt la table voisine. Se penchant, Cate avisa le tabloïd français que Jane, une hôtesse, était en train de lire… et faillit tomber à la renverse. Oh ! non ! Ce n'était pas possible !

— C'est vraiment toi, chuchota Noah, l'air abasourdi.

Il se leva, emprunta le journal et le rapporta. C'était l'une de ces publications à scandale dont certains membres d'équipage étaient friands. Jane avait dû l'acheter à Monaco ce matin-là, juste avant le départ en mer…

Le prince play-boy joue au docteur avec la doctoresse

Ce gros titre accrocheur et vulgaire donna la nausée à Cate. Juste en dessous, on voyait un selfie qu'elle avait réalisé. On y apercevait Adella qui dormait en poussette et, juste derrière, Davian et elle, têtes rapprochées et visages souriants…

— Comment ont-ils récupéré cette photo ? s'écria-t-elle, abasourdie. Je l'ai prise avec mon portable.

— Les paparazzis devaient être cachés dans le même angle, suggéra Noah.

Elle ferma les paupières, saisie de vertiges. Elle se sentait piégée, salie. Plus elle regardait le cliché, plus elle était sûre que quelqu'un l'avait volé dans son téléphone.

Le cœur au bord des lèvres, elle parcourut le texte qui accompagnait la photographie. Le « reporter » – c'était un bien grand mot – citait une source anonyme. D'après son informateur, Adella Neves ressemblait au prince Davian comme deux gouttes d'eau. Elle avait ses yeux, ses cheveux. On remarquait même des similitudes au niveau du sourire et des expressions du visage…

Cate se leva si brusquement qu'elle renversa sa chaise.

— Il faut que j'y aille. Peux-tu surveiller Adella un moment, s'il te plaît ?

— Bien sûr, mais… Ça va, Cate ?

— Non, pas du tout ! Allez, je file. Sois sage, ma puce, ajouta-t-elle à l'intention d'Adella. Je reviens vite.

Elle quitta la salle en courant et monta à l'étage supérieur, où se trouvaient les cabines de maître. Quand elle frappa chez Davian, il ouvrit presque aussitôt et lui fit signe d'entrer. Il avait son portable vissé à l'oreille. Il paraissait tendu, signe que la conversation n'était pas des plus agréables.

— Quoi, Arthur ? Comment est-ce possible ?

L'angoisse de Cate se mua en panique. Qui avait bien pu voler sa photo ? La famille royale avait-elle « autorisé » cette parution pour détourner l'attention des journalistes ? Les reporters s'intéressaient beaucoup au roi. Les services du palais avaient peut-être jugé utile de faire diversion…

Arrête. Tu t'emballes.

Comment garder la tête froide ? Elle avait déjà beaucoup souffert. Cette fois ce serait pire, car Adella était concernée…

Hélas, l'histoire se répétait. Jamais elle n'aurait cru passer si vite du rêve au cauchemar.

— Je te dis ce que je vois, Davian ! La photo s'étale à la une de tous les journaux. Le monde entier est au courant.

Davian pensait avoir pris toutes les précautions nécessaires pour cette excursion à Monaco. Visiblement, il s'était trompé. Et le visage blême de Cate ne laissait aucune place au doute : elle était déjà au courant.

— Il faut que je te laisse, Arthur. Je te rappellerai plus tard.

— Attends ! Essaie de ménager papa quand tu lui raconteras toute l'histoire, je t'en prie. Tu sais qu'il est fragile.

— Naturellement. Cela va de soi.

Après avoir raccroché, il s'avança vers Cate, la main crispée sur le journal qu'il n'avait pas lâché. En réalité, l'article sur eux ne racontait pas grand-chose. Cependant, l'auteur mentionnait sa ressemblance avec Adella !

Une vague de fureur lui serra la poitrine. Qu'on s'en prenne à lui, soit, mais à une petite fille innocente – à sa fille –, c'était intolérable.

— Ils finiront par découvrir le pot aux roses, balbutia Cate d'une voix blanche. C'est ma grande crainte depuis le début. J'espérais qu'on aurait le temps de parler à Adella.

— Moi aussi, Cate.

Il se laissa tomber sur le sofa et se passa une main dans les cheveux. Il avait à peine eu le temps de se doucher. Il n'était pas rasé et ne portait qu'un drap de bain autour de la taille !

— Comment se sont-ils procuré cette photo ? demanda-t-il.

— C'est ce que j'aimerais savoir.

Elle lui prit le journal, le regarda puis le posa sur la table.

— Au départ, j'ai pensé aux paparazzis, mais c'est moi qui ai pris ce selfie. Donc, il doit s'agir d'un piratage.

— Je ne comprends pas. Tu as bien un mot de passe et un antivirus ?

Elle s'assit près de lui en soupirant.

— Bien sûr. Franchement, ça me dépasse. Que va-t-on faire, Davian ? S'il n'y avait que moi, cela n'aurait aucune importance, mais Adella… Et que va dire ton père ?

Il lui prit la main et la serra.

— D'après Arthur, les médias people du monde entier ont déjà repris l'histoire. Comme on reste en mer aujourd'hui, mon père lira peu de journaux, mais… j'espère qu'il n'ira pas trop surfer sur Internet. Cela me laissera du temps pour lui parler moi-même.

— Au moins, il savait qu'on était à Monaco ensemble. Il sera moins surpris.

— Certes. Mais il va s'énerver et rejeter la faute sur moi, comme d'habitude.

— Je suis désolée.

Elle appuya la tête sur son épaule. Touché, il l'embrassa sur le front et lui caressa les cheveux.

— Ne t'inquiète pas. On va arranger tout ça. Je vais m'habiller, et ensuite nous établirons un plan de bataille.

Lorsqu'il ressortit de la salle de bains, quelques minutes plus tard, Cate était penchée sur son téléphone. Apparemment, des dizaines d'articles parlaient déjà d'eux et d'Adella. Les auteurs spéculaient sur leur relation, mais également sur son éventuelle paternité. L'affaire devenait virale. Il ne restait plus qu'une chose à faire.

Avec l'accord de Cate, il contacta les responsables informatiques du palais. Il leur transmit les marques et coordonnées de leurs portables dans l'espoir qu'ils trouveraient la faille. Puis, dans un second temps, il pria la sécurité de modifier l'aéroport de départ pour ses parents. Ils devaient terminer la croisière en Sicile mais, vu la situation, mieux valait affréter un jet privé en Corse le plus tôt possible !

Ces détails réglés, il entoura les épaules de Cate.

— Il faut que nous allions voir mes parents. Avec un peu de chance, ils ne seront pas encore informés.

Hélas, il comprit tout de suite que son père était au courant quand ce dernier leur ouvrit sa porte, rouge de colère et le visage crispé.

— Je t'avais pourtant mis en garde ! cria-t-il sans préambule. Je t'avais dit de ne pas lui faire confiance.

Par réflexe, Davian se posta devant Cate. Il avait l'habitude des colères royales – pour les avoir subies plus souvent qu'à son tour –, mais pas elle !

— Cate n'y est pour rien, père. Son téléphone a été piraté.

— Ha ha ! C'est ce qu'elle t'a dit ?

— Oui, et je la crois.

Quand son père se mit à tousser, Davian eut peur qu'il ne fasse une attaque.

— Je vous en prie, calmez-vous. Tous les services du palais sont mobilisés et j'ai déjà eu Arthur au téléphone. Nous maîtrisons la situation.

— On ne maîtrise jamais la rumeur une fois qu'elle est lancée, Davian. Tu le sais très bien !

— Dans ce cas, nous gérerons les problèmes au fur et à mesure. J'ai déjà organisé votre retour. Nous allons éviter la Sicile. Vous repartirez de Corse après-demain. Je vous garantis que tout va s'arranger. De grâce, père, ne vous mettez pas martel en tête.

— Me calmer ? Comment pourrais-je me calmer ? La presse insinue que tu es le géniteur de son enfant ! Où irons-nous si les journaux associent tous les bâtards de la planète à notre famille ? Combien vous ont-ils donné pour les photos, docteur ? Une belle somme, je suppose ?

— En voilà assez ! Roi ou non, je vous interdis de traiter ma fille de bâtarde, est-ce compris ? Si elle faisait partie de votre famille, vous ne seriez pas digne d'être son grand-père !

Le roi demeura interloqué quelques secondes. Cate s'était exprimée sur un ton à la fois sévère et glacial que Davian ne lui connaissait pas. Il prit aussitôt le relais pour la soutenir :

— Cate a raison, père. Ne dites pas des choses que vous pourriez regretter plus tard.

— Mon seul regret, Davian est que tu ne ressembles pas davantage à ton frère. Lui au moins connaît ses devoirs.

La pratique du self-control qu'il s'imposait depuis l'enfance lui fut d'un grand secours. Au lieu de se mettre à hurler, il serra les poings. Son père parut enfin comprendre qu'il était allé trop loin, car il recula et baissa la tête. Mais Davian ne pouvait pas laisser ces accusations injustes sans réponse.

— Depuis mon plus jeune âge, je consacre toute mon énergie à cette famille, articula-t-il, les dents serrées. J'ai perdu trop de temps.

Son père recula encore, blême et les épaules voûtées. Davian lui tourna le dos, suivi par Cate qui, cette fois, sortit sans faire la révérence.

11.

D'heure en heure, les choses n'avaient fait qu'empirer.

Comme Davian l'espérait, les informaticiens avaient trouvé la faille, en l'occurrence l'endroit d'où la photo avait été envoyée. Mais quelle n'avait pas été sa surprise d'apprendre que l'expéditeur indélicat se trouvait sur le yacht ! Et, plus grave, que la zone d'émission se situait près de l'infirmerie !

À cette annonce, il avait eu l'impression que la Terre s'ouvrait sous ses pieds. Il était monté prendre l'air sur le pont et, malgré le soleil radieux, il lui semblait maintenant que d'épais nuages voilaient l'horizon.

C'était impossible. Cate ne pouvait pas être à l'origine de ce désastre. Elle n'avait rien à y gagner !

Rien, sauf de l'argent.

Les phrases assassines de son père affluèrent à sa mémoire, mais il les balaya immédiatement. Cate n'avait pas besoin d'argent. D'une, elle était très bien payée pour cette croisière. De deux, elle avait économisé pour ouvrir son cabinet à Boston. Femme de ressources, elle n'avait pas attendu de le revoir pour penser à son avenir, y compris sur le plan financier.

Il s'accouda au bastingage en soupirant. Il était si fatigué qu'il n'arrivait plus à réfléchir. Il en avait assez de régler des problèmes, de faire attention, de vivre sur la pointe des pieds. Tout ça pour que son père lui reproche sans arrêt quelque chose !

Il voulait juste être libre, soigner des patients, gérer ses œuvres caritatives. Et, surtout, il rêvait d'être un bon père pour

Adella et un soutien pour Cate. Faute de quoi il ne trouverait jamais le bonheur.

Cate…

Comment savoir ce qui s'était réellement passé ? Le Dr Bryant n'avait pas pu le trahir. Ils se connaissaient depuis trop longtemps. Carrie, la réceptionniste, avait gardé Adella toute la soirée et toute la nuit. Elle n'avait sans doute pas pu accéder au téléphone. Ce qui ne laissait qu'une seule et unique possibilité…

Mais non. Cela n'avait aucun sens.

Cate était la seule femme qu'il ait jamais aimée. Elle n'aurait jamais pu faire cela, même pour se venger du passé. Elle n'aurait jamais exposé leur fille de cette manière !

Allons, cela suffisait. Tourner le problème en boucle ne donnerait rien. Il n'avait qu'une seule option : descendre parler à Cate.

La conversation s'annonçait délicate, mais il n'avait pas le choix.

— J'ai beau chercher, je ne comprends pas comment la presse a récupéré ce cliché. J'ai eu mon téléphone sur moi toute la journée d'hier. Je ne l'ai laissé nulle part.

Cate lança un regard désemparé à Carrie. Postée derrière le petit comptoir d'accueil, la jeune femme lisait justement un des nombreux articles qui avaient fleuri sur Internet.

— C'est bizarre, Cate, mais ne t'inquiète pas. Ce n'est pas la fin du monde… D'ailleurs, vous êtes magnifiques sur ce selfie.

— Magnifiques ? Sérieusement ? Je me moque qu'on soit beaux ou pas ! Il y a eu atteinte à ma vie privée, Carrie. Je n'avais pas l'intention de montrer ces photos. Je les ai prises pour garder un souvenir de l'excursion.

Elle rabattit le couvercle de son ordinateur et ne put réprimer un frisson.

— Dire qu'il existe des gens assez culottés pour s'emparer de la vie des autres ! C'est immonde ! Et quand je pense à Adella… En tant que mère, je suis censée la protéger, mais j'ai été nulle.

— Maman ? C'est quoi être nulle ?

Occupée à jouer avec ses peluches dans un coin de l'infirmerie, Adella avait, comme souvent, ouvert les écoutilles. Il ne manquait plus que ça !

Cate se rapprocha de sa fille et s'agenouilla près d'elle.

— Les adultes disent souvent cela quand ils sont fâchés d'avoir raté quelque chose. Ou quand les événements ne se terminent pas comme ils voulaient. C'est la vie. On n'y peut rien mais, parfois, ça nous rend tristes.

— Je suis désolée, maman. Je t'aime, tu sais.

Elle attira Adella sur son cœur et l'étreignit.

— Moi aussi, ma chérie. Je t'aime plus que l'univers.

Son cœur manqua un battement lorsque, du coin de l'œil, elle repéra Davian qui venait d'entrer. Il ne l'avait apparemment pas vue puisqu'il se dirigea droit vers Carrie. Cette dernière sursauta, puis esquissa une révérence maladroite.

— Bonjour, Votre Altesse. En quoi puis-je vous être utile ?

— Bonjour. Je cherche le Dr Neves. C'est très urgent.

Cate se leva et lui fit un petit signe.

— Je suis là. Allons dans le bureau du Dr Bryant. Il ne travaille pas aujourd'hui.

Dès qu'elle eut refermé la porte derrière eux, Davian la prit dans ses bras.

— Comment te sens-tu ? chuchota-t-il.

— Pas trop mal.

Elle s'écarta pour le regarder. Sa chemise et son short en lin étaient chiffonnés, ses boucles brunes décoiffées. Sans doute était-il allé prendre l'air et réfléchir sur le pont…

— J'essaie toujours de comprendre. Les informaticiens t'ont-ils recontacté ?

À sa grande surprise, il fronça les sourcils et baissa le nez sur le portable qu'il tenait à la main.

— Oui. D'après eux, la transmission a été faite depuis le yacht. Le signal… serait parti d'ici, de l'infirmerie.

Sous le choc, elle recula.

— Quoi ? C'est impossible ! Je n'ai pas mis les pieds au cabinet hier.

Toujours stupéfaite, elle s'affala sur une chaise. Davian la considéra, l'air interrogateur.

— Es-tu sûre d'avoir gardé ton téléphone en permanence ?

— Évidemment, puisque j'étais de garde la nuit. Je te l'avais dit.

— Hm.

— Quoi, hm ? Qu'est-ce que ça veut dire au juste ?

— Je n'en sais rien, Cate. Je sais seulement que le traçage est formel. D'après mes gars, ton téléphone a envoyé cette photo à la presse.

Elle poussa un petit cri de surprise.

— Attends… Tu crois vraiment que je l'ai fait ?

— Je n'ai pas dit ça. Je…

— Tu l'as pensé très fort, en tout cas !

Sous le coup de l'indignation, elle se leva. Qu'il puisse croire une chose pareille l'horrifiait.

— On est restés ensemble tout le temps, Davian. Dois-je te rappeler où j'étais la nuit dernière ?

— Calme-toi, s'il te plaît. Je ne t'accuse de rien. Et me crier après ne résoudra pas le problème.

— Si, parce que tu as tort ! Je n'ai rien à voir avec ça. Pourquoi aurais-je fait une chose aussi stupide ? Cette publication va à l'encontre de mes valeurs. Elle est offensante pour moi et, bien sûr, pour Adella.

Un muscle tressauta sur la joue de Davian. Il se détourna pour regarder par le hublot.

— L'argent, peut-être ?

Elle eut l'impression qu'une main de fer lui serrait le cœur. Comment osait-il ? Comment avait-elle pu croire qu'il l'aimait ? S'il avait eu des sentiments pour elle, jamais il n'aurait lancé une accusation aussi infâme !

Une douleur cuisante lui piqua les paupières. Néanmoins, elle se retiendrait de pleurer devant lui. Elle ne lui ferait pas ce plaisir.

— Tu penses donc que j'aurais pu te trahir pour de l'argent. C'est formidable.

Il commença à arpenter la pièce, les mains derrière le dos.

— Mais non ! Je… J'essaie juste de réfléchir, et c'est la seule explication logique qui me vienne à l'esprit. Tu m'as parlé de ton cabinet à Boston et…

— Et ? D'après toi, j'aurais compromis ta famille pour une poignée de dollars dont je n'ai pas besoin ? Va au diable, Davian ! Cette conversation est terminée et, faut-il le préciser, le reste aussi !

Elle avait atteint la porte quand Davian l'arrêta d'une main posée sur son bras.

— Cate, s'il te plaît. Ne t'en va pas comme ça. Essayons de discuter.

Elle se dégagea brutalement et crispa les poings derrière son dos. L'envie irrépressible de vider son sac déferlait sur elle comme un raz-de-marée. Elle n'en aurait sans doute plus jamais l'occasion, et Davian ne méritait pas de s'en tirer à si bon compte.

— Je te faisais confiance, reprit-elle, les joues en feu. Tu m'as laissé croire que notre relation avait un avenir. Tu t'es rapproché d'Adella. Comment veux-tu être un bon père si tu baisses les bras à la première difficulté ? Nous ne sommes pas des pions dans un jeu, Davian. Je te l'ai dit dès le départ. Ce serait trop simple si la vie n'avait que des bons moments. Je devrais pouvoir compter sur toi en cas de coup dur mais, au lieu de ça, tu m'enfonces !

Sa poitrine la brûlait tellement elle avait mal. Elle n'avait qu'une envie : récupérer Adella et se réfugier dans sa cabine jusqu'à la fin de la croisière.

Ravalant un sanglot, elle affronta crânement le regard de Davian.

— Et d'ailleurs, qui sait ? C'est peut-être toi qui as transmis cette photo.

— Moi ? s'écria-t-il, l'air choqué. N'importe quoi !

— Mon scénario n'est pas moins plausible que le tien. Ta

famille sait comment manipuler la presse. Tu l'as peut-être fait pour exercer un chantage sur ton père, afin qu'il te laisse vivre ta vie tranquillement. Après tout, pourquoi pas ?

Elle sut que le coup avait porté lorsque Davian pâlit sous son bronzage. Ils étaient quittes. Tout était dit.

— Adieu, conclut-elle. À partir de maintenant, je ne veux plus entendre parler de toi.

Elle ouvrit la porte, avança d'un pas et s'arrêta net, estomaquée. Quatre gardes royaux se trouvaient dans l'infirmerie. Deux surveillaient l'entrée, le troisième rassurait Adella. Le dernier, lui, était en train de passer les menottes à Carrie !

Cate se précipita et prit dans ses bras une Adella toute tremblante.

— Maman, j'ai peur.

— Ne t'inquiète pas, chérie, je suis là.

— Que se passe-t-il ? s'enquit Davian.

— Je vous demande pardon, Votre Altesse, bafouilla Carrie, en pleurs. Je ne voulais causer de tort à personne.

— Expliquez-vous, ordonna Davian au garde qui avait menotté Carrie.

— Le chef de l'informatique nous a appelés, Votre Altesse. Ils ont pu identifier le téléphone plus précisément. Ce n'était pas celui du Dr Neves, mais un appareil de la même marque et du même modèle. La photo a pu être copiée par le wi-fi si les deux mobiles étaient l'un près de l'autre.

— Oh ! non ! s'écria Cate. Tu as fait ça, Carrie ? As-tu récupéré la photo quand j'ai accompagné Adella dans ta cabine hier soir ?

La réceptionniste baissa les yeux.

— Je ne pensais pas… que cela créerait tant de problèmes. Je ne voulais… nuire à personne, dit-elle entre deux sanglots. Ce journal m'a contactée avant le départ. Ils m'ont dit qu'ils payeraient cher toute information croustillante, ou toute photo exploitable s'il y avait des people à bord. Je n'aurais jamais cru que le prince Davian et toi alliez sortir ensemble. Je suis tellement, tellement désolée…

— Mais sachant que j'étais concernée, pourquoi n'as-tu pas fait marche arrière ?

— Je n'ai pas pu. Ils m'avaient déjà versé un acompte. Comme j'étais à découvert, je m'en suis servi pour payer mon loyer. Si tu savais comme je regrette de t'avoir fait du mal ! Tu es mon amie, et si j'avais pu rendre l'argent…

— En voilà assez. Faites-la sortir, ordonna Davian.

Cate regarda son ex-amie partir entre deux gardes, bouleversée. En vingt-quatre heures, sa vie avait basculé dans le chaos total. Elle avait hâte de tourner la page et de rentrer à Boston.

Elle posa doucement Adella qui voulait récupérer ses peluches au fond de la pièce. C'est alors que Davian pivota vers elle, l'air indéchiffrable.

— Cate, je…

— Stop. Il n'y a rien d'autre à dire. J'avais peur, en me rapprochant de toi, que ce genre de problème ne finisse par arriver. J'avais malheureusement raison.

Devinant qu'il allait l'interrompre, elle leva la main.

— Je t'aime, Davian. Je t'ai toujours aimé. Mais, dans notre cas, l'amour ne suffit pas. Adella est ma priorité absolue. Je ne peux pas – je ne veux pas – l'élever dans la peur. Encore moins auprès d'un homme qui ne me fait pas confiance.

— Mais je te fais confiance ! Et je t'aime aussi ! Je me suis laissé aveugler par la peur, justement… Je t'en prie, écoute-moi.

— Non. C'est trop facile de dire que tu me fais confiance maintenant. Si c'était vrai, tu ne m'aurais pas lancé toutes ces horreurs à la figure. Même si je te laissais une chance, notre histoire n'irait pas bien loin. Tu douterais de moi à la première occasion. Il vaut mieux en rester là… Adella ! ajouta-t-elle, haussant la voix. As-tu récupéré tes affaires ?

— Oui maman, on peut y aller. On pourra manger avec Davian ce soir, dis ?

Elle secoua la tête de manière imperceptible. L'air chagrin de Davian lui fit de la peine, mais elle tint bon.

— On verra, chérie. Il est très occupé.

Ayant dit cela, elle prit Adella par la main et sortit de la cabine sans se retourner.

Rien ne serait arrivé si elle avait joué la carte de la prudence. Dans cette histoire, elle était l'unique responsable de son malheur.

12.

Davian avait passé la fin d'après-midi enfermé dans sa cabine.

Après avoir éteint son téléphone, il avait accroché la pancarte « ne pas déranger » sur sa porte. Il s'était isolé pour réfléchir, conscient que la discussion maintes fois repoussée ne pouvait plus attendre. Il devait parler à ses parents. Le plus tôt serait le mieux.

La scène de l'infirmerie l'avait mis au pied du mur. Il devait maintenant faire un choix entre la famille royale d'un côté et Cate et Adella de l'autre. À supposer que Cate veuille encore de lui, ce qui n'avait rien d'évident puisqu'il s'était conduit comme un parfait imbécile…

L'heure du dîner approchait lorsqu'il rejoignit ses parents dans le salon principal. Son père lisait le journal, sa mère faisait des mots croisés. Ils eurent tous deux l'air surpris de le voir débarquer en short et en chemisette.

— Bonsoir, dit-il. Si vous avez un moment, il faudrait qu'on parle.

Son père lui lança un coup d'œil intrigué par-dessus son journal.

— Tu as réglé cette histoire de photos. Joli travail, mon garçon.

Davian inclina la tête et prit une chaise, retenant de justesse un « je vous l'avais bien dit » cinglant. Il s'en voulait d'avoir douté de Cate. Il en voulait à son père de l'avoir entraîné sur ce chemin. À force de répéter qu'il fallait se méfier des gens, le roi finissait par avoir une influence désastreuse. Mais cela n'arriverait plus.

— De quoi s'agit-il ? demanda son père.

— Je voulais vous annoncer qu'à partir d'aujourd'hui je me mets en retrait de la Couronne.

— Pardon ? C'est inacceptable ! Je refuse !

— Mon chéri, explique-toi, pria sa mère. Que t'arrive-t-il ? Ta décision a-t-elle un rapport avec Cate ?

— En partie, oui. Mais j'y pense depuis plusieurs années.

— Quelle ingratitude ! s'écria son père, dont le teint avait viré à l'écarlate. Quand je pense à tout ce qu'on t'a donné ! Nous avons pourvu à tes besoins, à ton éducation…

— Comme toute famille qui se respecte.

Son père donna un grand coup de poing sur la table.

— Ne sois pas impertinent ! Je refuse cette mise en retrait, comme tu l'appelles. Je ne veux plus en parler. Est-ce compris ?

— Je comprends surtout que vous m'avez utilisé comme un pion pendant des années, répondit-il, très calme. J'ai servi les intérêts de la Couronne au mépris de ma vie professionnelle et de mon équilibre personnel. Maintenant, c'est terminé. Je veux me consacrer à mon travail et vivre avec la femme que j'aime. Cela ne marchera pas tant que je serai corvéable à merci pour le royaume. Donc, je renonce à tous les titres associés à la maison de Loroso. Je vais devenir médecin à plein temps et, bientôt, j'espère, mari et père de famille. Ah oui, tant qu'on y est… Adella Neves est ma fille. Cate est tombée enceinte juste avant mon départ de Stanford. Elle a voulu me le dire mais, grâce à notre super service de sécurité, elle n'a jamais pu me joindre. La raison royale a gâché cinq ans de nos vies.

— Oh ! mon Dieu ! Est-ce vrai, Davian ? Je suis mamie une troisième fois ?

Sa mère paraissait aux anges, contrairement au roi qui, lui, semblait encore plus furieux.

— Comment sais-tu qu'elle est de toi ? As-tu fait un test ADN ? Si cette petite est membre de la famille royale, elle devra bénéficier d'une éducation conforme à son rang. J'exige des preuves. Tu ne peux pas…

Ayant exprimé son point de vue, Davian se leva.

— Je *peux*, et je *vais* le faire. Adella est ma fille. Je l'aime, et j'aime sa mère. Je souhaite passer le restant de mes jours avec elles. C'est à prendre ou à laisser. Soit vous acceptez, soit je coupe les ponts. La balle est dans votre camp.

Il eut la tristesse de voir sa mère pleurer. Si seulement son père avait été à l'écoute une fois dans sa vie ! Il regrettait d'avoir dû poser un ultimatum, mais il n'avait pas eu le choix.

Ses parents gagnèrent le fond de la pièce pour discuter en aparté. Lorsqu'ils revinrent, son père tenait sa mère par la taille. Il était devenu blême.

— Nous sommes d'accord, dirent-ils d'une même voix.

Davian eut l'impression qu'un poids énorme s'envolait de ses épaules. Tout n'était pas réglé, loin s'en fallait, mais il venait de faire un grand bond en avant.

— C'est super. Merci à vous deux. Je vais me retirer, à présent. Je vous souhaite une très bonne soirée.

Son sourire exprimait à la fois sa gratitude et sa compassion car il imposait une épreuve à ses parents. Mais ils s'en remettraient. Cela ne faisait aucun doute.

Quant à lui, il s'apprêtait à jouer une partie difficile. Le plus dur restait à faire et, même s'il voulait être optimiste, rien n'était gagné.

Mais Cate et Adella en valaient la peine. Il n'allait pas renoncer au premier écueil. Il allait se battre pour regagner la confiance de la femme qu'il n'avait jamais cessé d'aimer.

13.

La croisière touchait à sa fin.

Cate referma sa valise, amusée de voir Adella – aidée par Paulo – fourrer maladroitement ses jouets dans un sac.

Par chance, le garçonnet s'était bien remis de sa chute. On ne pouvait en dire autant de lord Maybrook, qui récupérait toujours à l'hôpital. Néanmoins, même si on avait frôlé la catastrophe, il s'en était sorti. Jamais Cate n'avait effectué d'intervention aussi tendue sur un bateau !

Pour elle, ce dernier voyage resterait mémorable à plus d'un titre.

Elle avait revu Davian. Elle lui avait révélé sa paternité. Elle avait rencontré ses parents. Et elle était, à nouveau, tombée amoureuse de lui…

Elle secoua la tête. Elle s'était toujours débrouillée seule et, aux États-Unis, la vie reprendrait son cours. Elle pourrait enfin consacrer du temps à sa mère. Et puis, elle risquait d'être débordée entre l'ouverture de son cabinet et la première rentrée d'Adella.

Davian souhaiterait-il revoir sa fille ? Elle ignorait tout de ses intentions puisqu'il n'était pas venu la voir, la veille. Il lui avait dit par SMS qu'il allait parler à ses parents. Et, depuis, il ne s'était plus manifesté. Était-ce parce qu'elle ne lui avait pas répondu ?

Il s'était peut-être lassé. C'était peut-être aussi bien. Ou peut-être pas. Elle ne savait plus quoi penser !

— Les membres d'équipage sont attendus sur le pont dans cinq minutes pour saluer nos hôtes. Je répète, haie d'honneur dans cinq minutes !

Cate prit le beeper fixé à sa ceinture pour répondre :

— Entendu, capitaine ! On arrive.

Ellc raccrocha le petit appareil et pivota vers les enfants.

— Vous avez entendu, les loulous ? On monte.

Habitués aux manœuvres sur le yacht, les bambins coururent vers la porte en riant. Elle les guida dans l'escalier, puis les fit ralentir à l'arrivée sur le pont. Ils allèrent sagement s'asseoir dans un coin pour assister au spectacle tandis qu'elle prenait sa place au bout du rang.

Deux minutes plus tard, le couple royal apparut. La reine Arabella se présenta la première devant Cate :

— Docteur Neves, merci pour votre professionnalisme. Vos interventions ont été précieuses lors de cette croisière. J'espère vous revoir bientôt, vous et votre fille.

Cate esquissa une révérence et songea, non sans ironie, que son style commençait à s'améliorer. Alors, à sa grande surprise, la reine lui donna une chaleureuse accolade.

— Mon fils nous a tout raconté, murmura cette dernière. Vous n'imaginez pas à quel point je m'en réjouis. Nous avons perdu beaucoup trop de temps. J'espère que vous accepterez de venir en Ruclécie avec Adella. Nous aimerions vous accueillir avec les honneurs qui vous sont dus.

La reine s'écarta, et Cate battit des paupières, abasourdie.

— Hm… C'est gentil, Votre Majesté. Il faut que j'y réfléchisse.

— En effet, une sérieuse réflexion s'impose, marmonna le roi, dont l'air sombre contrastait avec la gaieté de sa femme.

Son teint pâle, presque gris, ne disait rien qui vaille à Cate. S'il avait été son patient, elle l'aurait ausculté sur-le-champ, mais qui était-elle pour donner son avis ?

Le vieil homme était tendu, sous pression. Ceci expliquait peut-être cela. Heureusement, il allait bientôt reprendre l'avion. Une fois chez lui, il serait vu par ses médecins qui le connaissaient mieux qu'elle. Elle avait intérêt à rester discrète…

Au regard meurtrier que lui lança le roi, elle sut qu'elle avait bien fait de se taire.

— Je vous tiens pour responsable des absurdités de mon

fils, déclara-t-il. Il était sain d'esprit avant cette croisière. Il connaissait ses devoirs et il les assumait. Maintenant, il a la tête pleine d'idées révolutionnaires et de rêves stupides !

— Philippe ! chuchota la reine d'un ton sévère. Ce n'est ni le lieu ni le moment.

Davian, qui suivait ses parents, s'avança un peu.

— Maman a raison, père. Je suis sûr que le Dr Neves a encore des choses à régler avant le départ. Pourquoi ne pas poursuivre cette discussion en visioconférence ?

Une veine battit furieusement à la tempe du roi. Peu après, deux plaques rouges apparurent sur son visage crispé.

— Comment osez-vous me donner des ordres, tous les deux ? Je suis le roi de Ruclécie ! Je veux, j'exige…

Soudain, le vieil homme se figea comme une statue de cire. Davian eut juste le temps d'allonger le bras pour ralentir sa chute avant qu'il ne s'écroule, inerte, sur le pont.

Un début de panique agita le personnel, aussitôt canalisé par Noah. Ignorant les autres, Cate s'agenouilla par terre, imitée par Davian.

— Allez chercher ma mallette et le défibrillateur à l'infirmerie ! cria-t-elle.

— Pouls filant et irrégulier, annonça Davian. As-tu des mouvements respiratoires ?

— Non, rien. Qu'on appelle une ambulance !

Alors qu'elle dégageait les voies aériennes, Davian commença le massage cardiaque. Puis, sitôt qu'elle eut récupéré son matériel, Cate pria Noah de ventiler le roi avec un ballonnet à oxygène pendant qu'elle posait des électrodes sur le torse du patient.

— Fibrillation ventriculaire, confirma Davian en scrutant le moniteur. On va mettre une charge de 150 joules. Ensuite, vous me relaierez au massage, Noah.

— Oui, Votre Altesse.

— Prête ! On dégage…, ordonna Cate.

Sous le choc électrique, le corps du roi eut un soubresaut. Néanmoins, rien d'autre ne se produisit.

— On continue le massage, dit Davian d'une voix posée où perçait une pointe d'angoisse.

Cate eut pitié de lui. Les médecins n'étaient pas censés soigner leurs proches mais, là, il n'avait pas eu le choix. Le Dr Bryant était déjà parti pour l'aéroport. Carrie avait été renvoyée. Heureusement, plusieurs équipiers avaient suivi une formation en secourisme !

Elle lui lança un regard éloquent lorsqu'il échangea sa place avec Noah.

— On peut gérer, dit-elle. Donne le ballonnet à quelqu'un et va voir ta mère, si tu veux.

— C'est bon, le capitaine s'occupe d'elle. Et je veux rester. Tout ce qui arrive est ma faute.

— Bien sûr que non. Ton père est fragile du cœur, c'est une réalité. Tu n'es pas responsable.

— Je n'aurais pas dû lui annoncer ma mise en retrait comme ça, de but en blanc. J'aurais dû attendre qu'on soit à la maison. Si j'avais su…

— Stop ! Arrête, Davian. Ce n'est pas le moment. Tu étais fatigué de cette routine royale. Tu l'as dit parce que c'était nécessaire pour tout le monde. Y compris pour tes parents.

À l'aide d'une seringue, elle préleva 1 milligramme d'épinéphrine qu'elle injecta dans le bras du souverain. Mais Davian secoua la tête.

— Il fibrille toujours.

— L'ambulance arrive, annonça le steward qui avait alerté les secours.

— On choque encore une fois, toujours à 150, décida Cate.

— J'enlève le masque à oxygène… Vas-y, c'est bon, annonça Davian.

— On dégage… Je choque ! Allez, on reprend le massage.

Quelques instants plus tard, ils entendirent un hurlement de sirène. Juste après, trois secouristes, dont un médecin réanimateur, arrivèrent en courant.

Cate leur résuma la situation tandis que, extrêmement réactifs, ils posaient une perfusion de glucose et de solution saline. Ils injectèrent aussi de l'amiodarone pour réguler les battements cardiaques, avant de procéder à l'intubation. D'ici quelques minutes, le roi serait hospitalisé. Le maximum avait été fait pour lui, mais…

— Cate, je suis désolé, je dois les accompagner, dit Davian d'un ton pressant.

— Bien sûr, vas-y ! Ne t'inquiète pas pour moi.

Il guida sa mère sur la passerelle, juste derrière les ambulanciers qui portaient la civière. Cate, qui les regardait partir, sentit qu'on la tirait doucement par la manche.

— Est-ce que le roi va guérir, maman ?

— Je ne sais pas, ma chérie, répondit-elle.

Davian et elle avaient réagi immédiatement mais, compte tenu des antécédents du roi, personne ne pouvait émettre de pronostic. Maintenant que l'adrénaline retombait, elle avait envie de pleurer. Elle souffrait pour Davian. Même si elle avait rompu, elle l'aimait. Les problèmes de sa famille la touchaient, qu'elle le veuille ou non.

— Je suis triste que Davian soit parti, déclara Adella. Il me manque quand il n'est pas là !

— À moi aussi, il me manque.

Bientôt, elle devrait dire la vérité à Adella. Mais tout serait plus simple à Boston et, en attendant, elles avaient des valises à boucler et un taxi à prendre pour l'aéroport.

À chaque jour suffisait sa peine.

Le roi se trouvait en réanimation dans un état sérieux.

Assis près du lit, main dans la main avec sa mère, Davian repensait aux événements des dernières heures. Comment aurait-il pu imaginer que la croisière se terminerait de façon aussi dramatique ?

La veille, après avoir parlé à ses parents, il avait flotté sur un petit nuage. Mais la chute avait été brutale et, à présent, il retrouvait le goût amer de la culpabilité. Si son père ne s'en remettait pas, il s'en voudrait jusqu'à la fin de ses jours !

Les médecins corses avaient effectué un travail remarquable. Ils avaient stabilisé leur patient dans le calme, sans paraître nerveux de soigner un roi. Ils avaient aussi mené une batterie d'examens dont les résultats n'étaient pas encore connus.

Un cardiologue avait évoqué l'hypothèse d'un stent mal posé. Un autre spécialiste, lui, avait suggéré un problème médicamenteux, mais l'incertitude restait totale.

Sachant son père entre de bonnes mains, Davian s'était éclipsé pour appeler Arthur. Après cette discussion, son frère avait logiquement annoncé aux ministres qu'il prenait l'intérim jusqu'au rétablissement du roi.

Si rétablissement il y a.

Et dire que Davian avait tout misé sur le pontage, un an plus tôt ! Il avait cru que le problème serait réglé pour une bonne dizaine d'années, mais il s'était trompé !

Il reporta son attention sur son père qui reprenait peu à peu des couleurs. Les médecins l'avaient extubé, et il respirait de manière autonome, mais il était toujours inconscient. Allait-il s'en sortir ? Hormis ses ennuis cardiaques, il avait une constitution robuste. Néanmoins, ces infarctus à répétition faisaient beaucoup pour un seul homme…

Davian avait vraiment de la peine pour lui, mais aussi pour sa mère. En quarante ans de mariage, le couple royal avait tout partagé : la joie, la gloire, les épreuves. Cette femme exceptionnelle risquait de perdre son époux, et il se mettait aisément à sa place.

Je deviendrais fou si Cate était allongée sur ce lit d'hôpital. Ma Cate. Ma raison de vivre…

— Votre Altesse ? Puis-je vous dire un mot, s'il vous plaît ?

La voix du médecin l'arracha à ses pensées. Il embrassa sa mère, se leva et sortit dans le couloir.

— Qu'en pensez-vous ? demanda-t-il sans tergiverser.

— En toute franchise, Votre Altesse, je m'étonne que votre père aille aussi bien. Vu son âge et ses antécédents, les choses auraient pu mal tourner. Mais, en l'occurrence, le cœur est reparti et le rythme est stabilisé. Je prescrirai des examens complémentaires lorsqu'il se réveillera, mais le pronostic est très encourageant.

Une vague de soulagement déferla sur Davian.

— Merci beaucoup. Combien de temps pensez-vous le garder en réanimation ?

— Si son état s'améliore, il devrait pouvoir partir dans quelques jours, une semaine maximum.

— J'ai eu le Dr Di Marco, son médecin personnel, en ligne. Il m'a dit que vous aviez déjà échangé tous les deux.

— Absolument, et nous continuerons à le faire. Comme vous le savez, les premières semaines de convalescence seront cruciales. Le Dr Di Marco et moi-même pensons que Sa Majesté devra éviter tout stress. Votre père a presque soixante-dix ans et ses fonctions doivent être épuisantes…

Le message était clair : le roi devait passer la main pour ménager sa santé.

— Je suis tout à fait d'accord avec vous, répondit-il doucement. Et, de confrère à confrère, je vous remercie pour votre efficacité.

— Mais je vous en prie. Tout le plaisir est pour moi.

De retour dans la chambre, Davian fit un compte rendu rassurant à sa mère. Cette dernière pressa la main du roi à travers les barreaux du lit.

— Cela fait des années que je lui demande de se calmer et de s'appuyer sur Arthur. Il m'écoutera peut-être, maintenant.

— Espérons-le…

— Oh ! Il a serré ma main !

Davian se redressa sur son siège.

— En êtes-vous sûre ? Recommencez, pour voir.

Penché en avant, il observa la scène. Il faillit pousser un cri de joie en voyant son père réagir au stimulus.

— Excellent. Il se réveille.

Sa mère embrassa doucement les doigts de son époux.

— Allez, mon chéri, revenez-moi. J'ai besoin de vous.

Davian sentit sa gorge se nouer. Lui aussi avait besoin de quelqu'un. D'une jeune femme blonde qui lui manquait déjà à un point inimaginable…

— Excusez-moi un instant. Je reviens tout de suite.

Passant dans le couloir, il gagna la salle d'attente, une pièce équipée du wi-fi. Là, il sortit son téléphone et composa un message pour Cate, résumant l'état de santé de son père.

Juste après l'avoir envoyé, il en écrivit un autre, beaucoup plus bref, mais déterminant pour son avenir :

Accepterais-tu de venir passer quelques jours en Ruclécie avec Adella ?

14.

À l'aéroport de Boston, Cate prit un taxi pour se rendre chez sa mère.

Correspondances comprises, vingt-quatre heures s'étaient écoulées depuis le départ. Il avait fallu occuper Adella, la faire dormir, répondre à ses nombreuses questions. C'est à peine si elle avait trouvé une minute pour écrire à Davian. Elle s'était réjouie que le roi aille mieux, mais n'avait pas répondu à son invitation déroutante :

Accepterais-tu de venir passer quelques jours en Ruclécie avec Adella ?

Que dire ? Que faire ? Elle lui en voulait encore d'avoir douté d'elle. De plus, ils s'étaient séparés sur un gros point d'interrogation. Elle devrait dire la vérité à Adella, oui, mais quand ?

Une chose était certaine : elle ne prendrait aucune décision avant d'avoir parlé à sa mère, qui était toujours de bon conseil.

Quand le taxi se gara devant la maison, les retrouvailles furent aussi chaleureuses qu'elle les avait imaginées. Sa mère les entraîna à l'intérieur pour déguster des gaufres et boire qui un café, qui un chocolat chaud. Puis, une fois n'était pas coutume, Adella consentit à faire la sieste sans regimber !

Redescendue au salon, Cate prit une autre tasse de café et s'installa dans un fauteuil. Elle avait beaucoup de choses à dire. Elle n'avait jamais voulu en parler dans ses SMS ou même de vive voix au téléphone…

Malgré sa surprise évidente, sa maman l'écouta sans l'interrompre.

— Davian nous a invitées à venir en Ruclécie, conclut Cate à la fin de son récit. J'ai reçu son SMS entre deux avions, pendant le retour. Je n'ai pas encore répondu.

Sa mère leva les sourcils, ses grands yeux verts pétillant de malice.

— À ta place, j'irais ! Ce n'est pas donné à tout le monde de séjourner dans un palais royal. Ça pourrait être amusant.

Elle s'esclaffa.

— Je n'avais pas vu les choses sous cet angle, mais si on parle de tourisme…

Redevenant sérieuse, elle crispa les mains sur son mug.

— Honnêtement, je ne sais pas quoi faire. Il s'est passé beaucoup de choses, mais dans un contexte très particulier. On voguait sur un yacht, on traversait de beaux paysages, on vivait au ralenti… Que va-t-il se passer maintenant que chacun a retrouvé son univers ? Notre relation risque d'en pâtir, surtout avec tous ces problèmes à régler.

— S'il ne croyait pas à votre relation, Davian ne t'aurait jamais invitée chez lui, à l'autre bout du monde.

— Hm, peut-être. N'empêche qu'il était épuisé et perturbé par l'infarctus du roi. Je ne vais pas répondre tout de suite. Je veux lui donner une chance de faire marche arrière. Et, moi, j'ai besoin de réfléchir.

Sa mère la considéra, dubitative.

— Ne réfléchis pas trop longtemps, ma chérie. Je te connais. Tu risques de te faire des nœuds au cerveau.

Oui, sa mère la connaissait bien. Prudente de nature, Cate avait parfois du mal à faire la part des choses.

— Je… Là, c'est différent. J'ai peur, tu sais. Il m'a déçue une fois. Je m'en suis remise, mais j'aimerais autant ne pas récidiver. Et puis, je ne suis plus toute seule. Je dois penser à Adella. Pour l'instant, je ne lui ai pas dit que Davian était son père.

— J'éviterai de gaffer, rassure-toi.

Le silence tomba, ponctué par le tic-tac familier de l'horloge.

— Tu l'aimes, Cate ?

— Oui, admit-elle en soupirant. Mais je ne suis pas sûre que cela suffise.

— C'est déjà beaucoup, crois-moi.

Sa mère se pencha vers elle.

— J'espère que ton hésitation n'a rien à voir avec ton père et moi…

— Un peu, admit-elle. Papa est parti du jour au lendemain, quasiment sans explication. Il t'a laissée te débrouiller seule.

— C'est vrai, mais j'étais soulagée.

— Quoi ?

— On n'avait pas besoin d'un homme qui fuyait ses responsabilités de père et de mari. Puisqu'on n'était pas sa priorité, j'ai préféré qu'il s'en aille.

— Mais, ensuite, tu as galéré pour m'élever ! Il aurait pu te verser une pension…

— Si j'avais eu besoin d'argent, j'aurais eu recours aux aides alimentaires. Je l'ai fait quelques fois, mais rarement. Malgré tout, je n'ai rien regretté. On ne reste pas marié à quelqu'un juste pour la sécurité financière.

Voyant qu'elle secouait la tête, sa mère ajouta :

— L'argent ne devrait jamais être un critère déterminant. Ton père et moi, nous nous sommes aimés au début, mais pas assez pour bâtir un couple solide. Dans ces cas-là, mieux vaut laisser tomber. C'était dur, oui, mais au fond j'ai accepté son choix même si la méthode laissait à désirer. J'aurais sûrement fini par le quitter s'il n'avait pas rencontré quelqu'un d'autre.

— Je vois, murmura-t-elle, surprise.

— Tu dois faire tes propres choix, Cate. Tu es jeune. Tu as largement le temps de construire quelque chose avec un homme qui s'investira à fond pour toi et pour Adella. Peut-être Davian est-il cet homme-là ?

— Je n'en sais rien, maman. Il m'a beaucoup fait souffrir. J'ai peur qu'il recommence.

— Je comprends, ma chérie. Mais, si tu ne lui laisses pas sa chance, tu auras toujours un doute. Personne ne peut te dire ce qu'il faut faire, surtout pas moi car mon mariage était une erreur. Mon seul rayon de soleil, c'était toi. Alors je t'en prie, ne choisis pas ton avenir en fonction du passé. Trouve ce qui te convient. J'aimerais juste que tu sois aussi heureuse que moi en ce moment.

— Tu dois quand même te sentir un peu seule, non ?

— Ça m'arrive mais, tu sais, je suis bien entourée. Adella et toi êtes là assez souvent, j'ai beaucoup d'amis, des voisins sympathiques… Et, en tant que maman solo, j'ai eu la meilleure vie dont je pouvais rêver. Nous deux, on était des battantes. Notre vécu très spécial nous a rapprochées, mais tu ne dois pas suivre le même chemin que moi !

Se penchant, sa mère lui étreignit la main par-dessus le guéridon.

— Davian m'a l'air d'être un homme chaleureux, dévoué et responsable. Tout ce que ton père n'était pas. Ils n'ont sûrement rien en commun alors, je t'en prie, évite de les comparer. Et va le voir en Ruclécie. Sinon, tu le regretteras.

Épuisée, Cate opina… et se mit à bâiller.

— Tu as raison, mais je vais me reposer un peu. J'y verrai plus clair ensuite.

— Excellente idée ! approuva sa mère en souriant. Rien ne vaut une sieste pour se remettre les idées en place.

Cate voulait attendre la fin de journée, au minimum, pour répondre à l'invitation de Davian. Mais, une fois seule dans sa chambre, ce fut plus fort qu'elle : elle prit son téléphone et ouvrit leur dernière conversation.

À quoi bon reculer ? Elle savait ce qu'elle avait à faire. Adella avait le droit de rencontrer sa famille paternelle au moins une fois dans sa vie. Quant à elle, elle pourrait se forger une opinion définitive sur Davian. Elle jouerait son avenir à quitte ou double, mais au moins elle serait fixée.

Quand voudrais-tu qu'on vienne ? Je peux m'arranger pour me rendre disponible. J'espère que ton père va mieux. À bientôt. Cate.

— J'aurai le droit de l'appeler papa ? Ou alors, il faudra dire prince ?

Cate détourna le regard du hublot et pivota vers Adella qui s'agitait sur son siège. Elles venaient d'atterrir à Athelas, capitale de la Ruclécie. Les passagers attendaient de pouvoir quitter l'avion, et certains étaient plus impatients que d'autres !

— Papa me semble bien, mais il faudra que vous en discutiez tous les deux… Ah, ça y est, on peut y aller ! On va récupérer nos bagages. Ensuite, quelqu'un nous conduira au palais royal.

Ayant eu le privilège de voyager en première classe, elles purent sortir rapidement. Leurs valises arrivèrent en moins de cinq minutes, et Cate n'eut pas le temps de s'inquiéter pour la suite car un chauffeur en livrée accourut dès qu'elles eurent franchi le portique des douanes.

Fréquenter les grands de ce monde procurait quelques avantages, il fallait l'admettre. Hélas, il y avait aussi des inconvénients, songea-t-elle en entendant des flashs crépiter et plusieurs journalistes crier son nom.

Qui les avait prévenus ? Les paparazzis ne dormaient-ils jamais ?

Elle resserra sa pression sur la main d'Adella.

— C'est qui, maman ?

— Ces gens ne nous intéressent pas. Il vaut mieux les ignorer.

— Mais pourquoi ils nous suivent ? Et ils arrêtent pas de m'appeler « princesse ». Toi, tu m'as dit qu'à Boston j'étais pas une princesse. Mais ici, alors, j'en suis une ?

— Hm… oui, si on veut. Quoi qu'il en soit, tu seras toujours une princesse dans mon cœur.

Devinant qu'Adella fatiguait, elle la prit dans ses bras et suivit le chauffeur vers la sortie. Il les fit monter dans une Bentley noire garée devant la porte, rangea les valises dans le coffre et vint s'asseoir au volant avec une célérité impressionnante. Cate n'était même pas sûre que tous les passagers avaient déjà quitté l'avion…

Sitôt la voiture en marche, elle oublia les paparazzis pour se concentrer sur le paysage champêtre et verdoyant. Au loin, on distinguait des contreforts montagneux aux cimes recouvertes de neige, et Cate songea qu'elle aurait aussi bien pu se trouver en Suisse ou dans les Highlands. Tout était si petit, si joli !

— Regarde, maman, des vaches ! cria Adella, le nez collé à la vitre.

Pour elle, ce voyage était une grande aventure, mais Cate ne percevait pas les choses de la même manière. Elle s'était sentie nerveuse pendant huit jours après avoir imprimé ses billets d'avion. Elle avait même eu envie de tout annuler, et il avait fallu des échanges de messages réguliers avec Davian pour la rassurer.

Ils avaient parlé à cœur ouvert, sans masquer leurs questions ni leurs soucis. Finalement, Cate avait repoussé l'ouverture de son cabinet, préférant ne rien décider tant que la situation resterait floue.

Davian, pour sa part, avait dû gérer beaucoup de choses en Ruclécie, tant à l'hôpital qu'au palais. La santé fragile du roi avait causé un bouleversement prévisible mais, cette fois, le monarque avait accepté l'évidence : il devait passer la main.

Sachant cela, Davian avait proposé de faire coïncider leur venue avec le jour de l'abdication. Il s'était dit que la presse, bien occupée par cette annonce, s'intéresserait davantage à son frère Arthur et moins à Adella.

Après avoir vu les journalistes à l'aéroport, Cate en doutait. Ce séjour risquait de faire le « buzz » sur le plan médiatique. Mais à quoi bon se gâcher le plaisir en anticipant les problèmes ? Ils se régleraient en temps utile…

Quand le château apparut au détour d'un virage, elle eut pourtant du mal à rester calme et sereine. Avec ses tours rondes, ses créneaux et ses coupoles, le palais royal avait l'air tout droit sorti d'un livre de contes de fées !

— Il ressemble à ma maison de poupées ! cria Adella.

— Oui, ma puce. Tu es contente ?

— Oh oui, oui ! Tu crois que je pourrai dormir dans la grande tour ?

Elle s'esclaffa.

— Tu auras sûrement tous les droits ici, princesse…

15.

Le discours du roi touchait à sa fin.

Debout près du trône, Davian scanna la foule du regard. Ce soir-là, il avait déjà salué beaucoup de dignitaires, de responsables politiques et de membres de la haute société. Pourtant, il n'avait pas vu deux personnes très chères à son cœur.

Cate et Adella étaient bien arrivées au palais mais, entre ses patients et les préparatifs de la soirée, il n'avait pas pu trouver cinq minutes pour les voir. Son chauffeur avait même grillé tous les feux rouges depuis l'hôpital afin de lui éviter la honte d'être en retard à la fameuse réception qui, d'ici quelques minutes, allait changer le destin du pays.

— … et c'est avec tristesse, mais aussi beaucoup d'espoir pour l'avenir du royaume, que j'abdique mes fonctions de monarque. Dès demain, mon fils aîné Arthur deviendra roi de Ruclécie. La date du couronnement sera annoncée dans les prochains jours. Je vous remercie pour votre attention et je vous souhaite une excellente soirée.

Davian vit son père s'incliner devant l'assemblée. Un silence impressionnant tomba, puis, soudain, un invité en uniforme poussa un retentissant « Longue vie au roi ! » Suivirent alors des applaudissements et des vivats comme Davian n'en avait jamais connus. Le peuple de Ruclécie avait profondément aimé son roi Philippe. Même s'il partait à regret, c'était une belle consolation !

Sur le plan de la santé, au moins, tout s'arrangeait. Il avait gardé de son accident cardiaque une raideur dans la jambe gauche mais, hormis cela, il allait bien. Et il n'y avait aucune raison que cela change puisque, à l'avenir, il s'énerverait moins…

Tandis qu'Arthur montait sur l'estrade, Davian s'avança pour aider son père à en descendre. Même si leurs relations s'étaient détendues depuis la croisière, ils restaient un peu en froid. Davian espérait que le temps arrangeait les choses, mais il n'avait pas l'intention de faire marche arrière. Il avait pris sa liberté et ne la rendrait pas.

— Merci, chéri, dit sa mère lorsqu'ils arrivèrent devant elle. Nous avons de la chance d'avoir un fils aux petits soins pour nous.

Entendant cela, son père marmonna quelque chose et dégagea son bras, dans l'intention évidente de prouver qu'il n'avait besoin de personne. Têtu un jour, têtu toujours !

— Je ne suis pas infirme, mon garçon. Je peux marcher tout seul.

— Bien sûr, père.

— Où sont donc tes invitées ? La doctoresse et sa fille ?

Si son père voulait le provoquer, ce soir, il en serait pour ses frais. Davian ne s'énerverait pas !

— Vous parlez sûrement de Cate, la femme que j'aime, et de notre fille Adella ? J'aimerais vous le dire, mais je l'ignore. On m'a dit qu'elles étaient bien arrivées. Hélas, je n'ai pas eu le temps de les accueillir moi-même.

Il balaya la foule du regard et secoua la tête.

— Si vous n'avez pas besoin de moi, je vais aller les chercher.

— Bien sûr, chéri ! approuva sa mère. Qu'est-ce que tu attends ? J'ai beaucoup de choses à dire à la femme qui fait battre ton cœur.

— Et il serait temps que je fasse la connaissance de cette petite-fille dont Arabella me rebat les oreilles !

Agréablement surpris, Davian sourit à ses parents, puis s'éclipsa pour faire le tour de la salle. Il ne tarda pas à repérer Cate près d'une porte-fenêtre donnant sur la terrasse. Assise à même le parquet, Adella jouait avec la pieuvre en peluche qu'il lui avait offerte à l'aquarium de Monaco. À la vue de ce tableau charmant, une intense chaleur lui irradia la poitrine. Comme elles lui avaient manqué !

— Vous voilà enfin ! s'exclama-t-il.

Sans réfléchir, il attira Cate dans ses bras et l'étreignit de toutes ses forces. Le contact de son corps ferme et tiède lui fit un bien fou. Elle était là ! Ce n'était plus un rêve !

— Avez-vous fait bon voyage ?

— Excellent, merci.

Cate s'écarta, puis remit de l'ordre dans les plis de sa robe de bal, une merveille de soie émeraude qui épousait ses courbes à la perfection. Elle s'apprêtait visiblement à dire autre chose, mais Adella ne lui en laissa pas le loisir :

— Maman ? Je peux le dire, maintenant ?

Cate inspira à fond. Son regard passa de l'un à l'autre et, finalement, elle approuva de la tête. Adella fit alors une petite révérence charmante.

— Bonjour, papa.

Davian eut l'impression que son cœur désertait sa poitrine pour sauter aux pieds de sa fille. Il se rappellerait ce moment toute sa vie…

Il s'inclina devant elle, puis mit un genou à terre pour être à sa hauteur.

— Bonjour, princesse. Je suis très, très content de te voir.

— Moi aussi ! Alors dis, je peux t'appeler papa ? Ou alors, tu aimes mieux prince ? J'ai demandé à maman, mais elle a dit qu'il faudrait voir avec toi.

Il sourit pour ravaler la boule d'émotion qui lui nouait la gorge.

— « Papa » me plaît beaucoup, répondit-il d'une voix rauque.

— Youpii !

Adella se jeta contre lui, ses petits bras noués autour de son cou. Il la souleva de terre puis se redressa, ému et heureux comme jamais.

— J'ai toujours voulu avoir un papa, et maintenant j'en ai un, et en plus tu es un prince ! Je vais pouvoir te montrer tous mes jouets et peut-être que tu auras le temps de jouer avec moi ? Et aussi, tu pourras me lire des histoires quand j'irai me coucher. Tu aimes les histoires, papa ? Moi, j'ai beaucoup de livres et…

Davian croisa le regard amusé de Cate par-dessus la tête d'Adella. Elle contenait visiblement un début de fou rire car il devait avoir l'air ahuri. Il n'avait jamais envisagé que leur fille puisse s'attacher à lui si vite !

— Elle est fan de toi depuis la croisière, lui chuchota Cate à l'oreille. Quand je lui ai dit qui tu étais, ça a été un festival. Elle ne tenait plus en place. Bonne chance, tu vas t'amuser…

Il s'esclaffa.

— Merci. Je vais prendre des vitamines.

— Alors, vous voilà !

La voix de stentor de son père, juste derrière lui, fit sursauter Davian. Sur la défensive, il se retourna en serrant Adella un peu plus fort contre lui.

— Philippe, intervint sa mère en retenant le roi par le bras. Nous devrions peut-être attendre…

— J'ai assez attendu !

S'appuyant sur sa canne, il se rapprocha pour dévisager Adella qui le fixait, les yeux écarquillés de curiosité.

— Que me racontes-tu, jeune fille ? demanda-t-il d'un ton sévère.

Adella poussa un petit cri, et Cate s'avança, prête à voler à son secours. Mais, finalement, la puce regarda son grand-père sans ciller, le menton pointé en avant.

— Je m'appelle Adella Neves. Je suis une princesse. Et, toi, tu ressembles au roi Lars !

Le père de Davian les regarda tous d'un air intrigué.

— Je n'ai pas le plaisir de connaître ce monarque.

Cate se mordit la lèvre, sans doute pour s'empêcher de rire.

— C'est un personnage du dessin animé *Elena d'Avalor*, expliqua-t-elle.

— Je vois… Je suis sûr qu'il est très beau, très gentil et plein de sagesse.

— Oui, il est super, répliqua Adella d'un ton solennel. Et il a plein de médailles qui brillent comme toi.

Cette fois, ni Davian, ni sa mère, ni Cate ne purent s'en empêcher : ils s'esclaffèrent en chœur. D'abord stupéfait, l'heureux grand-père finit par esquisser un sourire… qui se mua bientôt en un rire tonitruant.

Davian ne l'avait pas vu si gai depuis des mois et même des années ! Comme cela faisait du bien de l'entendre rire ainsi ! C'était de très bon augure pour la suite…

Sa mère s'avança et sourit à Adella.

— Tu es très jolie, ma chérie. Tu ressembles à ton papa quand il avait ton âge.

Soudain timide, Adella mordilla un tentacule de sa pieuvre.

— Je suis ta grand-mère Arabella. Tu veux bien que je te fasse un câlin ?

Mais Adella se rencogna dans les bras de Davian.

— J'ai déjà une mamie. Elle s'appelle Maya.

— Tu peux en avoir plusieurs, chérie, expliqua Cate d'un ton doux. On en a déjà parlé. La reine Arabella et le roi Philippe sont ta mamie et ton papy. Ils font partie de ta famille paternelle.

— Ah, bon ?

— Oui ! confirmèrent les parents de Davian d'une même voix.

— Oh…

Adella gratifia ses grands-parents d'un large sourire. Puis elle gigota jusqu'à ce que Davian la pose.

— Si c'est comme ça, est-ce que vous pourriez me faire visiter le palais ? J'aimerais bien voir ce qu'il y a en haut du grand escalier, là-bas !

Davian vit sa mère interroger Cate du regard. Celle-ci acquiesça en souriant.

— Bien sûr, allez-y, mais ne la laissez pas traîner autour des desserts. Elle a déjà mangé trop de sucreries !

Les parents de Davian s'éloignèrent, chacun tenant une main d'Adella. Il les regarda un moment, puis pivota vers Cate :

— Aimerais-tu faire un tour dehors ?

— Je… Si tu veux.

Ils quittèrent la salle de bal par une porte-fenêtre qui ouvrait sur un petit balcon. De là, on avait une vue splendide sur les jardins à la française et, au-delà, sur le parc du château.

— C'est magnifique, dit Cate en s'appuyant sur la balustrade.

Depuis qu'ils étaient sortis, Davian ne la quittait pas des yeux. Jamais, dût-il vivre cent ans, il n'oublierait sa beauté, son parfum, l'éclat de son sourire…

Elle dut sentir son regard peser sur elle car, soudain, elle tourna la tête et lui lança une question muette. Il eut l'impression que le feu lui montait aux joues et, gêné, il se détourna pour s'absorber dans la contemplation du massif.

— As-tu fait bon voyage ? bafouilla-t-il.

Cate eut un rire doux.

— Tu m'as déjà posé cette question. Pourquoi es-tu si nerveux ? Quelque chose te perturbe ?

— Je…

Sa main serra machinalement la petite boîte qu'il cachait dans sa poche de veste. En effet, cela ne lui ressemblait guère de perdre les pédales. D'habitude, il gardait toujours son sang-froid, même sous pression. Mais là…

Vas-y, lance-toi.

De nouveau, il se tourna vers Cate.

— Je voudrais… te demander quelque chose.

— D'accord, répondit-elle, l'air intrigué.

Il inspira à fond pour se donner du courage, sortit l'écrin de sa poche et l'ouvrit, révélant l'émeraude montée sur platine qui avait été, jadis, la bague de fiançailles de sa grand-mère.

Cate porta une main à ses lèvres.

— Davian, qu'est-ce que…

— Je t'aime, Cate. Je t'ai toujours aimée. Tu es entrée dans mon cœur le jour de notre première rencontre et tu n'en es jamais sortie. Tu révèles ce qu'il y a de meilleur en moi. Tu es ma moitié, mon alter ego. Je t'ai perdue une fois. J'ai encore failli te perdre après la croisière. Je ne veux plus être séparé de toi un seul jour de ma vie. Alors, s'il te plaît, Cate Neves, veux-tu me faire l'immense honneur de m'épouser ?

Il s'agenouilla, la bague offerte devant elle. Il vit son beau regard s'embuer de larmes, puis elle esquissa un sourire éclatant.

— Moi aussi, je t'aime depuis le premier jour, Davian. Je n'ai jamais cessé de t'aimer.

Il lui glissa la bague au doigt, se redressa et la fit lever à son tour. Ils échangèrent un baiser d'une tendresse infinie, gage de l'avenir radieux qui les attendait.

Quand ils s'écartèrent, il appuya le front contre le sien en souriant.

— C'est oui, j'espère ?

Elle éclata de rire et lui embrassa le bout du nez.

— Oui, oui, oui !

Trois mois plus tard

Davian n'avait jamais été aussi heureux.

En ce jour solennel du couronnement d'Arthur, la famille royale attendait avec impatience le début de la cérémonie. Ils n'étaient d'ailleurs pas les seuls : la cathédrale d'Athelas était noire de monde. Hommes politiques, célébrités, têtes couronnées et journalistes du monde entier avaient fait le déplacement !

Ces derniers mois, Arthur avait passé un accord avec la presse. En échange de photos fournies par le palais, les paparazzis étaient censés se tenir à l'écart. Pour l'instant, l'accord était respecté, au grand soulagement de Davian.

Mais sa principale source de joie était, sans conteste, le retour au calme sur la scène politique.

Les membres du groupe radical qui avaient proféré des menaces de mort contre sa famille avaient tous été arrêtés. Bien sûr, la prudence restait de mise, mais un énorme nuage noir s'était éloigné du palais. Jamais, depuis longtemps, la Ruclécie n'avait connu un climat aussi serein.

— Maman…, chuchota Adella qui gigotait sur le banc. Est-ce que j'aurais une belle robe comme ça au mois de juin ?

Elle regardait Arianna, sa cousine, la fille d'Arthur. Davian ne put s'empêcher de rire.

— Si tu veux, ma puce, répondit Cate. Mais, quoi que tu portes, tu seras la plus jolie demoiselle d'honneur de la Terre.

Se penchant, Davian les embrassa tour à tour. Cate et lui étaient en train de planifier leur mariage, ce qui n'était pas une mince affaire car, même s'il avait renoncé à ses fonctions officielles, les gens demeuraient très attachés à lui. Il voulait donc que la cérémonie soit belle, émouvante et mémorable pour les habitants de Ruclécie.

— Et maman ? Quelle robe va-t-elle porter ? s'enquit-il, malicieux.

— Maman sera bien contente si elle peut rentrer dans une robe, chuchota Cate, hilare, en posant la main sur son ventre.

Pour l'instant, il était encore plat, mais il ne tarderait pas à s'arrondir. Deux semaines plus tôt, ils avaient en effet eu la surprise et la joie de découvrir qu'elle était enceinte. Personne n'était au courant, mais ils ne tarderaient pas à l'annoncer…

Lasse d'attendre, Adella se pencha par-dessus la balustrade pour observer ses grands-parents. Comme le voulait la tradition, les anciens souverains étaient assis dans le box le plus proche de la chaire.

— Je peux aller m'asseoir avec eux, maman ?

Davian et Cate échangèrent un regard résigné.

— D'accord, répondit Cate, mais fais vite. Et tiens-toi tranquille quand la cérémonie aura commencé.

Resté seul avec Cate, Davian se rapprocha et lui enlaça la taille. Quel bonheur c'était de vivre avec elle ! Ils travaillaient ensemble à l'hôpital. Ils bâtissaient chaque jour leur avenir. Jamais, même dans ses rêves les plus fous, il n'aurait osé l'espérer…

— Es-tu heureuse, mon amour ?

Elle nicha la tête au creux de son épaule en souriant.

— Je n'ai jamais été aussi heureuse. Notre vie est un conte de fées, Davian. Et ce n'est qu'un début !

Traduction française de
CAROLINE JUNG

BLANCHE

HARLEQUIN

Titre original :
PREGNANT WITH THE SECRET PRINCE'S BABIES

1.

Alex avait fini par quitter l'Europe et, avec elle, le prince Nicholas de Soura, pour enfin rentrer à Key West, après douze heures de vol.

En Floride, il n'était plus Alexandro Michael Leonelli, meilleur ami et demi-frère illégitime du prince Nicholas mais simplement le Dr Alex Leonelli.

— Le roi n'est pas content, dit son demi-frère d'une voix tonitruante à l'autre bout de la ligne.

Alex n'avait pas du tout envie de l'entendre continuer à le faire culpabiliser. Il avait fait plus que son devoir en restant cinq longs mois dans le royaume. Nicholas pouvait bien supporter le mauvais caractère de leur père tout seul, désormais.

Devant l'entrée du siège de Heli-Care, il composa le code de sécurité en priant pour qu'il n'ait pas été modifié depuis son départ. D'ailleurs, il devait s'estimer heureux que cette compagnie de sauvetage en hélicoptère ait gardé son poste jusqu'à son retour.

— S'il n'est pas content, c'est son problème, se dit-il en levant la tête pour contempler le ciel.

La lune et les étoiles étaient encore là pour guider les touristes qui rentraient au petit matin après avoir fait la fête toute la nuit dans le centre.

Quel bonheur d'être enfin chez soi ! Tout, dans l'île, lui avait manqué. Les palmiers lui rappelaient la Californie où il avait grandi avec sa mère, les plages évoquaient les rivages méditerranéens du pays dont son père était roi. Mais Key West, c'était chez lui. Là, il était simplement le Dr Alex, urgentiste et directeur de la branche locale des services d'évacuation sanitaire par hélicoptère Heli-Care. Il aimait la personne qu'il était à Key West.

— Tu es parti au milieu de la nuit comme un voleur, dit son frère.

— À qui la faute ? Chaque fois que j'évoquais l'idée de rentrer chez moi, tu faisais une prétendue rechute. Et je ne parle même pas de toutes les stratégies de notre père pour me persuader de rester à Soura.

Il n'avait pas le temps pour ce genre de conversation. D'ici quelques heures, les effets du décalage horaire se feraient sentir mais, auparavant, il voulait se remettre au travail. Il s'était absenté trop longtemps.

Son ami Dylan avait œuvré d'arrache-pied pour qu'il ne perde pas son poste. Alex savait que l'équipe était entre de bonnes mains, mais Dylan venait de se marier et avait d'autres choses à faire. Chacun devait reprendre le cours de sa vie.

Raison pour laquelle Alex se dirigeait vers la base de Heli-Care plutôt que chez lui. C'est du moins ce dont il cherchait à se convaincre. Car cela n'avait rien à voir avec l'infirmière blonde et menue qui, d'après le planning des équipes, était d'astreinte à ce moment même.

Summer. Qu'était-elle devenue ? Qu'étaient-ils devenus ? Et comment allait-il pouvoir reprendre le cours de leur histoire ?

— C'est à cause de cette fille, c'est ça ? demanda son frère comme s'il avait lu dans ses pensées. Laisse tomber !

— Ce n'est pas parce que tu passes de conquête en conquête que tout le monde doit suivre cet exemple.

Alex n'avait jamais compris pourquoi son frère s'obstinait à jouer le mauvais garçon de la Couronne.

— Tu pourrais, si tu le voulais. Et il me semble qu'elle t'a fait comprendre clairement qu'elle était passée à autre chose. Combien de fois faut-il qu'une femme refuse tes appels pour que tu comprennes ?

— Occupe-toi de ta cure de désintoxication plutôt que de ma vie sentimentale.

Nicholas avait raison mais Alex n'était pas prêt à l'admettre.

Pas encore. Summer avait coupé tout contact dès qu'il était parti de Key West. Le fait qu'elle ne réponde à aucun appel ni à aucun message l'avait étonné. Summer n'était pas du genre à aimer le mélodrame. Quand quelque chose n'allait pas, elle le disait clairement. Il avait trouvé étrange qu'elle ne le rappelle pas. Malheureusement, il avait dû mettre ce problème entre parenthèses, le temps que son frère soit hors de danger.

— J'espère au moins qu'elle vaut la peine que tu mettes notre père en colère. Sache qu'il cherche une bonne raison de révéler au public que tu es son fils.

— Quoi ?

Alex se figea.

— Il veut te reconnaître, Alex, dit Nicholas sans qu'Alex ne puisse en déduire ce que son frère pensait de cette lubie paternelle.

— Ce n'est pas un peu tard ? Cela fait tellement longtemps que je me cache que je ne suis pas sûr de pouvoir changer de vie maintenant.

Il n'était pas sûr non plus d'en avoir envie. À Key West, il vivait la vie simple dont il avait toujours rêvé. Pas de caméras, pas de journalistes, pas de paparazzis. Personne pour venir fouiner ni commenter tous ses faits et gestes. Il ne pouvait imaginer mieux.

— Cela risque de nous faire plus de mal que de bien, à nous tous, ajouta-t-il.

S'il parvenait à mettre son frère de son côté, peut-être réussiraient-ils, à eux deux, à faire entendre raison à leur père.

— À notre père et à ta mère, peut-être. Mais à nous ? Je dirais que les avantages que nous en retirerions compenseraient le tapage médiatique, dit Nicholas avec sa nonchalance habituelle.

— Quels avantages ?

Son père et son demi-frère n'avaient jamais compris la vie qu'il menait. Attirer l'attention des médias aurait des conséquences directes sur son travail. Comment pourrait-il exercer son métier de secouriste s'il devait redouter constamment de voir débarquer des paparazzis ?

Il avança jusqu'à la salle de repos, dans laquelle il avait déjà passé pas mal de temps, avec son équipe, à regarder des films et à jouer à des jeux vidéo. Elle était vide. Pas étonnant, à cette heure matinale.

Jamais il ne pourrait ne serait-ce qu'imaginer quitter cet endroit, ces gens. C'était là qu'il était censé être, avec eux. Pas dans un palais, aux côtés d'un roi grincheux.

Son mal de tête sembla augmenter à cette pensée. Il se massa les tempes. Il avait bien fait de partir de Soura. Un jour de plus là-bas et il serait devenu fou.

Il jeta un coup d'œil à l'horloge murale. Il avait le temps de consulter ses emails avant la relève. Après quoi il reverrait ses équipes.

Quant à Summer… Il fallait qu'elle sache qu'il était revenu, comme il le lui avait promis en partant. Mais qu'allait-il lui dire si elle lui demandait pourquoi il s'était absenté aussi longtemps ? Il avait toujours eu envie de lui parler de son autre vie mais avait hésité de peur que cela affecte leur relation.

— C'est le bon moment, Alex, dit son demi-frère.

Il sentit le sang battre plus fort à ses tempes.

— Le bon moment pour quoi ? rétorqua-t-il sans pouvoir dissimuler l'agacement dans sa voix.

Il avait de bonnes raisons d'être agacé par ce demi-frère. Le prince héritier de Soura aurait dû s'occuper de ses devoirs royaux au lieu de chercher le grand frisson qui l'avait conduit dans le service de soins intensifs avec la moitié des côtes cassées, un poumon perforé et les deux fémurs fracturés. Et qui avait obligé Alex à quitter Key West du jour au lendemain, sans avoir le temps d'expliquer la situation à Summer. Laquelle avait coupé toute communication avec lui.

Alex n'en voulait pas à son père de lui avoir demandé de venir au royaume de Soura le plus vite possible. Son frère avait besoin de lui.

Mais Summer avait besoin de lui, elle aussi.

Sur le moment, il ne l'avait pas réalisé. Pas vraiment. Summer avait toujours été très indépendante et acceptait les contraintes imposées par son travail de secouriste. Il ne voyait pas pourquoi elle avait réagi de la sorte ce jour-là. Au ton de son père, il avait compris à quel point il était urgent qu'il se rende au chevet de son frère. Il n'avait pas eu le choix. Il n'aurait jamais mis son poste en jeu ni laissé ses équipes en plan s'il avait pu faire autrement.

Summer le savait aussi. Tout comme elle savait qu'il ne serait pas parti s'il n'y avait pas eu une vraie urgence. Il regrettait à présent de ne pas avoir pris le temps de lui expliquer ce qui se passait. Avec le recul, il se rendait compte qu'il avait paniqué, sur le moment. Il était urgentiste, il avait imaginé le pire. Et il avait eu raison.

Le public savait que Nicholas avait eu un accident, mais leur père n'était pas rentré dans les détails. Outre le roi et Alex, seuls les médecins et le personnel de la clinique savaient que la vie de Nicholas ne tenait qu'à un fil.

Mais cela devait changer. Dès que la relève aurait lieu, Summer verrait de ses propres yeux qu'il avait tenu sa promesse et était revenu. Il pourrait alors tout lui expliquer, et ils reprendraient le fil de leur histoire.

Après avoir vécu cinq mois au palais, il lui tardait de retrouver une vie normale. Il en avait besoin.

Un grand soupir lui rappela que son frère était toujours au téléphone. Il leva les yeux au ciel. Tout comme leur père, Nicholas avait un penchant pour le mélodrame.

Il marcha jusqu'à son bureau.

— Tu sais que les médias d'ici se sont toujours posé des questions sur notre amitié, reprit Nicholas. Et le type du journal à sensation local, celui dans lequel notre père et ta mère ont fait les gros titres pendant des années, eh bien, les gardes l'ont surpris hier en train de rôder devant la porte de service. Il essayait de soutirer des informations au personnel.

Alex voyait très bien de qui il parlait. Ce journaliste avait essayé, à plusieurs reprises, de le coincer. Mais Soura et les journalistes étaient loin, à présent. Personne ne l'avait suivi jusqu'à Key West.

— Comment est ta nouvelle infirmière ? demanda-t-il, pour changer de sujet.

Ils s'étaient dit tout ce qu'ils avaient à se dire sur le fait que leur père voulait le reconnaître officiellement. De toute façon, ils ne seraient jamais d'accord.

Ils n'avaient pas à l'être, d'ailleurs. C'était lui que cela regardait, comme il le leur avait rappelé un million de fois pendant son séjour.

— C'est un vrai dragon, répondit Nicholas. Elle me dit ce que je dois manger, quand je dois dormir. C'est toi qui lui a donné l'ordre d'éteindre la lumière à minuit ?

— Non. Je lui ai simplement dit qu'il fallait que tu récupères un maximum d'heures de sommeil pendant ta convalescence. Le reste, c'est son affaire à elle.

Dès qu'Alex avait vu Ellie, la nouvelle infirmière, il avait eu le sentiment qu'elle serait capable de cadrer Nicholas et de lui faire adopter l'hygiène de vie qui lui permettrait de se remettre tout à fait de l'accident.

Son téléphone vibra. Un appel d'urgence. Un bon prétexte pour mettre fin à la conversation avec Nicholas.

— Dis au roi que je l'appellerai bientôt. Et ne fait pas tourner Ellie en bourrique.

Il raccrocha tandis que son frère bougonnait encore et s'assit à son bureau quelques instants, avant que l'équipe d'urgentistes sorte de la salle de repos.

— Tu es rentré, s'exclama Casey qui lui sourit en l'apercevant. Bienvenue ! On se voit plus tard !

C'est alors qu'Alex vit Summer, qui passa d'un état de sommeil à un état de veille en une nanoseconde. Leurs regards se croisèrent, mais elle détourna la tête.

Il n'avait rien vu dans ses yeux du plaisir qu'il s'attendait à y trouver. Ni plaisir ni aucune autre émotion, d'ailleurs. Pas même de la colère.

Il aurait pu affronter sa colère. Il aurait presque préféré

qu'elle lui hurle après. Ils auraient pu parler, résoudre les problèmes. Mais que faire face à un masque d'impassibilité ?

Certes, ils étaient au travail. Ce n'était pas le moment de se lancer dans de grandes explications. À plus forte raison quand elle était censée partir en intervention d'urgence.

Il se passa la main sur le front. Il avait besoin de dormir. Mais plus encore de parler à Summer. Il se tourna vers son écran et ouvrit sa messagerie. Autant avancer un peu dans ses tâches en attendant qu'elle revienne de mission.

Elle avait fui. Comme un enfant pris la main dans le pot de confiture. Non, plutôt comme une adolescente tremblante et gauche surprise en train de voler une robe de bal de fin d'année dans un grand magasin.

Le souvenir la fit rougir.

— Il va bien falloir que tu lui parles à un moment ou à un autre, dit Casey en bouclant sa ceinture tandis que le pilote, Roy, démarrait.

Son estomac sensible se souleva quand l'hélicoptère s'éleva et prit la direction de l'hôpital de l'île.

Summer décida d'ignorer la remarque de Casey et ouvrit la trousse. Il fallait remplacer le matériel respiratoire d'adulte par du matériel pour enfants, car ils s'apprêtaient à emmener une petite fille à l'hôpital pédiatrique de Miami.

— Peux-tu me passer le kit de perfusion pédiatrique, s'il te plaît ?

Casey ouvrit le tiroir qui contenait le matériel pour les intraveineuses.

— Tu ne peux pas l'esquiver indéfiniment. Il n'est pas stupide. Il faut que vous parliez.

Elle eut envie de rétorquer qu'il était mal placé pour donner des conseils en relations amoureuses étant donné que lui-même n'était pas capable de voir ce qui se trouvait juste sous son nez. Mais elle n'avait pas le droit de trahir la confiance de son amie Jo, quoique la tentation fût grande. Elle savait que Casey ne la lâcherait pas tant qu'elle ne lui aurait pas juré qu'elle irait parler à Alex.

— Temps d'atterrissage estimé, deux minutes, dit Roy dans les casques.

— Enfin, c'est ce que je pense. Je suis sûr qu'Alex fera ce qu'il faut, reprit Casey en lui tendant les kits d'intraveineuse.

Ce qu'il faut ? C'est-à-dire faire ce que son père avait fait en épousant sa mère quand il avait appris qu'elle était enceinte ? Et tourner les talons dès que la situation lui paraîtrait trop compliquée ? Elle n'avait pas besoin qu'on fasse « ce qu'il faut » pour elle. Elle avait appris, dès son plus jeune âge, que la seule personne sur laquelle elle pouvait compter, c'était elle-même. Elle l'avait oublié, le peu de temps où elle avait été en couple avec Alex. Mais elle ne l'oublierait plus.

Elle posa une main protectrice sur son ventre. Non, elle ne laisserait pas l'histoire se répéter. Ce dont elle avait besoin, c'était de terminer cette mission et de rentrer chez elle avant de tomber sur Alex au bureau. Ce n'était ni l'endroit pour discuter ni le jour. Elle était épuisée.

Mais Casey avait raison : il fallait qu'ils parlent. Quand elle serait prête. Croiser le regard d'Alex lui avait donné envie de tirer un trait sur les cinq mois qui venaient de s'écouler et de se jeter dans ses bras. Mais cela ressemblait trop à ce que sa mère aurait fait dans les mêmes circonstances.

Elle n'était pas comme sa mère et ne le serait jamais. Elle avait de nouvelles responsabilités à présent. Elle parlerait à Alex mais elle serait aux commandes, désormais. Alex aurait le choix de suivre ou non. À lui de décider.

Aujourd'hui, elle avait du travail. C'est là-dessus qu'elle devait porter son attention, pas sur le fait qu'Alex était revenu à Key West.

Lorsqu'ils arrivèrent dans la salle, les infirmières et le médecin urgentistes s'affairèrent autour de la patiente. Casey alla parler à l'aide-soignant en pneumologie qui se tenait près du ventilateur auquel était reliée l'enfant.

— Que s'est-il passé ? demanda Summer à l'infirmière responsable qui remplissait les documents relatifs au transfert.

— Un accident idiot, répondit cette dernière en désignant d'un signe de tête la petite fille sur un brancard, entourée de ses parents. Ils sont arrivés hier soir du Texas et ils logent dans un petit bungalow avec une mezzanine. C'est là que la petite dormait. Ils pensent qu'elle s'est levée et qu'elle est tombée en descendant les marches. Ils ont aussitôt appelé les secours.

— C'est grave ? s'enquit Summer, consciente qu'il devait s'agir de quelque chose de plus sérieux qu'un bras ou qu'une jambe cassée, qui n'aurait probablement nécessité ni intubation ni transport d'urgence à l'hôpital de Miami.

— Hémorragie cérébrale, fracture du crâne et hématome sous-dural. Le Dr Wade a parlé avec un neurologue de Miami. C'est lui qui a suggéré de l'intuber avant son transfert. Il faudra l'amener aux urgences avant qu'elle aille au bloc.

Elle remercia l'infirmière et se dirigea vers les parents de la petite fille.

— Bonjour, je m'appelle Summer. Et voici Casey. C'est nous qui allons transférer Emma à l'hôpital pédiatrique de Miami. On va vous indiquer l'adresse et les instructions. Si vous me donnez votre numéro, je peux vous appeler dès notre arrivée. Avez-vous des questions à me poser ?

— Je… On…, bredouilla la mère de l'enfant en tremblant.

Son mari la prit par les épaules.

— Nous nous débrouillerons, dit-il avant de sortir une carte de visite de son portefeuille. Mais je veux bien que vous nous teniez au courant.

Summer hocha la tête et prit la carte.

— Je vous en supplie, dit la mère d'Emma en s'agrippant à la manche de sa combinaison, prenez soin de notre fille. Et, si elle se réveille, dites-lui que son papa et sa maman l'aiment beaucoup.

Summer plongea son regard dans ses yeux baignés de

larmes et prit sa main dans la sienne, émue que des parents puissent remettre leur enfant, leur monde, entre les mains d'une inconnue.

— Je vous promets que nous prendrons le plus grand soin d'Emma.

Elle posa la main sur le brancard que poussait Casey et sortit de la salle sans perdre de vue un instant l'enfant dont elle avait désormais la charge.

— Dépêchons-nous, dit-elle à Roy, consciente que le pilote faisait toujours son possible pour amener les patients à bon port dans les meilleurs délais.

— Ses signes vitaux sont stables, dit Casey en remplaçant le ballon Ambu par le ventilateur portable de l'hélicoptère.

Summer posa les sondes du moniteur et ausculta la petite fille.

— Rythme cardiaque sinusal, annonça-t-elle.

— Ses parents avaient l'air dévastés. J'espère qu'ils vont trouver l'hôpital sans problème, dit Casey.

— Son père avait la tête froide. Il devrait y arriver.

— C'est terrible que cela arrive aussi loin de chez eux. Ils ne connaissent personne.

Summer hocha la tête et écarta une mèche de cheveux du front d'Emma. Elle-même avait passé la plus grande partie de sa vie seule, sans personne sur qui compter.

— Je verrai ce que je peux faire pour eux quand je les appellerai de l'hôpital.

— Je suis sûr que le personnel de l'hôpital pourra les aider aussi. Si on trouve l'adresse où ils logent, j'essaierai de leur faire envoyer leurs affaires à Miami. Cela leur évitera d'avoir à revenir à Key West, dit Casey.

— Bonne idée. Je vais leur en parler. Je suis sûre qu'ils seront soulagés.

Casey avait beau se mêler un peu trop de sa vie privée, elle n'avait jamais vu quelqu'un d'aussi disponible, prêt à aider tous ceux qui traversaient une mauvaise passe.

— Temps prévu pour l'atterrissage, cinq minutes, dit Roy.

Pendant que Casey appelait l'hôpital de Miami, Summer

vérifia les données des moniteurs. Les signes vitaux de la petite fille étaient restés stables. C'était bon signe.

L'hélicoptère commença sa descente. Elle se pencha et murmura à son oreille.

— Tout ira bien, Emma. Tu as beaucoup de chance d'avoir un papa et une maman qui t'aiment très fort et, quand tu te réveilleras, ils seront là, avec toi. Tiens bon.

Lorsqu'ils atterrirent à Key West, le soleil s'était levé et l'équipe de jour les attendait à la porte. En allant récupérer son sac dans la salle de repos, Summer se réjouit de voir que la porte du bureau d'Alex était fermée. Elle était trop fatiguée et trop agitée pour gérer toutes les émotions que son retour à Key West avait suscitées. Du soulagement ? De la peur ? De la douleur ? De la joie ?

Non, pas de joie. Elle était surtout angoissée à l'idée de se retrouver face à lui. Il fallait qu'elle se repose et qu'elle réfléchisse à la suite. À une autre époque, elle aurait été ravie de déballer tout ce qu'elle avait sur le cœur. La colère, le chagrin, tout. Mais c'était à une autre époque. C'était avant qu'il ne prenne la décision de partir du jour au lendemain, pour cinq longs mois.

Pour l'heure, elle n'avait la force de penser ni à son ancienne vie ni à la nouvelle. Tout ce qu'elle voulait, c'était rentrer se coucher. Si elle devait verser quelques larmes sur son ancienne vie, au moins n'y aurait-il personne pour le voir. Comme il n'y avait eu personne pour voir ses larmes le jour où son pire cauchemar était devenu réalité. Elle n'avait jamais compris comment, en une journée, on pouvait passer aussi rapidement de l'espoir au désespoir.

Elle était tellement contente, ce matin-là ! Elle avait un peu peur, certes, mais elle était contente. Elle savait que quelque chose clochait depuis quelques semaines. Elle était un peu nauséeuse le matin et avait perdu l'appétit mais elle avait mis cela sur le compte d'une indigestion et avait continué à aller de l'avant. C'est quand elle avait fait le décompte des semaines, calendrier à la main, qu'elle avait pris conscience qu'il pouvait s'agir d'autre chose. Elle avait alors fait un test de grossesse, et sa vie avait basculé.

Elle s'était mise à paniquer. Elle n'avait pas prévu de tomber enceinte. Pas pour l'instant du moins. Et Alex ? Ils n'avaient jamais parlé d'enfants. Mais le simple fait de savoir qu'il était là, à ses côtés, avait apaisé ses craintes et lui avait donné de l'espoir.

Elle avait foncé chez lui pour lui annoncer la nouvelle en priant pour qu'il soit aussi content qu'elle. Mais, en arrivant, elle l'avait trouvé en train de faire ses bagages.

« Il faut que je parte. L'un de mes amis a besoin de moi », avait-il dit quand elle avait cherché à comprendre ce qui se passait.

Elle n'oublierait jamais la manière dont il l'avait écartée pour foncer vers la porte d'entrée sans vouloir lui expliquer où il allait ni pourquoi il devait partir aussi précipitamment. Elle avait bien compris que ses excuses étaient bancales et elle avait tenté de lui annoncer sa nouvelle. Leur nouvelle. Mais rien n'y avait fait. Il n'avait pas pu lui accorder un instant.

« Ne t'inquiète pas, avait-il ajouté, je t'appelle dès que je suis arrivé. Tu me diras ce que tu as à me dire à ce moment-là. » Un klaxon avait retenti dans la rue, et il était sorti, un sac à dos sur l'épaule, la laissant seule et désemparée.

Jusqu'à cet instant, elle avait cru que jamais dans sa vie elle n'éprouverait de douleur plus forte que celle qu'elle avait ressentie quand son père l'avait abandonnée. Elle s'était trompée.

Alex regarda la voiture de Summer sortir du parking. Il était resté exprès au bureau pour la voir mais elle avait réussi à lui glisser entre les doigts.

— Vous savez que nous ferons tout notre possible, dit son supérieur hiérarchique à l'autre bout de la ligne. Nous sommes une famille et cet endroit, c'est chez nous. Nous avons de solides relations avec les gens d'ici. Je suis sûr que le conseil du comté en tiendra compte.

Il était question du renouvellement du contrat entre le comté et leur société d'intervention d'urgence en hélicoptère. L'enjeu était gros.

La porte de son bureau s'entrouvrit. D'un geste de la main, Alex invita Casey à entrer et à s'asseoir face à lui.

— Dites-moi si je peux faire quoi que ce soit, répondit-il à son interlocuteur. Je serai ravi de rencontrer le conseil et de répondre à ses questions.

Lorsqu'il raccrocha, sa tête était prête à exploser. Il n'avait toujours pas lu un seul email. Il fallait croire que tout le monde s'était donné le mot.

— Alors ? dit Casey. Quoi de neuf ?

Alex se leva et se dirigea vers la photo accrochée au mur sur laquelle le personnel de la base posait, au grand complet, en tenue de vol. Un groupe de personnes dévouées et travailleuses, prêtes à sauver des vies chaque jour. Et qui risquaient désormais de perdre leur emploi si des administrateurs en costume cravate en avaient décidé ainsi.

— Il faut que je te dise quelque chose : vous allez recevoir un email de ma part vous informant qu'une autre société est en lice pour obtenir le contrat de l'intervention d'urgence dans le comté, y compris en hélicoptère.

Il scruta la photographie et fixa la jeune femme qui se tenait à côté de lui, souriante. Le cliché avait été pris peu de temps après qu'il avait eu enfin le courage de l'inviter à sortir avec lui. Jamais il n'aurait imaginé que la situation pourrait se dégrader entre eux à ce point.

Il avait prévu de parler à Summer dès le retour de l'hélicoptère de Miami, mais le téléphone n'avait pas arrêté de sonner. Il avait aussi essayé de la joindre, mais elle ne répondait toujours pas à ses appels.

— Sais-tu où est allée Summer ? demanda-t-il à Casey, au cas où il soit au courant.

— Je pense qu'elle est rentrée chez elle. Elle était fatiguée. Elle a fait pas mal d'heures sup cette semaine.

Puis il fronça les sourcils.

— En quoi cette affaire de contrat peut-elle nous affecter ?

Alex se tourna vers lui. Il fallait qu'il se concentre sur son travail, pas sur sa relation avec Summer.

— Heli-Care a été la première entreprise d'évacuation médicale par hélicoptère dans les îles de Floride, et nous sommes bien implantés dans la communauté. Mais on ne sait jamais. La seule chose que nous puissions faire est de continuer à travailler le mieux possible. Comme nous l'avons toujours fait.

Casey se leva.

— C'est bien que tu sois revenu, dit-il en passant devant la photographie.

— Elle m'en veut beaucoup ?

— Je pense qu'il faut que vous parliez, répondit Casey en se dirigeant vers la porte. Je suis sûr que tu trouveras les mots. Sois toi-même.

Être lui-même ? Si les gens savaient à quel point cela lui était difficile !

Casey referma la porte derrière lui. Alex reprit son téléphone et composa, une fois encore, le numéro de Summer. Avec un peu de chance, il pourrait lui parler avant qu'elle se couche.

Comme elle ne répondait pas, il lui laissa le même message que celui qu'il lui laissait depuis cinq mois.

— Bonjour Summer, c'est moi. Rappelle-moi, il faut qu'on parle.

Il était d'accord pour lui laisser du temps – elle travaillait beaucoup et avait besoin de repos – mais il faudrait bien qu'elle cesse de l'éviter un jour. Ils devaient parler, et le plus tôt serait le mieux.

2.

Summer ralentit devant le portail de la maison d'Alex et le regarda s'ouvrir lentement, les mains agrippées au volant. Elle n'avait jamais compris pourquoi Alex avait fait installer un portail sécurisé quand il avait fait construire sa maison. Ils habitaient Key West, pas Hollywood. Bien sûr, il lui était difficile d'imaginer la vie qu'il avait menée avec sa mère en Californie, où les gens comme eux devaient souvent vivre derrière des murs clos pour être tranquilles.

En cela résidait peut-être l'un de leurs problèmes. Ils venaient de milieux complètement différents. Alex était le fils de l'une des actrices les plus célèbres du pays, alors que Summer venait d'une petite ville du Texas où elle avait grandi dans la pauvreté.

Comment avait-elle pu imaginer qu'ils vivraient davantage qu'une brève histoire ? Dans le milieu d'Alex, on ne se mêlait pas vraiment aux gens comme elle.

Non, elle était injuste. Elle ne pouvait pas comparer Alex aux habitants de sa ville natale. Alex ne lui avait jamais fait sentir qu'elle n'était pas de son monde. Et, au travail, il traitait chaque membre de l'équipe à égalité. C'était l'une des choses qui avaient attiré son attention chez lui. En plus du fait qu'elle avait les jambes en coton dès qu'elle posait les yeux sur lui.

Elle avait composé le code du portail, surprise de se souvenir des numéros et plus surprise encore qu'Alex ne l'ait pas changé, maintenant qu'ils étaient… Qu'étaient-ils censés être, désormais ? Ils avaient été amis. Puis amoureux.

Et maintenant ? C'était précisément ce qu'elle cherchait à comprendre en venant chez lui.

Elle roula dans l'allée à une allure d'escargot. Il était trop tard pour se dérober. Il fallait bien qu'elle le voie et lui parle. Et qu'il respecte ses conditions à elle. Car il s'agissait de sa vie à elle. De sa famille. Elle lui expliquerait la situation puis ce qu'elle comptait faire.

Elle freina. Elle n'était pas prête. Avant de quitter son appartement, elle avait l'impression que tout serait facile mais le simple fait de croiser le regard d'Alex, à la base, l'espace d'un instant, lui avait coupé les jambes. Ses yeux d'un noir si profond, sa barbe naissante qui lui griffait les joues quand il l'embrassait, ses cheveux bruns dans lesquels elle passait la main quand ils faisaient l'amour… Les souvenirs avaient afflué, et son corps l'avait trahie. Elle ne s'était pas sentie capable de lui parler à ce moment-là, alors que son cœur éprouvait la même douleur que le jour où il lui avait annoncé qu'il partait, en avançant le prétexte minable que l'un de ses amis avait besoin de lui.

Ce devait être les hormones. C'étaient elles, le problème. Ces stupides hormones qui faisaient tambouriner son cœur et laissaient monter les larmes à ses yeux plus souvent qu'elle ne l'aurait voulu.

Elle ne pouvait se permettre d'éprouver encore des sentiments pour lui. Laisser un homme entrer dans sa vie et en sortir à sa guise était un suicide émotionnel dont elle n'avait que trop souvent été le témoin dans son enfance.

Elle ne finirait pas comme sa mère.

Elle prit un moment pour rassembler son courage puis se redressa, releva le menton et se remit à rouler dans l'allée. Elle se gara sous le grand flamboyant en fleurs, près de la porte d'entrée principale.

La maison d'Alex était une maison jaune à deux niveaux. Vue de l'extérieur, elle avait l'allure d'une maison de vacances mais là, à Key West, c'était simplement un mode de vie. La plage, le soleil et la fête semblaient être les mots préférés des habitants de l'île. Cela dit, Alex avait toujours considéré sa maison comme un refuge plus que comme un endroit pour faire la fête. D'ailleurs, il n'y invitait que ses plus proches amis. Elle avait jadis fait partie de ce groupe, partie de sa vie. Mais c'était terminé, car leur vie était en train de changer.

Elle sortit de la voiture en se demandant comment ils allaient s'y prendre. Ces cinq mois de séparation prouvaient qu'Alex n'avait pas besoin d'elle, contrairement à ce qu'elle pensait avant son départ précipité. Quoi qu'il arrive, ils ne pourraient plus revenir à la situation antérieure. De toute façon, elle n'en avait pas envie. Elle avait commis l'erreur de laisser un homme décider de son bonheur. Elle ne la commettrait plus jamais.

Elle sonna, mais personne ne vint ouvrir. La jeep noire d'Alex était garée dans l'allée, il était donc là. S'il s'était endormi, la sonnerie du portail l'aurait réveillé. À moins qu'il n'ait tout simplement pas envie de la voir.

Elle se remémora le jour de son départ. Elle était venue chez lui mais il n'avait pas eu cinq minutes à lui consacrer. Tant pis pour lui. Il faudrait bien qu'il lui ouvre aujourd'hui.

Elle appuya sur la poignée, mais la porte était fermée à clé. Alex ne prenait aucun risque. Il lui avait raconté, un jour, qu'une fan de sa mère s'était introduite dans leur maison. Ils l'avaient retrouvée assise dans leur salle à manger, simplement parce qu'elle voulait vivre quelques instants dans la peau de Melanie Leonelli.

Elle s'était demandé, à l'époque, ce qu'Alex aurait pensé si elle lui avait avoué qu'elle n'avait jamais eu de salle à manger. Dans la petite caravane rouillée dans laquelle elle avait grandi, il y avait simplement un bar et deux tabourets dépareillés, sur lesquels elle ne se rappelait même pas avoir pris un repas avec sa mère.

Elle décida de faire le tour de la maison pour voir si les portes-fenêtres donnant sur la cour étaient ouvertes. La vision qui s'offrit à elle lui coupa le souffle. Alex était là, sortant de la piscine, tel le dieu grec auquel il l'avait toujours fait penser, le corps nu et ruisselant. Elle sentit ses jambes flageoler. À nouveau, Alex faisait accélérer les battements de son cœur et, cette fois, elle ne pouvait pas rendre ses hormones responsables. Pas les hormones de grossesse, en tout cas. C'étaient plutôt les souvenirs qui venaient d'embraser son corps, que la brise légère ne parvenait pas à rafraîchir. Ses bras autour d'elle. Sa peau sur la sienne. Son corps ferme et sexy contre le sien…

Le souffle coupé, elle avança vers lui, ignorant son cerveau qui lui intimait de faire demi-tour.

Alex sentit que quelqu'un s'était introduit dans sa propriété. Son premier réflexe fut d'aller à sa rencontre mais il pensa qu'il serait plus à l'aise pour intervenir avec des vêtements sur le dos. Il prit le drap de bain sur le dossier d'une chaise et s'en enveloppa. Puis il se retourna et découvrit, surpris, que l'intrus n'était autre que Summer.

Le sourire qui avait commencé à se former sur ses lèvres se figea. Quelque chose clochait. Quelque chose avait changé chez elle. Son joli visage était pâle, malgré son bronzage. Des cernes étaient apparus sous ses yeux bleus. Mais ce furent surtout son corps et ses nouvelles rondeurs qui attirèrent son attention. Et la retinrent.

— Je… Je ne comprends pas…, bredouilla-t-il sans pouvoir détacher les yeux de son ventre arrondi.

Les pensées tourbillonnaient dans son cerveau. Comment était-ce possible ?

Il savait bien comment c'était possible. Il savait même quand cela s'était produit. Mais pourquoi ? Ils avaient utilisé un préservatif. Et Summer prenait la pilule. Cela n'avait aucun sens.

Il y réfléchirait plus tard. Pour l'heure, ce sur quoi il devait se concentrer, c'était Summer. Elle semblait sur le point de défaillir.

— Viens, assieds-toi, proposa-t-il.

Lui aussi avait besoin de s'asseoir. Il se rappelait à présent qu'elle avait insisté pour savoir où il allait et quand il reviendrait. Jamais il n'aurait imaginé qu'elle pouvait être enceinte.

— Pourquoi ne m'as-tu rien dit ? demanda-t-il, sous le choc.

Elle savait sans doute qu'il serait revenu immédiatement si elle lui avait annoncé qu'elle était enceinte. À moins que…

— Il est de moi ? s'entendit-il dire.

Il regretta aussitôt ses paroles.

— Comment peux-tu en douter ? s'exclama-t-elle d'une voix blessée.

Mais la colère remplaça rapidement la douleur.

— Si cela t'arrange, bien sûr, je peux te dire que tu n'es pas le père. Comme ça, tu pourras continuer à disparaître de la circulation quand cela te chantera.

Elle se leva, une expression dure sur le visage. Mais il eut le sentiment que le masque pouvait se fissurer d'un instant à l'autre.

— Attends, dit-il pour la retenir. Je suis désolé. Je sais qu'il est de moi. C'est juste que je suis sous le choc.

— Le choc aurait été moins brutal si tu avais été là, dit-elle en se rasseyant.

Mais elle semblait toujours prête à se relever d'un instant à l'autre.

— Pourquoi n'as-tu pas répondu à mes appels, à mes mails ? Alors que tu savais que tu étais enceinte de moi. Pourquoi, Summer ? Pourquoi as-tu fait ça ?

— Pourquoi ? J'aurais dû te dire que j'étais enceinte alors que tu es parti rejoindre une autre femme ? dit-elle en reprenant des couleurs. Et arrête de regarder mon ventre.

— Désolé, c'est que…

Il avait vu toutes sortes de traumatismes, de blessures, de maladies mais ce ventre rond le fascinait. Un bébé. Summer attendait un bébé de lui.

— Tu sais bien que je ne suis pas parti rejoindre une autre femme, dit-il comme une évidence.

Il espérait que c'en était une. À vrai dire, ils n'avaient jamais abordé le sujet de la monogamie. Ils n'avaient aucune raison de le faire. Leur amitié s'était transformée en relation amoureuse de façon très naturelle, comme s'ils y avaient été prédestinés. Mais l'évolution de leur relation ne semblait soudain plus naturelle du tout.

— Tu es parti cinq mois, Alex. Je ne savais ni où tu étais ni pourquoi ton départ était aussi précipité. Je ne savais même pas si tu reviendrais un jour. Tu as simplement laissé ta vie d'ici en plan, et moi avec. Pour quoi faire ? Aider un ami ? Si c'était la réalité, il fallait que cet « ami », comme tu dis, soit plus important à tes yeux que n'importe qui ici. Que n'importe quel membre de tes équipes.

Il savait ce qu'elle se retenait de dire, à savoir que son ami devait compter beaucoup plus qu'elle. Comment lui en vouloir de le penser ? Il n'avait jamais vraiment exprimé ce qu'il éprouvait pour elle. Il n'en avait jamais éprouvé le besoin. Il avait pris la situation comme elle venait. Il n'avait pas l'habitude de précipiter les choses, à plus forte raison en matière de relations.

Sa mère disait qu'il avait un problème de confiance et elle avait peut-être raison. Il avait été plusieurs fois meurtri par des gens qui faisaient mine de s'intéresser à lui alors que tout ce qui les intéressait était de se rapprocher de la vie hollywoodienne qu'il avait été obligé de mener.

— Pourrais-tu t'habiller pour que nous parlions sérieusement ? demanda soudain Summer.

De toute évidence, elle attendait qu'il dise quelque chose. Qu'il nie ses accusations. Mais que pouvait-il dire qu'elle ait envie de croire ?

— Ce n'est pas vrai, finit-il par répondre. Il fallait que j'y aille. Quelqu'un avait besoin de moi.

— Habille-toi, dit-elle en détournant le regard.

— Je reviens tout de suite. Ne pars pas.

Il se leva et rentra dans la maison, le cœur battant, le cerveau en alerte. La vie venait de faire un tour à 180 degrés, et il fallait qu'il s'adapte aussi vite que possible.

Il attrapa une chemise et un jean dans son placard, incapable d'effacer l'image de Summer debout, enceinte et magnifique. Avait-elle la moindre idée de l'effet qu'elle avait produit sur lui ? Elle avait l'air tellement détachée. Tellement différente de la Summer qu'il avait quittée, cinq mois auparavant.

Il fonça à la cuisine et ouvrit la porte du réfrigérateur. Il opta pour de l'eau, bien que la tentation de prendre quelque chose de plus fort fût grande.

— Je pense que nous devrions nous marier bientôt. Un mariage intimiste, avec nos amis, dit-il en revenant sur la terrasse.

Il lui tendit un verre d'eau.

— Tu penses ? Excuse-moi, mais est-ce que je t'ai demandé ce que tu pensais ? rétorqua Summer en se redressant sur sa chaise, fulminant soudain.

De toute évidence, il n'était pas parti dans la bonne direction et il devait redresser le tir aussi vite que possible.

— Je suis désolé d'avoir imaginé que tu voulais faire un mariage simple. On peut faire ce que tu voudras.

Il fallait qu'il appelle sa mère. Elle le harcelait depuis des années pour savoir quand elle aurait enfin des petits-enfants.

— C'est vraiment gentil de ta part de me laisser décider de la manière dont je vais changer ma vie à cause de toi, mais il semble qu'il y ait un léger malentendu. Nous n'allons pas nous marier.

L'idée que l'histoire se répétait ne lui échappait pas. Ses propres parents s'étaient retrouvés dans la même situation, à la différence près que la position de son père, à la tête d'un royaume, avait décidé pour eux.

Mais ce n'était pas son cas. Il ne subissait pas les responsabilités qui incombaient à un chef d'État. Il ne devait veiller que sur Summer, lui-même et leur bébé. Et il ferait tout pour honorer ses engagements.

— Je sais que ce n'est pas ce que nous avions prévu mais…

— Évidemment que ce n'était pas prévu ! T'imagines-tu vraiment que je l'ai fait exprès ? s'exclama-t-elle en se levant, la main sur le ventre.

— Non, je n'ai jamais pensé cela une minute. Je veux simplement dire que c'est une surprise.

Il se leva à son tour et la rejoignit. Il ne faisait qu'empirer la situation. Il ne trouvait pas les mots. Comment empêcher que les choses dégénèrent ? Ne pouvaient-elles pas revenir à ce qu'elles étaient avant qu'il parte pour Soura ? À l'époque, ils parlaient de tout, et la communication entre eux était facile et fluide.

— Tu n'es pas au bout de tes surprises, dit-elle.

— Qu'est-ce que tu veux dire ? demanda-t-il, inquiet.

— Il n'y a pas un mais deux bébés.

Ses yeux se posèrent de nouveau sur son ventre. Deux bébés ?

— Tu veux dire que tu attends des jumeaux ?

Sa voix était éraillée et étonnamment aiguë.

— Oui. Un garçon et une fille, confirma-t-elle en se caressant le ventre.

C'était la première fois qu'elle souriait depuis son arrivée. Et ce n'était pas un sourire quelconque mais un sourire empli d'amour et de fierté.

Il eut du mal à détacher son regard du ventre qui abritait non pas un mais deux enfants. Les siens. Les leurs. C'était incroyable d'imaginer qu'ensemble ils avaient donné la vie à deux autres petits êtres.

C'était incroyable et effrayant en même temps. Que connaissait-il de la paternité ? Il n'avait pas vraiment eu de père. Mais lui serait là pour ses enfants. Il ne les abandonnerait jamais.

— J'ai essayé de t'expliquer que je n'avais pas le choix, dit-il d'une voix emplie de frustration.

Il avait toujours eu l'intention de lui parler de sa famille, de sa famille secrète, mais s'était dit qu'il le ferait à son retour. Cacher son identité était un exercice tellement ancré dans ses cellules qu'il ne savait plus s'il pouvait vivre autrement.

— Et, moi, j'étais venue te dire que j'étais enceinte mais tu n'étais pas prêt à m'écouter. Tu étais déjà parti, en un sens.

— Tu le savais ? Et tu ne m'as rien dit ?

— J'ai essayé de te le dire mais tu étais trop préoccupé par ce qui arrivait à ton ami pour m'écouter.

Cette déclaration lui fit l'effet d'un coup de poing dans le ventre. S'il avait su, s'il avait pris le temps de l'écouter, de comprendre que, ce jour-là, elle avait quelque chose d'important à lui dire, tout aurait été différent.

— Je suis désolé, dit-il simplement. Je n'avais pas compris.

— Cela n'a plus vraiment d'importance à présent, dit-elle en se retournant.

Il était évident que cela avait toujours de l'importance, au moins autant que ce jour-là. Il l'avait blessée et, même si cela n'avait pas été intentionnel, il avait commis une erreur. Il s'en voulait, désormais, de ne pas avoir pris le temps de lui raconter ce qui se passait dès qu'il avait reçu l'appel de son père. Mais il était tellement préoccupé par la santé de son frère qu'il n'avait pas pris le temps de le faire.

Mais lui aurait-il vraiment dit la vérité s'il en avait eu le temps ? Il n'en était pas certain. En revanche, il savait qu'il devait la lui dire maintenant, avant qu'elle ne s'en aille.

— Est-ce qu'on peut se rasseoir, pour que je t'explique enfin pourquoi j'ai dû partir de cette manière ?

Elle se rassit, et il exhala un soupir qu'il retenait certainement depuis longtemps.

On lui avait répété toute son enfance que c'était un secret qu'il ne pouvait révéler à personne. Petit, il avait pris cela comme un jeu. Quelle aventure de partager un secret avec son père et sa mère puis, plus tard, avec son petit frère !

Mais, en grandissant, il avait compris non pas qu'il partageait un secret avec sa famille mais que, le secret, c'était lui. La réalité lui avait sauté au visage. Il était le fils illégitime d'un roi qui ne voulait pas – ou, jusqu'à récemment, ne pouvait pas – le reconnaître.

Mais Summer n'était pas n'importe qui. D'autant qu'elle était désormais la mère de ses enfants. Elle avait le droit de savoir. Le problème n'était plus uniquement *son* problème. La vie de Summer et de leurs enfants serait sens dessus dessous si le monde apprenait qu'il était le fils du roi de Soura. Il s'était réfugié à Key West, à l'abri de l'attention médiatique qu'il aurait reçue s'il avait vécu à New York ou en Californie. Si on apprenait sa filiation avec le roi de Soura, il n'aurait plus de vie privée. Pourvu que Summer le comprenne.

Il se rassit à son tour.

— Je suis désolé de ne pas t'avoir expliqué les raisons de mon départ. Je n'ai rien à te cacher. Simplement, il y a des aspects de ma vie dont je n'ai jamais pu parler à personne.

Il marqua une pause et but une gorgée d'eau fraîche. Puis il prit son portable sur un guéridon.

— Tu sais que ma mère est née en Toscane. Ce que les gens ignorent, c'est que ses parents ont déménagé quand son père a été muté à l'ambassade d'Italie à Soura.

— Soura ? Le pays où vit le prince Nicholas ? demanda Summer.

— Exactement. Nicholas est le prince de Soura. Mais j'y reviendrai plus tard.

Il aurait dû se douter que, comme la grande majorité des femmes de la planète, elle avait entendu parler du célibataire le plus convoité du royaume de Soura. Son frère faisait régulièrement la une des médias. Alex ne comprendrait jamais son besoin d'être en permanence au centre de l'attention.

— Soura est un pays petit mais puissant grâce à ses ports en Méditerranée. Ma mère dit qu'elle est tombée amoureuse de ce pays dès qu'elle y a posé le pied. Quelques années plus tard, elle a rencontré mon père, qui était à l'époque le futur roi de Soura.

— Comment ? Attends… Je ne comprends pas.

— C'est un secret que je porte depuis ma naissance. Et c'est la raison pour laquelle je ne pouvais pas te dire où j'allais. Summer, je suis le fils illégitime du roi Kristos, et l'ami du prince Nicholas. Je suis Alexandro Michael Leonelli.

Il tendit son portable.

— Si les médias l'apprennent, je serai harcelé par les paparazzis pour le restant de mes jours.

Summer se leva, les jambes en guimauve. Sur l'écran du téléphone figuraient deux hommes debout, côte à côte, près d'une grande cheminée. Elle reconnut celui de gauche. Son visage était souvent en couverture de la presse people. C'est l'autre qu'elle faillit ne pas reconnaître. Il était droit comme un piquet, en costume trois pièces, les cheveux en arrière, rasé de près. Mais elle aurait reconnu ces yeux bruns à des kilomètres.

C'était une blague. Il n'y avait pas d'autre explication possible. Alex ne pouvait pas être le fils d'un roi et ne jamais le lui avoir dit. Cela n'avait aucun sens.

Pourtant… Il était parti comme un courant d'air sans lui dire où il devait se rendre. Il pouvait très bien lui avoir caché sa véritable identité pendant toutes ces années !

— Tu es un prince, dit-elle en scrutant la photographie.

Son visage était si beau ! Et son regard si franc ! Du moins c'est ce qu'elle avait cru. Jamais elle n'aurait imaginé qu'il puisse lui cacher quoi que ce soit. Pourquoi ne lui avait-il jamais rien dit ? S'il envisageait l'avenir avec elle, il aurait dû. Sauf s'il considérait leur relation comme une aventure parmi d'autres. Dans ce cas, il ne se serait pas donné la peine de lui révéler le secret.

Mais pourquoi ne pas avoir été honnête avec elle depuis le début ?

— Vous avez les mêmes yeux, tous les deux. Et les pommettes aussi, même si celles de Nicholas sont un peu plus anguleuses, dit-elle en lui jetant des coups d'œil.

Elle se leva soudain et s'éloigna.

— Et les bébés ? Qu'est-ce que cela change pour eux, Alex ?

— Rien. Ce sont nos bébés, et nous les élèverons comme n'importe quels parents. Nous les protégerons de tout cela, dit-il en la rejoignant.

Ses mains frémirent quand il les prit dans les siennes.

— Je suis vraiment désolé de ne pas t'avoir raconté cela plus tôt. J'aurais dû. Dans un monde parfait, j'aurais dû pouvoir dire qui étaient mes parents et continuer à vivre normalement. Mais le monde dans lequel nous vivons n'est pas parfait.

— Il paraît que le prince Nicholas a eu un accident de ski. C'est ce qu'on a dit aux informations.

Tout s'éclairait à présent.

— C'est pour cela que tu es parti…

C'était une affirmation plus qu'une question.

— Mon père voulait que je supervise les soins. Nicholas était plus gravement blessé que ce qui a été dit dans les médias.

— Je n'en reviens pas…, murmura-t-elle.

Jusque-là, elle avait pensé que son éducation texane et rurale avait été bien différente de la vie hollywoodienne qu'Alex avait connue en tant que fils d'une vedette de cinéma. Maintenant, elle apprenait que c'était aussi un prince !

Rien d'étonnant à ce qu'il ne le lui ait jamais dit. Ils vivaient dans deux milieux tellement différents qu'il n'avait pas jugé bon de le faire. La place qu'elle occupait dans ce monde gouverné par l'argent et la lutte pour le pouvoir était ridiculement petite – ce que le départ précipité d'Alex ne faisait que confirmer.

Et si Alex ou sa famille cherchait à obtenir la garde exclusive de leurs enfants ? Ils possédaient plus d'argent qu'elle ne pourrait en gagner dans toute une vie. Peut-être valait-il mieux qu'elle cherche un avocat dès à présent. Mais les services d'un avocat coûtaient de l'argent, et elle avait un budget que l'arrivée de deux enfants restreignait encore.

— Il va nous falloir du temps pour digérer tout cela, dit Alex.

— C'est le moins que l'on puisse dire. Je suis encore en train de me faire à l'idée d'être mère. De jumeaux qui plus est. Et tu m'apprends que tu es le fils d'un roi. Pas avant d'avoir demandé si tu étais le père, comme si j'avais l'habitude de coucher avec n'importe qui. Et je ne parle pas de ta grandiose proposition de mariage !

Elle sentit la panique la gagner. Mieux valait qu'elle parte avant de perdre la face devant Alex. Elle ne tenait pas à ce qu'il voie à quel point il lui avait fait mal.

Elle fit quelques pas puis se retourna.

— Que les choses soient claires. C'est moi qui porte ces bébés et, jusqu'à nouvel ordre, c'est moi qui prendrai les décisions les concernant. Pas toi. Pas le roi. Nous étions bien tranquilles, eux et moi, avant que tu réapparaisses.

Il ouvrit la bouche, mais elle le coupa.

— Non, dit-elle. J'en ai assez entendu pour aujourd'hui. J'ai besoin de réfléchir.

La tête haute, elle se retourna et se dirigea vers sa voiture. Elle ne fuyait pas, non. Elle opérait simplement une retraite rapide pour pouvoir consolider ses défenses, afin de protéger non seulement ses enfants mais aussi son cœur. Elle ne l'avouerait jamais à Alex mais elle avait toujours rêvé qu'il la demande en mariage. Dommage qu'il le fasse trop tard et pour de mauvaises raisons.

3.

Une volée de mouettes tournoya au-dessus de sa tête, comme les questions qui se bousculaient sans fin dans son esprit.

Elle croyait connaître Alex. Ce qu'il aimait, ce qu'il n'aimait pas. Ses plats, ses sports préférés. Il adorait les steaks saignants au beurre mais n'aimait pas particulièrement le rôti. Le hockey le laissait indifférent mais il était passionné de golf. Il disait que sa couleur préférée était le bleu. Le bleu de ses yeux. Il le disait pour rire mais c'était gentil de sa part.

Alex avait toujours été gentil avec elle. Un homme presque parfait. Le directeur parfait, l'ami parfait, le petit ami parfait. Jusqu'à ce qu'il s'en aille sans explication. À l'agitation avec laquelle il avait fait ses bagages, elle avait compris qu'il lui cachait quelque chose. Si seulement il lui avait dit la vérité sur le moment ! Si seulement il lui avait raconté d'où il venait. Pourquoi ne l'avait-il fait ? Parce qu'il n'avait jamais eu de raison de le faire. Il ne lui aurait jamais révélé ce secret s'il n'avait pas su qu'elle était enceinte de lui.

C'est peut-être ce qui lui faisait le plus mal dans l'histoire.

Elle avait grandi dans un endroit où elle n'avait jamais été assez bien pour personne. C'était une gamine pauvre, une gamine à problèmes. Pas assez bien pour être invitée aux fêtes d'anniversaire. Pas assez bien pour que les autres parents autorisent leurs enfants à la fréquenter.

Aujourd'hui, elle avait pris conscience qu'elle n'était pas assez bien pour qu'un homme, en l'occurrence un prince, ait envie de partager sa vie avec elle. Pendant qu'elle croyait construire une histoire d'amour solide et merveilleuse, il la considérait comme une aventure parmi tant d'autres.

Elle prit un morceau de pain et le lança en l'air. Une mouette plus prompte et plus hardie que les autres piqua pour l'attraper. Elle jeta un autre bout de pain, le plus haut possible, et regarda les autres oiseaux plonger. Depuis qu'elle vivait à Key West, elle avait pris l'habitude de leur apporter du pain lorsqu'elle venait marcher le matin.

Elle adorait voir les mouettes voler avec une liberté qu'elle leur avait enviée toute sa vie. La liberté de s'échapper d'une école où on la harcelait. La liberté de fuir une vie sans avenir. Elle avait trouvé cette liberté dans son métier de convoyeuse de l'air. Elle adorait la montée d'adrénaline qu'elle ressentait chaque fois que l'hélicoptère décollait. Passer son diplôme d'infirmière était ce qu'elle avait fait de mieux dans sa vie, jusqu'à présent. Désormais, elle avait aussi la responsabilité de deux petits êtres qui étaient devenus sa priorité.

Elle avait bien fait de dire à Alex qu'elle était enceinte de lui. Même si le doute qu'il avait manifesté l'avait blessée. Et son insistance pour qu'ils se marient, sous le seul prétexte qu'elle était enceinte l'avait agacée. Parce que cela faisait remonter le sentiment d'insécurité qui avait gâché son enfance et qu'elle n'était pas en position d'affronter maintenant.

Alex avait été clair sur un point : il avait l'intention de faire partie de la vie de ses enfants. Ils allaient devoir trouver un terrain d'entente sur le sujet. Mais comment allait-elle s'y prendre si, chaque fois qu'elle le voyait, son cœur se transformait en une boule de regrets ? Et comment allait-elle pouvoir lui faire confiance si tout ce qu'elle pensait connaître de lui se fondait sur un mensonge ?

Alex regardait les vagues s'écraser sur le rivage. Après une nuit d'insomnie, il était venu à la plage suffisamment tôt, quand la plupart des gens dormaient encore, pour voir le soleil se lever et contempler le mouvement régulier et apaisant des vagues. Summer venait souvent marcher sur la plage le matin et, à l'époque, il se joignait à elle dès qu'il pouvait. Il espérait qu'il tomberait sur elle ce matin.

Il avait vraiment fait n'importe quoi. Ni plus ni moins. Lui, traumatologue aguerri, avec des années d'expérience, s'était mis à paniquer au son de la voix angoissée de son père. Il l'avait toujours considéré comme un roc, pas comme un être de chair et d'os. Il fallait vraiment que la situation soit grave pour que son roi de père soit dans tous ses états.

« Rentre à Soura, Alex, avait-il dit. Ton frère ne va pas bien. Les médecins ne sont pas sûrs que… »

Sa voix avait faibli.

Le souvenir lui donna des sueurs froides. Il se remémora la scène. Il était dans sa chambre, mort d'inquiétude pour son frère – ce qui ne lui était jamais arrivé. De quoi les médecins n'étaient-ils pas sûrs ? Que Nicholas survive ? Qu'est-ce qu'il avait donc fait, cette fois ?

« C'est grave ? Il faut que je sache… » avait-il dit.

C'est à ce moment-là que Summer était entrée. Qu'avait-elle entendu ? Elle allait peut-être lui poser des questions auxquelles il n'aurait pas le temps de répondre.

« Ils l'emmènent au bloc pour stopper une hémorragie interne. Il a les deux jambes cassées, mais ils disent qu'il vaut mieux attendre que son état se soit stabilisé pour opérer. Qu'est-ce que tu en penses ? »

Alex était moins inquiet pour les fractures que pour l'hémorragie interne. Il avait déjà vu plusieurs patients se vider de leur sang.

« Alex, il faut que tu viennes. Le plus vite possible. »

Ce n'était pas l'autorité qu'il avait perçue dans sa voix, mais la peur d'un père pour son enfant. L'état de son frère devait être grave.

Il avait pris le premier sac qu'il avait trouvé dans son placard. Il avait, au palais, tous les vêtements dont il avait besoin et même plus.

« Je prends le premier avion que je trouverai. »

« Michael s'est occupé de tout. Un chauffeur devrait arriver chez toi sous peu et te conduira à l'aérodrome, où t'attend un jet privé. On se voit à la clinique. »

Alex avait raccroché. Summer le regardait, assise sur le lit.

« Que se passe-t-il ? » avait-elle demandé en le voyant ouvrir son sac.

« Il faut que je parte. »

Qui devait-il appeler en premier ? Son directeur ? Dylan ?

« Comment ça, il faut que tu partes ? »

Il avait envoyé un bref SMS à Dylan. Il écrirait un mail à son chef une fois dans l'avion. Son chef pouvait attendre.

« Où faut-il que tu partes ? Que se passe-t-il, Alex ? » avait demandé Summer.

« En Europe. »

Il avait dit à Dylan qu'un ami avait besoin de lui. Il fallait qu'il donne la même version à tout le monde. De toute façon, Nicholas était officiellement un ami, pas un frère.

« L'un de mes amis a besoin de moi. Il faut que j'y aille », avait-il ajouté.

« Qui est-ce ? Un ami de Californie ? »

« Non, tu ne le connais pas », avait-il répondu en se dirigeant vers la porte d'entrée.

Elle l'avait suivi, manifestement inquiète.

« Mais… Combien de temps pars-tu ? »

Il ne connaissait pas la réponse. Quelques jours ? Une semaine, peut-être ?

« Je ne sais pas. Je t'appelle dès que j'en sais plus. »

« Alex, attends… »

Sa voix était devenue plus aiguë, et il savait maintenant que c'était à cause de la panique. La panique d'être laissée seule au moment où elle avait le plus besoin de lui.

« Alex, je ne comprends rien. Qui est cet ami ? Pourquoi ne m'expliques-tu pas ? »

Il avait posé son sac près de la porte. Il se rappelait parfaitement l'expression de son visage à cet instant. Un mélange de stupéfaction et d'angoisse. Il avait conscience de ne pas être correct avec elle. Il aurait voulu lui parler de son frère. De son frère et de toute sa famille. Il aurait dû le faire bien plus tôt, mais tout était tellement parfait entre eux, sans le poids de cette vie secrète et des complications qu'elle entraînait.

« Ne t'inquiète pas. Je reviens dès que je peux et je te raconterai tout à ce moment-là, d'accord ? », avait-il dit en espérant pouvoir tenir sa promesse.

Il avait écarté les bras pour que la chaleur de son corps chasse la sensation de froid qui s'était emparée de lui depuis que son père avait appelé.

« Non, pas d'accord, avait-elle rétorqué en le repoussant. Il faut que je te parle. C'est important. »

Il avait senti son téléphone vibrer et l'avait sorti de sa poche. Puis il avait appuyé sur le bouton, près de la porte, pour ouvrir le portail à distance.

« La voiture qui m'emmène à l'aéroport est là. »

Il s'était penché pour l'embrasser mais, à sa grande surprise, elle avait tourné la tête de l'autre côté. Il aurait dû l'écouter. Il aurait dû comprendre qu'il se passait quelque chose. Au lieu de partir, il aurait dû prendre un moment pour écouter ce qu'elle avait à lui dire. Il avait soulevé son sac presque vide et était sorti.

Summer était restée à la porte. Sans sourire, sans geste de la main. Elle l'avait regardé partir comme si elle ne le reconnaissait plus.

Il releva ses lunettes de soleil et scruta la plage. Si Summer n'avait pas changé ses habitudes, il avait de grandes chances de la trouver là.

Il devait trouver un moyen d'arranger la situation. Il avait grandi sans un père présent à ses côtés. Il ne pouvait pas infliger cela à ses propres enfants.

Son père ne l'avait pas abandonné, certes, mais il n'avait jamais vécu avec lui. Jamais présent à un match de T-ball ni d'aucun des sports qu'il pratiquait quand il était petit. Il n'était pas là quand Alex avait gagné le concours de sciences en CM1 ni pour la remise de son diplôme, au lycée.

Quand il rendait visite à son père, Alex passait tout son

temps avec son petit frère tout en se faisant passer pour un ami venu lui rendre visite pour les vacances.

Rien d'étonnant à ce qu'il n'ait jamais vraiment su qui il était. C'est seulement quand il avait entrepris de faire ses études de médecine qu'il s'était senti enfin à sa place – ni le fils choyé d'une star de Hollywood, ni le fils bâtard d'un roi.

Il voulait reconnaître ses enfants afin qu'ils n'aient aucune raison de penser qu'ils n'étaient ni désirés ni aimés. Et il souhaitait le faire le plus rapidement possible. Il souhaitait être là quand ils feraient des exposés en sciences. Il souhaitait être là pour leur premier lancer de base-ball, comme sa mère l'avait été.

Il n'avait jamais dit à sa mère à quel point son père lui manquait au quotidien. Il aurait voulu avoir un père normal mais il ne pouvait pas attrister sa mère en avouant qu'il avait besoin de plus que ce qu'elle pouvait lui donner. Elle avait fait de son mieux pour compenser l'absence de son père. Mais ce n'était pas juste, ni pour elle ni pour Alex.

C'est pourquoi il tenait à ce que ses enfants grandissent auprès de leurs deux parents. Restait à espérer que Summer accepte qu'il fasse encore partie de sa vie.

Il désirait plus que tout prendre soin d'elle et de leurs enfants mais il lui avait traversé l'esprit, au beau milieu de la nuit, qu'elle risquait de voir les choses autrement. Il ne fallait pas la brusquer. Mieux valait d'abord qu'elle digère le fait qu'il était revenu à Key West. Et qu'elle se souvienne de ce qu'ils avaient construit ensemble, avant son départ précipité. Ensuite, il lui proposerait un partenariat. Il serait à ses côtés jusqu'à la fin de la grossesse. Il l'aiderait dans la vie quotidienne, l'accompagnerait aux rendez-vous médicaux et l'aiderait financièrement. C'était un plan simple qui profiterait à tout le monde.

Le problème, c'était que la situation n'était pas simple. Leur relation avait pris une drôle de tournure, et ils éprouvaient toujours des sentiments l'un envers l'autre, même si Summer semblait vouloir se convaincre du contraire. L'attirance était forte entre eux. Il l'avait senti dès qu'il l'avait revue.

Elle avait dit clairement qu'elle pouvait vivre sa vie sans

lui. Il l'avait bien cherché. Maintenant, il devait prouver à Summer qu'elle avait encore besoin de lui. Ils avaient besoin l'un de l'autre. Quel que soit le degré de complication de la situation, le bien-être des enfants devait rester leur priorité.

Il entendit un éclat de rire et se retourna. Summer marchait dans sa direction. Le visage tourné vers le ciel, elle jetait du pain aux mouettes, telle une touriste insouciante venue passer une semaine de vacances au soleil. Elle avait une beauté naturelle et candide, très différente de celle des mannequins avec lesquels son frère sortait et qui semblaient trop parfaites pour être vraies. Summer, elle, était vraie.

— Combien de fois t'ai-je dit que tu contribuais à la délinquance de ces volatiles ? demanda-t-il en allant à sa rencontre.

— Mais ils sont affamés.

Elle jeta une autre poignée de miettes en l'air en y mettant toute son énergie. Ses cheveux blonds volaient au vent, et ses yeux bleus brillaient de joie devant le spectacle des mouettes qui plongeaient et repartaient avec leur butin. C'était beau de la voir prendre autant de plaisir dans le simple fait de nourrir des oiseaux. D'ici peu de temps, elle ne serait plus aussi libre de ses mouvements. Elle portait des jumeaux. Leurs jumeaux.

— Désolée, mesdames, c'est fini pour aujourd'hui ! s'exclama-elle en fourrant le sachet vide dans son sac de plage.

Les mouettes planèrent quelques minutes de plus au-dessus d'eux avant de voler vers d'autres personnes désireuses de partager leur repas avec elles.

Summer se tourna vers lui.

— Je t'ai dit que j'avais besoin de temps, dit-elle.

— J'ai manqué cinq mois. Il faut que je rattrape le temps perdu.

Summer s'arrêta et le dévisagea, les lèvres serrées. Elle n'avait plus le même visage que la jeune femme qui riait aux éclats quelques minutes auparavant.

— Ce n'est pas parce que tu es prince que c'est à toi de fixer les règles. Il faut que tu respectes mes besoins.

— Tu as raison. Excuse-moi. Mais je n'ai pas été à tes côtés pendant cinq mois et je veux que cela change.

— Je t'ai dit que tout allait bien quand tu n'étais pas là, dit-elle en continuant à marcher sur le sable que venait recouvrir la marée montante.

Elle leva la jambe pour retirer l'une de ses sandales, et il la prit instinctivement par la taille pour la soutenir. Il réprima l'envie de poser l'autre main sur son ventre rond. De sentir ses bébés bouger.

Que se passerait-il s'il la prenait dans ses bras ? Se laisserait-elle aller contre lui, comme avant ? Se cambrerait-elle avant de reposer la tête sur son épaule ?

— C'est bon, dit-elle en s'écartant de lui.

— Désolé.

Il fallait qu'il rappelle à son corps qu'il était venu là pour parler avec Summer, pas pour la caresser. Il n'y avait rien d'étonnant à ce qu'elle le repousse. Ce qui était surprenant, en revanche, était que cela lui fasse mal à ce point. Il y avait longtemps qu'il n'avait pas laissé une femme s'approcher suffisamment de lui pour qu'il en souffre. Le fait qu'elle s'écarte de lui vivement lui rappela ce qu'il n'aurait jamais pensé perdre un jour. Parce qu'il tenait cette relation pour acquise.

Cela en disait long sur lui. Il avait été tellement accaparé par le drame qui se jouait au palais de son père qu'il avait mis sa vie à Key West entre parenthèses. S'imaginait-il, en laissant Summer en plan, qu'elle passerait sa vie à l'attendre ? Peut-être n'était-il qu'un gosse de riches pourri gâté, comme le disaient ses camarades de classe.

— Depuis combien de temps mènes-tu cette double vie ? demanda-t-elle en le fixant avec une intensité qui le mit presque mal à l'aise.

— Qu'est-ce que tu veux dire par là ?

Il savait que le dévoilement de son secret soulèverait des questions. Des questions probablement inconfortables. Comment justifier son besoin de couper sa vie en deux comme il l'avait fait ?

— Tu vis dans deux mondes différents à la fois. Deux mondes inconciliables. Tu as même un prénom différent pour chaque vie : Alex et Alexandro.

— Cela simplifie les choses, dit-il, sans y croire lui-même.

Mais pouvait-il expliquer à quel point sa vie avait été compliquée ?

— Cela simplifie les choses ? Pour qui ? Es-tu sûr que cela te rend heureux ?

Non, cela ne le rendait pas heureux. Mais qu'y pouvait-il ? C'était sa vie. C'était comme ça.

— Il y a quelque chose qui m'échappe. Ta mère vit à Los Angeles. C'est une actrice célèbre. Cela n'étonnerait personne qu'elle déclare avoir eu un enfant avec un roi européen. Au contraire, cela aurait même pu rendre son histoire encore plus glamour.

— Ma mère n'a pas toujours été une star. Elle est arrivée à Hollywood à vingt-deux ans, elle sortait de l'école d'art dramatique. J'étais bébé, à l'époque. Contrairement à la majorité des gens qui se rendent en Californie en espérant y trouver la célébrité, elle a eu de la chance. Elle a rapidement trouvé un agent qui a cru en elle. Un an plus tard, elle a passé des auditions et a été prise dans un film qui a reçu un Oscar l'année suivante.

— Mais pourquoi ton père ne t'a-t-il pas reconnu ? Ce ne serait pas le premier monarque ayant des enfants hors mariage, reprit Summer avec candeur.

— Les membres des familles royales jouent la comédie comme les politiciens. Ils sont très soucieux de l'impact de leurs actes sur leur popularité. Quand je suis né, mon père était le prince héritier, pas encore le roi de Soura.

Ils marchèrent en silence un moment. Chacun était perdu dans ses pensées.

Quelques mois auparavant, ils marchaient sur cette même plage, main dans la main. À présent, ils semblaient séparés par des milliers de kilomètres. Les kilomètres qu'il avait mis entre eux en partant.

S'il lui avait confié son secret plus tôt, s'il avait eu confiance en elle, ils auraient certainement été en train de marcher main dans la main en réfléchissant à leur avenir avec leurs enfants.

Pourquoi avait-il autant de mal à faire confiance aux gens ? Pourquoi dépensait-il autant d'énergie à protéger ce secret qui l'empêchait d'avoir une vie à lui ?

— Quand ils se sont rencontrés, à l'université, mes parents savaient que leur relation n'avait aucun avenir. Lui était prince, censé épouser le meilleur parti pour son pays. Elle rêvait de faire carrière à Hollywood. Leur histoire n'aurait dû être qu'une aventure. Mais je suis arrivé.

L'air marin faisait voleter ses cheveux blonds autour de son visage. Elle avait l'air si jeune.

— Ta mère a dû avoir peur, dit Summer, le regard perdu vers la ligne d'horizon.

Était-elle en train de lui dire qu'elle-même avait peur ?

— Peut-être, mais elle ne l'a jamais avoué. C'est une femme forte. Il faut être fort si l'on veut survivre dans l'industrie cinématographique.

— Mais ton père savait qu'il serait roi un jour. Il aurait pu chercher à avoir la garde de leur enfant. J'ai vérifié : tu es né dix-huit mois avant Nicholas, ce qui fait de toi l'héritier du trône.

— Non. Je suis considéré comme un bâtard royal. Illégitime. Je ne peux pas prétendre au trône de Soura. De toute façon, je ne le souhaite pas. Et mon père ne m'aurait jamais pris des mains de ma mère. Et, si cela peut te rassurer, jamais je ne te prendrai les enfants. Jamais.

— Même si tu voulais, je ne te laisserais pas faire. Ni toi, ni ton père, ni personne, déclara-t-elle d'une voix qui ne laissait aucun doute sur sa détermination à protéger ses bébés.

— Summer, tu n'es plus toute seule.

Comment lui dire, sans lui faire peur, qu'il voulait partager chaque moment de sa vie avec les enfants, y compris ce qu'il restait de la grossesse ?

Peut-être pouvait-il commencer par lui présenter des excuses. Des excuses qu'il lui devait largement.

— Je suis désolé de ne pas avoir été là pour le début de la grossesse. Et désolé de ne pas t'avoir parlé de ma famille.

— J'ai cru que…

Elle secoua la tête.

— Peu importe, reprit-elle. C'est vrai, tu aurais dû me parler.

Il eut le sentiment que les mots « peu importe » cachaient au contraire une chose importante.

— En tout cas, je m'en veux d'avoir laissé mes problèmes se dresser entre nous.

— En revenant comme une fleur, sans explication, qu'est-ce que tu attendais ? Que je te pardonne et que je me jette dans tes bras ?

Étant donné que c'était exactement ce qu'il avait pensé, il garda le silence. C'était un bâtard, dans tous les sens du terme. Il avait vraiment cru avoir tout le temps qu'il voulait. Mais il venait de comprendre que leurs montres respectives n'avançaient pas au même rythme. Celle de Summer avait cinq mois d'avance.

— Cela ne risque pas d'arriver. Je t'ai fait confiance et j'étais persuadée que, toi aussi, tu avais confiance en moi. Ce n'est pas comme si nous avions simplement passé une nuit ensemble. Nous étions amis. C'est du moins ce que je croyais.

— Bien sûr que nous étions amis ! Et nous le sommes toujours. Je suis navré de t'avoir fait du mal. J'ai commis une grossière erreur. Je n'aurais pas dû partir sans t'expliquer, sans te raconter toute l'histoire.

— Je pense que tu aurais dû me parler de tes parents depuis longtemps, bien avant que tu partes, dit-elle. Du moins si tu imaginais que notre histoire avait un avenir.

— Mais je suis là maintenant. Pour toi comme pour les bébés. Tu ne crois pas que ce serait plus facile si nous faisions équipe plutôt que si nous nous occupions d'eux séparément ?

— Ce que je crois, c'est que je suis tout à fait capable de m'occuper d'eux toute seule, comme je le fais depuis déjà cinq mois.

— Je ne nie pas que tu l'as fait, je dis simplement que…

Les hurlements d'une femme l'interrompirent, et tout son corps se mit en état d'alerte. Il reconnaissait la frayeur quand il l'entendait. Cela ne faisait aucun doute : quelqu'un avait un problème.

4.

— D'où ça vient ? demanda Alex en parcourant la plage des yeux.

— Là-bas ! dit Summer.

Alex se mit à courir sur le sable mouillé.

Une femme se trouvait dans l'eau jusqu'au buste et regardait avec effroi quelque chose qui bougeait non loin d'elle. Un homme ou plutôt un adolescent semblait aux prises avec les vagues et les courants.

— J'y vais ! cria-t-il en entrant dans l'eau.

Il fit quelques foulées puis plongea et se mit à nager. Le garçon avait le visage hors de l'eau mais il se débattait. Alex redoubla d'efforts. S'il n'arrivait pas à temps, l'adolescent coulerait, et les chances de le sauver seraient très ténues.

Une dizaine de mètres seulement les séparait. Il croisa son regard terrifié et accéléra, en dépit de la douleur dans ses membres. Plus que quelques mètres. Il fallait que le garçon tienne encore quelques secondes.

Il tendit le bras pour l'attraper mais la main qu'il avait attrapée lui échappa. Il était en train de couler.

Non. Il fallait qu'il sauve cet enfant. Il rassembla le peu de forces qui lui restaient, emplit ses poumons d'air et plongea. Sous l'eau, il attrapa ce qui lui sembla être un bras, qu'il tira vers la surface. Il jeta un coup d'œil sur la plage, où un petit attroupement s'était formé, et prit la direction du rivage en entraînant le corps inerte du garçon. Le temps était compté.

Ses muscles étaient brûlants et douloureux, mais il continua à nager de toutes ses forces jusqu'au bord de l'eau. Là un homme qui était venu à leur rencontre prit le garçon dans ses bras et le déposa sur le sable sec.

— Mettez-le sur le dos, dit Alex, le corps tremblant, essayant de reprendre son souffle.

Le combat pour la vie de cet enfant n'était pas terminé.

— J'ai prévenu les secours, dit Summer en s'agenouillant près de lui.

Son cœur s'était arrêté de battre quand elle avait vu Alex disparaître quelques secondes sous l'eau, avant d'émerger de nouveau en hissant le corps du garçon.

Elle s'était sentie totalement impuissante alors qu'il risquait sa vie pour sauver celle de l'enfant. Elle était bonne nageuse mais jamais elle n'aurait pu faire ce qu'Alex venait d'accomplir, même si elle n'avait pas été enceinte.

Le garçon ne réagit pas quand l'homme le mit sur le dos. Elle tourna sa tête sur le côté et, au bout de dix secondes pendant lesquelles elle ne le vit pas respirer, elle se pencha. Ses lèvres étaient bleues. Ils n'avaient pas le temps d'attendre que l'ambulance arrive.

Elle mit sa tête en arrière, lui pinça le nez et commença le bouche-à-bouche. Au bout de trois expirations, elle se mit à perdre espoir en voyant Alex se positionner au-dessus du torse du garçon pour faire des compressions. Arrêt cardiaque. Il était à peine pubère. Il ne pouvait pas mourir maintenant.

Elle se remit à faire du bouche-à-bouche. Ils pouvaient encore le sauver. Alex avait risqué sa vie pour lui. Ce n'était pas le moment d'abandonner.

Elle eut l'impression que le temps ralentissait. Moins d'un quart d'heure s'était écoulé depuis le début de ce cauchemar quand elle entendit la sirène de l'ambulance approcher. Deux ambulanciers les rejoignirent.

— Je prends la relève, lui dit une jeune femme en sortant un ballon Ambu de sa sacoche.

Summer se leva pour lui laisser la place et vit le torse du

garçon se soulever et les muscles de son abdomen se contracter. L'ambulancière et Alex l'aidèrent à se mettre sur le côté.

Au grand soulagement de tous, le garçon se mit à tousser et à cracher l'eau qui avait failli lui être fatale, avant de prendre quelques inspirations. Ils y étaient arrivés ! Il n'était pas encore tout à fait tiré d'affaire car des complications pouvaient encore survenir, mais il était sauvé. Et il était jeune : ses chances de s'en remettre étaient grandes.

Alex se leva et sourit à Summer, tandis que les ambulanciers emmenaient le garçon dans l'ambulance. Elle lui prit la main et sentit son cœur tambouriner alors qu'il la serrait contre lui.

Elle eut soudain l'impression d'avoir remonté le temps et d'être revenue à l'époque où elle n'était pas enceinte, avant qu'il disparaisse sans explication, avant que leur vie se complique. Ils étaient redevenus une équipe. Ils travaillaient ensemble, se promenaient ensemble et… s'aimaient.

Ils étaient redevenus deux personnes heureuses d'être l'une avec l'autre. Insouciantes, sans peur de l'avenir, cherchant simplement à profiter de chaque jour qui se présentait. Deux personnes tombées amoureuses, sans engagements, sans responsabilités. Ils avaient tout le temps pour cela. C'est du moins ce qu'ils pensaient, à l'époque.

Elle devait tirer un trait sur son ancienne vie. Elle attendait des bébés qui étaient devenus sa priorité. Par la force des choses, il fallait envisager la suite, penser à l'avenir. Et se tenir là, dans les bras d'Alex, ne facilitait pas la transition.

Elle s'écarta de lui sans vouloir reconnaître que cela lui coûtait et qu'elle ne rêvait de rien d'autre que de rester là, la tête posée contre son torse, protégée par ses bras forts.

C'était exactement ce que sa mère aurait fait. Sa mère avait besoin qu'on la protège. Mais elle n'était pas sa mère. Elle pouvait très bien s'occuper d'elle-même toute seule, comme elle l'avait toujours fait.

Elle recula encore et prit conscience qu'ils avaient été au centre de l'attention quand les personnes qui s'étaient rassemblées autour d'eux se mirent à applaudir et à les prendre en photo.

— Merci, merci infiniment, dit une femme qui devait être la mère du garçon et se jeta à leur cou, serrant Summer puis Alex dans ses bras. Vous lui avez sauvé la vie.

Elle éclata en sanglots dans les bras d'Alex qui la soutint en lui caressant le dos. Il avait toujours été gentil avec les gens, il avait toujours su s'y prendre face au chagrin ou à l'inquiétude des familles de ses patients. Son empathie était l'une des qualités qu'elle préférait chez l'urgentiste qu'il incarnait.

— Voulez-vous qu'on vous emmène à l'hôpital ? proposa-t-il. Nous suivrons l'ambulance, et vous pourrez parler avec le médecin.

Summer la prit par un bras, Alex par l'autre, et ils avancèrent tous les trois vers l'ambulance.

— Voulez-vous qu'on prévienne quelqu'un ?

La femme sous le choc regarda ses mains.

— Il faut que j'appelle mon mari. Il participe à une conférence dans l'hôtel où nous sommes descendus. Mais j'ai laissé mon portable dans la voiture. Pouvez-vous m'y déposer ?

Une fois qu'ils eurent récupéré son portable, Summer l'aida à expliquer à son mari ce qui s'était passé et où il pouvait la retrouver à l'hôpital, puis Alex lui posa toutes sortes de questions dans le but de la distraire et de lui faire garder son calme. Elle s'appelait Maggie. Son mari, leur fils et elle étaient arrivés la veille, en avion, d'où ils avaient été émerveillés par la couleur de la mer autour de l'île. Ils avaient décidé d'aller à la plage tôt le matin. Elle n'en revenait pas de la vitesse à laquelle son fils avait coulé.

Summer estima que le moment était mal choisi pour parler des courants qui surprenaient beaucoup de touristes ou des drapeaux rouges censés alerter les gens du danger de baignade. Elle se tut.

À l'hôpital, elle conduisit Maggie dans la salle d'attente tandis qu'Alex allait chercher le médecin qui s'occuperait de son fils Scottie.

— J'ai de bonnes nouvelles, dit-il en entrant dans la salle d'attente, vêtu de la blouse verte de l'hôpital. Scottie va bien. Il n'a pas eu besoin de respirateur artificiel. Il est sous oxygène – à un niveau très bas. Mais sachez que la situation peut changer. Ses poumons s'étant remplis d'eau, il peut développer une pneumopathie d'inhalation. C'est pourquoi on va le garder en observation quelques jours. Mais, pour l'instant, son état est stable et il demande à vous voir. Une infirmière viendra vous chercher quand il sera dans sa chambre.

Un homme aux cheveux poivre et sel entra dans la salle d'attente, accompagné par une infirmière qui les invita à la suivre. Maggie les serra dans ses bras une fois encore avant de quitter la pièce.

Summer regarda le couple avancer en se tenant par le bras. Elle se réjouissait qu'ils aillent voir leur fils vivant. Il aurait pu en être autrement si Alex n'était pas intervenu.

— Tu as sauvé la vie de leur fils, dit-elle.

— Nous sauvons des vies tous les jours, rétorqua-t-il avec humilité.

— Mais, cette fois, ce n'est pas pareil. Tu as risqué ta vie pour la sienne.

Elle avait beau lui en vouloir d'être parti et être triste du tour qu'avait pris leur relation, elle était attachée à lui. Très attachée, même, et cela n'était pas dû qu'aux enfants qu'elle portait.

Elle se leva – trop rapidement apparemment, car la pièce se mit à tourner autour d'elle. Elle tendit le bras vers Alex qui la prit par la taille.

— Ça va ? Tu es pâle comme un linge.

Elle ferma les yeux et prit une profonde inspiration.

— Ce n'est rien. Je me suis levée trop vite. Ce doit être une chute de tension. Ça va déjà mieux.

Elle se mordit la lèvre pour ne pas penser à la nausée qui n'allait pas manquer d'arriver et continua à respirer profondément.

— Tu as vu le médecin ? Je peux l'appeler pour qu'il te fasse un bilan en salle d'urgence.

La tension dans sa voix la fit sourire. Il venait de sauver un garçon de la noyade et il paniquait pour un peu d'hypotension…

— Non, pas besoin. Tout va bien.

Alex la regardait droit dans les yeux. Il était probablement en train d'examiner ses pupilles. Il se tenait si près d'elle qu'elle sentit l'odeur de l'eau de mer qui n'avait pas encore séché sur sa peau. Son cœur se mit à battre à un rythme qui inciterait Alex à la faire examiner si jamais il avait la mauvaise idée de lui prendre le pouls.

— Je te dis que ça va.

Incapable de rester aussi près de lui plus longtemps, elle détourna la tête et s'écarta.

— J'ai de l'eau et des fruits secs dans mon sac. Il est resté sur la plage.

Ils se dirigèrent vers la voiture sans un mot, ce dont elle se félicita. Le peu d'énergie qu'il lui restait lui permit de marcher jusqu'au parking mais, une fois dans la voiture, elle ne parvint pas à garder les yeux ouverts. La nuit sans sommeil et le stress de l'accident qui venait de se produire eurent raison d'elle. Elle ferma les yeux et se laissa aller.

Alex jeta un coup d'œil à Summer qui somnolait sur le siège passager. Elle lui avait fait peur quand son visage avait pris une couleur lugubre, entre le vert glauque et le blanc fantomatique. Il ne savait même pas qui appeler. Il ne connaissait pas le nom du médecin qui la suivait. Que fabriquait-il ? C'est le genre de questions qu'il aurait dû lui poser en premier. Il voulait s'assurer la santé de Summer et des bébés était entre de bonnes mains. Il n'avait même pas eu l'idée de lui demander si la grossesse se déroulait sans complications. Une grossesse gémellaire comportait plus de risques qu'une grossesse unique. Et si elle développait une pré-éclampsie ?

Non, elle avait dit qu'elle était plutôt hypotendue. Et, étant infirmière, elle devait se rendre compte de ce qui se passait dans son corps. Pourtant, il ne pouvait pas s'empêcher d'être inquiet.

Il se gara non loin de la plage et se tourna vers elle. Sa tête était appuyée contre la fenêtre, et ses longs cils reposaient sur ses joues encore pâles sous son teint d'été doré. En cet instant, toute la colère qu'elle avait contre lui semblait s'être évanouie. Elle avait l'air si paisible, comme un moment auparavant sur la plage. Mais il ne se faisait pas d'illusion. Elle allait certainement lui en faire baver avant d'accepter la moindre aide de sa part. Il fallait qu'il s'y prépare. Il pouvait se montrer aussi têtu qu'elle au sujet de la santé de ses enfants. Simplement, il ferait de petits pas, comme il l'avait décidé.

Elle battit des cils et ouvrit les yeux. Son cœur chavira quand elle le regarda. Il adorait le regard qu'elle avait au réveil, au moment où elle se rendait compte qu'il l'avait regardée dormir. Le regard qu'elle posait sur lui juste avant de lui faire un sourire malicieux et de se coller à lui. Que de matinées merveilleuses elle lui avait offertes !

— Où sommes-nous ? demanda-t-elle.

Pour l'heure, elle ne souriait pas.

— La matinée a été dure. J'ai pensé qu'un petit déjeuner nous ferait du bien, répondit-il sans mentionner le fait qu'elle était toujours pâle.

Elle serra les lèvres, et il s'attendit à la voir protester. Elle avait toujours été très indépendante, chose qu'il admirait chez elle. Mais elle semblait plus déterminée que jamais à lui prouver qu'elle n'avait besoin de personne.

Elle ouvrit la portière et descendit de la voiture puis, sans l'attendre, se dirigea vers le café.

— Bonjour Summer ! dit Kevin, l'un des serveurs, en prenant deux menus. Alex ! Ça fait longtemps qu'on ne vous a pas vu.

— Oui, j'ai dû m'absenter quelques mois. Mais je suis revenu.

Ils le suivirent jusqu'à une petite table placée sous un arbre en fleurs.

— Qu'est-ce que vous voulez boire ?

— Un café glacé, s'il vous plaît, dit Summer.

— La même chose pour moi. Avec deux oranges pressées, ajouta Alex, ignorant le regard foudroyant de Summer.

— Si j'avais voulu une orange pressée, je l'aurais commandée moi-même, précisa-t-elle dès que le serveur eut tourné les talons. Et sache que j'ai droit à un café par jour.

— Après ce qui s'est passé ce matin, je suis vidé, expliqua Alex. Je me suis dit que tu l'étais peut-être aussi.

Elle lui jeta un coup d'œil inquiet qui le fit culpabiliser d'avoir menti. Pourtant, si une orange pressée permettait à Summer de reprendre des couleurs, cela en valait la peine.

— Est-ce que je peux vous prendre en photo ? demanda une voix derrière lui.

Il se retourna et vit une fille d'une douzaine d'années et un garçon un peu plus jeune. Alex sentit l'effroi gagner chacune des cellules de son corps. Il était fichu. Son père avait tenu parole et l'avait reconnu publiquement. Mais il n'eut pas le temps de réfléchir à la stratégie à adopter.

— Heu… Oui, pourquoi pas ? répondit spontanément Summer.

Avant qu'il n'ait pu faire quoi que ce soit pour l'en empêcher, la fillette brandit son téléphone et prit une photo avant de retourner à une table voisine, d'où deux femmes les saluèrent de la main, souriantes. Il sourit à son tour, raide comme un piquet, et se tourna vers Summer.

— Il faut partir d'ici.

Il fallait qu'il passe quelques appels et en premier lieu à son traître de frère qui n'avait pas eu la décence de le prévenir. Il était impossible que Nicholas ne soit pas au courant. Il savait tout ce qui se disait sur eux sur les réseaux sociaux grâce à une application qu'il avait installée et qui analysait les données d'Internet. Son frère aurait pu être informaticien s'il n'avait pas porté ce fichu titre de prince.

— Qu'est-ce qui te prend ? demanda Summer, surprise.

— Mon père a dû…

Il s'interrompit quand le serveur revint avec son plateau.

— Alors, quel effet ça fait d'être un héros ? dit ce dernier en posant les boissons sur la table. Je viens de voir la vidéo dans la cuisine.

— Quelle vidéo ? s'enquit Summer.

— La vidéo que quelqu'un a postée sur les réseaux sociaux, sur le sauvetage du jeune qui se noyait. Vous n'avez pas chômé, ce matin. Jacques a dit que votre petit déjeuner était offert par la maison.

Il sortit son carnet de sa poche.

— Qu'est-ce que vous voulez manger ?

Ils passèrent commande puis voulurent regarder la vidéo en question. Alex se rappela que son téléphone était toujours dans la poche de son short trempé, qu'il avait laissé dans la voiture. Il ne savait même pas s'il était toujours en état de marche, après le bain inopiné du matin. Il était censé être étanche mais…

— J'ai le mien, dit Summer en fouillant dans son sac de plage.

Elle cala le téléphone et rapprocha sa chaise de la sienne. La personne qui avait fait la vidéo était suffisamment douée pour zoomer et filmer le moment où Alex avait plongé pour récupérer le corps de Scottie puis l'avait remonté à la surface. Elle avait ensuite élargi le champ et filmé l'attroupement qui s'était formé sur le rivage et attendait qu'il revienne. Loin d'arrêter la vidéo, elle avait continué à filmer pendant que Summer et lui ressuscitaient le garçon, quand ce dernier avait régurgité des litres d'eau et s'était enfin remis à respirer. À la fin, Alex aidait Summer à se relever et la tenait par la taille, le temps qu'elle recouvre son équilibre.

— Est-ce que cela te met aussi mal à l'aise que moi ? demanda-t-elle. J'ai l'habitude qu'il y ait des spectateurs autour de moi pendant les sauvetages mais c'est bizarre de se voir comme ça, de l'extérieur.

Il était très mal à l'aise, en effet. Il avait déjà supporté trop de caméras pendant son enfance à Hollywood. Le problème, c'était que cela ne consistait pas simplement à être filmé ou pris en photo. Non, le problème était que certaines personnes se croyaient autorisées à faire des commentaires sur vous, sur votre manière de vous habiller, de vous tenir, et sur vos actes. Pourquoi les gens ne se mêlaient-ils pas de ce qui les regardait ?

Cette vidéo n'avait pas été prise par des paparazzis cherchant à se faire de l'argent sur son dos mais par une personne qui s'était trouvée là, à ce moment-là.

— Reviens un peu en arrière, dit-il en prenant conscience de ce qui le tracassait vraiment.

Summer fit reculer le film de trente secondes.

— Là ?

— Oui. Fais voir, dit-il en se rapprochant de l'écran.

Elle mit la vidéo sur pause.

— Qu'est-ce qu'il y a ?

On les voyait agenouillés auprès de Scottie, mais ce n'était pas ce qui avait attiré son attention.

— Regarde. Tu vois cet homme, dans le fond, avec une casquette de base-ball noire ?

— Tu le connais ?

— Je crois. Mais il n'a rien à faire à Key West.

De fait, cet homme aurait dû être loin de la Floride. Il aurait dû se trouver à Soura et être en train d'écrire des inepties dans le journal à sensation local sur son frère Nicholas.

— C'est un journaliste de Soura qui gagne sa vie en fouillant dans la vie des célébrités, à l'affût de la moindre information croustillante.

— Qu'est-ce qu'il fait ici ? demanda Summer.

Puis ses yeux s'arrondirent.

— Tu penses qu'il est là pour toi ?

— C'est probable. Je ne sais pas ce qu'il espère trouver. Ici, personne n'est au courant de ma relation avec Soura.

Il attaqua ses œufs brouillés au jambon tout en veillant à ce que Summer mange pour trois. Il n'en revenait pas que la femme assise à côté de lui porte deux bébés. Comment son corps menu allait-il supporter autant de poids ?

— Personne à part moi, dit Summer, pensive. Ai-je des raisons de m'inquiéter ?

— Je ne sais pas.

Que voulait cet homme ? Quelle piste avait-il suivie pour atterrir à Key West ? Et depuis quand ?

On l'avait aperçu au palais de Soura, la veille du départ d'Alex. L'avait-il suivi de Soura jusqu'en Floride ? Si c'était le cas, il avait dû voir Summer entrer chez lui.

Il fallait qu'il se renseigne sur cet homme, qu'il appelle Nicholas et qu'ils trouvent un moyen de l'arrêter, au cas où il aurait des intentions malveillantes.

Il était bien agréable d'avoir l'appui de son père dans certaines situations. Ce pourrait être l'une d'entre elles.

— Je suis suivie par le Dr Wade, dit Summer de but en blanc. Elle a une excellente réputation.

Il se réjouit qu'elle lui ouvre la porte de son intimité. C'était un tout petit pas mais il lui permettait de rentrer peu à peu dans la vie de Summer.

— J'avais travaillé avec elle aux urgences. Elle est très compétente.

— J'aimerais bien venir avec toi à la prochaine visite, si tu es d'accord.

Il ne voulait pas la brusquer, plutôt avancer à petits pas pour regagner sa confiance. La situation serait beaucoup plus simple si elle le laissait s'impliquer dans la grossesse.

— On verra…

Sa réponse évasive le déçut. Mais ce n'était pas un non catégorique. Il avait bien fait d'aller la chercher sur la plage, ce matin. Il ne se doutait pas, en arrivant, qu'ils finiraient par sauver un enfant de la noyade, mais il aimait travailler avec elle. C'était comme cela qu'ils s'étaient connus, d'ailleurs. Cependant quelque chose lui échappait.

— Est-ce que je peux te poser une question ?

— Pose toujours, dit-elle en le regardant avec circonspection.

— Je voudrais savoir comment tu as fait pour que l'équipe ne me dise rien de ta grossesse.

— Je n'ai rien eu à faire. Jo s'en est chargée, répondit

Summer tandis qu'un sourire de conspiratrice naissait sur ses lèvres. Elle se vante de savoir où cacher les corps.

— Je vois…

Jo était parfois un peu effrayante, quand elle voulait. Et elle était très proche de Casey, ce Viking d'un mètre quatre-vingt-cinq. Cela avait dû contribuer à ce que le reste de l'équipe tienne sa langue. En plus du respect qu'ils portaient tous à la vie privée de Summer.

Le téléphone de Summer vibra plusieurs fois. Elle toucha l'écran et se mit à rire.

— Justement, on dirait que l'équipe a vu la vidéo.

Elle lui tendit le téléphone. On voyait une capture d'écran de leurs visages sur le site de la télévision locale.

— Je crois que nous sommes en train de vivre notre quart d'heure de célébrité, dit-elle.

— Je ferais mieux d'appeler la direction de Heli-Care. Ils risquent de tomber sur ces images et, en général, ils n'aiment pas être pris de court.

Une demi-heure plus tard, il déposa Summer à sa voiture non sans lui avoir donné l'ordre d'aller se reposer avant le prochain service de vingt-quatre heures d'affilée qui commencerait le lendemain matin. Quand elle répondit en marmonnant, il sourit et la salua d'un geste de la main, comme s'il ne l'avait pas vue lui tirer la langue.

Savait-elle à quel point elle était jolie, déhanchée, une main sur le ventre ? Savait-elle qu'il était en train de déployer une énergie surhumaine pour ne pas faire demi-tour et la rejoindre ?

5.

Alex venait juste d'entrer sur l'autoroute, en direction de Marathon, quand son portable se mit à sonner. Il avait déjà appelé le service de gestion de risques de Heli-Care. On avait transféré son appel au service marketing où il avait dû de nouveau raconter ce qui leur était arrivé le matin à la plage. Il n'avait pas très envie de recommencer avec son directeur. Il hésita à ignorer l'appel puis se ravisa. Après un congé de cinq mois, il pouvait faire cet effort pour lui. Il décrocha.

— Vous êtes un génie, dit aussitôt son directeur.

— Merci pour le compliment. Mais je pense que c'est à Dylan qu'il revient. C'est lui qui a géré les équipes pendant les cinq mois où je me suis absenté.

— Non, je parle de la vidéo sur laquelle on vous voit sauver ce gamin. Le service marketing m'a dit que les chaînes d'informations de Miami avaient récupéré l'histoire. Quelqu'un vous a reconnu. Ils savent que vous êtes le directeur médical de Heli-Care. Ils veulent vous interviewer, votre collègue et vous.

Cet homme n'avait aucune idée qu'accorder une interview reviendrait à ouvrir la boîte de Pandore. Summer et lui n'avaient vraiment pas besoin de faire la une des journaux en ce moment.

— Je ne suis pas sûr que ce soit une bonne idée d'attirer l'attention sur nous. Nous avons simplement fait notre travail.

— Mais vous étiez en congé, pas en mission. C'est ce qui rend les gens encore plus admiratifs. Et vous avez vraiment dépassé vos limites en plongeant pour aller récupérer ce garçon.

— Il faut que nous en parlions sérieusement. Summer est enceinte. Je ne veux pas que ce tapage médiatique lui nuise, argua-t-il, cherchant désespérément une excuse pour ne pas mettre le doigt dans ce qui lui paraissait être un engrenage dangereux.

Tant que la vidéo était diffusée localement, elle ne constituait pas vraiment une menace. Mais se retrouver sur un plateau de télévision de Miami, visible et reconnaissable par des millions de personnes, était autrement plus problématique.

Tout ce qu'il voulait, c'était exercer son métier en paix et convaincre Summer qu'ils pourraient fonder une famille ensemble. Était-ce trop demander ? Il semblait que oui. Il avait passé sa vie à chercher un endroit où vivre incognito. Il pensait l'avoir trouvé à Key West. Était-il possible qu'il ait à reprendre sa quête ?

— Mais c'est un bon moyen de montrer que Heli-Care est un élément vital pour l'île.

Le directeur se remit à parler des négociations avec les commissionnaires du comté de Monroe, et Alex perdit l'espoir d'échapper à l'interview. Il ne lui restait plus qu'à espérer que Summer soit d'accord. Après tout, Miami était loin de Hollywood et encore plus loin du royaume de Soura.

Summer était assise à côté d'Alex, droite comme un *i*, attendant qu'on la fasse venir sur le plateau pour être interviewée par les animateurs de *Miami Matin*. Elle avait fait tout son possible – y compris les menacer de vomir sur le public – pour éviter cette mascarade. En vain. Elle avait compris pourquoi, après avoir assisté à la réunion au sujet du contrat que Heli-Care risquait de perdre. Tout le personnel de Heli-Care avait besoin qu'ils passent à la télévision et les représentent. Ce serait bon pour leur image et augmenterait les chances pour le renouvellement de leur contrat. Malheureusement, elle risquait de mettre à exécution sa menace de vomir sur le public, bien malgré elle.

— Ça va aller, dit Alex en lui tapotant la main comme à une vieille dame qui aurait eu besoin de réconfort.

Elle retira sa main de la sienne. Elle n'avait vraiment pas besoin qu'il la touche. Entre les nerfs et les hormones, mieux valait éviter tout stimulus inutile. Et, s'il répétait une fois de plus qu'elle était toute pâle, il risquait de recevoir son poing dans la figure devant le public.

— Je sais. Max et moi avons été appelés ce matin en renfort par l'équipe de Marathon pour un carambolage sur l'autoroute 1. Cinq voitures, six blessés, un mort. Je devrais pouvoir survivre à une interview.

Elle se redressa et releva le menton.

— C'est à vous, dit une femme rousse pleine d'entrain, le nez collé à sa tablette, en entrant dans la pièce. Suivez-moi.

Elle les conduisit sur une scène où les attendait Debbie Duncan, la présentatrice préférée des téléspectateurs de Miami – c'était du moins ainsi qu'elle était présentée sur une affiche devant laquelle ils passèrent.

— Installez-vous, lui dit la femme blond platine aux lèvres plus rouges qu'une scène de crime, en lui indiquant un fauteuil, avant de se tourner vers Alex.

Vêtu d'un costume anthracite qui avait dû lui coûter plus cher que le loyer de son appartement, Alex avait tout du médecin qui avait réussi dans la vie. En revanche, le service marketing avait demandé à Summer de porter sa combinaison de vol. Elle avait l'impression d'être une Cendrillon mal fagotée à côté de Son Altesse. Elle vit la présentatrice scruter les mains d'Alex avant de l'inviter à prendre place dans le fauteuil le plus proche du sien.

— Docteur Leonelli, asseyez-vous là, dit-elle.

Summer eut vraiment envie de vomir. Pourtant son estomac s'était calmé. Le seul problème qu'elle avait à présent, c'était la boule de colère qui menaçait d'exploser quand leur charmante hôtesse se pencha et que sa poitrine effleura l'épaule d'Alex, à qui elle murmura quelque chose à l'oreille.

Pensait-elle vraiment pouvoir séduire Alex ? Elle se trompait. Ce n'était pas son genre de femme.

Ah bon ? Et quel était son genre de femme ? Ce n'est pas parce qu'elle ne ressemblait en rien à Summer que cette femme n'intéressait pas Alex. Le médecin avait été attiré par elle, mais le prince avait peut-être envie d'une femme issue d'un milieu un peu plus acceptable.

Elle sentit son mental s'emballer. Était-ce la grossesse qui la rendait aussi sensible à tout ? Alex n'avait pas changé du jour au lendemain simplement parce qu'il lui avait confié que du sang royal coulait dans ses veines !

Enfin, si, Alex avait changé. Mais que connaissait-elle de cet Alexandro qu'il prétendait être ?

Un homme vint dire quelques mots à Debbie, et des projecteurs s'allumèrent aussitôt dans le studio. Le public se mit alors à applaudir, comme on l'incita à le faire, en regardant la vidéo dont ils étaient les protagonistes.

— Docteur Leonelli, Summer Madison, bonjour ! Vous êtes nos deux héros du jour, dit Debbie en souriant à Alex.

Le public se remit à applaudir.

— Docteur Leonelli, pourriez-vous nous raconter ce qui vous a traversé l'esprit quand vous avez vu ce garçon dans l'eau ?

— Eh bien, j'ai pensé ce qu'aurait pensé n'importe qui à ma place. Que cette personne avait besoin d'aide. Et j'étais content d'être bon nageur, répondit-il d'une voix assurée.

— Et vous, Summer ? Qu'avez-vous pensé quand vous avez vu votre chef plonger ?

Elle se figea. Elle ne pouvait pas leur dire la vérité. Elle ne pouvait pas leur raconter que, pendant quelques secondes, son cœur avait cessé de battre et son cerveau, de fonctionner. Elle l'avait regardé nager et plonger en priant pour qu'il revienne sain et sauf. Mais ce n'était pas ce qu'elle voulait leur dire.

— J'ai pensé la même chose. Et j'ai appelé les secours.

Debbie se tourna promptement vers Alex, et Summer exhala un long soupir.

— Je sais que c'est votre métier à tous les deux de sauver des vies mais qu'avez-vous pensé quand vous avez découvert que non seulement vous aviez été filmés mais que la vidéo était devenue virale ?

Alex lui fit un sourire si éclatant que Summer se demanda s'il n'allait pas aveugler le public.

— C'est vrai que cela nous a surpris, l'un comme l'autre. Des gens sont sauvés de la noyade tous les jours. Nous nous sommes simplement trouvés au bon endroit au bon moment, ce jour-là.

— Je dois avouer que, moi aussi, j'ai été surprise, dit Debbie sans le quitter des yeux, et j'ai fait mes petites recherches. J'ai découvert que ce n'était pas la première fois que vous étiez filmé. Je suis sûre que le public va être étonné d'apprendre que vous êtes le fils d'une célèbre et très talentueuse actrice de cinéma.

Summer déglutit. Cela ne figurait pas sur la liste qu'on leur avait donné quant aux sujets qui allaient être abordés. Elle se tourna vers Alex. Pour une personne qui ne le connaissait pas, il avait la même allure détendue que quand il était entré dans le studio. Mais elle le connaissait. Ses yeux bruns étaient méfiants, et son corps s'était raidi. Il était parvenu à rester incognito à Key West, mais cette fouineuse de journaliste était en train de faire voler sa vie en éclats.

— Ma mère apprécierait le compliment, dit-il sans se départir de son sourire resplendissant.

Au lieu d'enchaîner sur l'actrice, Debbie se tourna vers Summer, à sa grande surprise.

— Summer, je crois que, vous aussi, vous avez une bonne nouvelle à annoncer. Souhaitez-vous en faire profiter notre public aujourd'hui ? demanda-t-elle d'un air mielleux.

— Je ne crois pas..., répondit-elle, cherchant désespérément un moyen poli d'esquiver la question.

— On a beaucoup spéculé sur les réseaux sociaux sur le fait que vous pouviez être enceinte et, quand j'ai parlé à la maman du petit garçon, Scottie, elle m'a révélé que vous n'attendiez non pas un mais deux enfants. Elle a été très impressionnée, comme nous tous, par l'énergie que vous avez mise pour sauver son fils. Nous tenions simplement à vous féliciter.

Debbie jeta un coup d'œil à l'audience qui se mit à applaudir.

Summer se rappela que la mère de Scottie lui avait demandé si elle allait bien, quand ils l'avaient accompagnée jusqu'à la voiture. La question l'avait étonnée puis elle avait compris que son T-shirt trempé était plaqué sur son ventre déjà bien arrondi. Quant aux commentaires sur les réseaux sociaux, elle s'était bien gardée de les lire. Elle se disait maintenant qu'elle aurait peut-être mieux fait de s'y intéresser.

— Vous attendez des jumeaux mais cela ne vous a pas empêchée de tout faire pour sauver la vie de cet enfant. Le père de vos bébés doit être très fier de vous.

Debbie souriait toujours, mais ses yeux étaient devenus des rayons laser. Summer avait accepté d'être interviewée pour le bien de Heli-Care, pas pour être traquée par une journaliste enragée qui flairait une histoire là où il n'y avait rien à raconter.

Ce que Debbie ignorait, c'était qu'il y avait une vraie histoire à dénicher. Une histoire bien juteuse qui serait très profitable à sa carrière si elle apprenait qu'Alex était issu d'une famille royale.

Summer ouvrit la bouche mais aucun son n'en sortit. Il fallait pourtant qu'elle dise quelque chose. Quelque chose de neutre qui mette un terme aux questions de Debbie.

— Bien sûr que je suis fier, entendit-elle, alors qu'Alex posait sa main chaude sur la sienne.

Elle le regarda, sous le choc. Même si leurs amis proches savaient qu'Alex était le père des jumeaux qu'elle attendait, jamais ils n'avaient évoqué l'idée de le révéler officiellement.

Alex venait d'annoncer sa paternité en public. Un public encore local, certes. Toujours était-il qu'il aurait pu lui en parler avant de prendre cette initiative.

Le public se remit à applaudir. Summer regarda la présentatrice. Il y avait quelque chose en elle qui la mettait mal à l'aise. Quelque chose qui lui disait que cette femme n'en avait pas fini avec eux. Summer ignorait pour quelle raison leur cas l'intéressait à ce point. Peut-être était-ce simplement le fait qu'Alex ait grandi à Hollywood ? Peut-être était-elle attirée par l'image du séduisant médecin ?

Quelles qu'en soient les raisons, Summer sentit que Debbie Duncan n'avait pas dit son dernier mot.

Summer parvint tant bien que mal à survivre jusqu'à la fin de l'émission mais, dès qu'Alex et elle se retrouvèrent sur le parking, elle explosa.

— Pourquoi as-tu fait ça ?

— Fait quoi ? demanda Alex, comme s'il ignorait les raisons de sa colère.

— Ne fais pas l'innocent. Tu savais, dès l'instant où tu as ouvert la bouche, que ce que tu faisais était déplacé. Jamais tu n'aurais dû annoncer que tu étais le père de mes enfants sans m'avoir consultée auparavant. Et l'homme qui t'a suivi depuis Soura, tu l'as oublié ? Que va-t-il se passer s'il tombe sur cette interview ?

Alex se passa la main sur le visage puis la regarda.

— Je suis désolé. Je n'ai pas aimé la manière dont cette femme t'a coincée.

Il avait raison. Debbie Duncan l'avait acculée avec sa question. Elle avait dû sentir qu'il y avait quelque chose entre Alex et elle.

— Peut-être, mais tu aurais dû me laisser répondre. Je croyais que nous étions d'accord sur ce point mais je vois que je me suis trompée.

— Tes enfants sont aussi les miens, Summer. Je ne pouvais pas rester là sans rien dire.

Summer comprit soudain ce qui s'était passé. Alex avait fait ce que son propre père n'avait jamais fait. Il avait reconnu publiquement ses enfants. Elle avait beau comprendre son motif, ce qu'il avait fait n'en était pas plus acceptable.

Il lui ouvrit la portière, et elle monta dans la voiture à contrecœur. Pour un homme qui pouvait se montrer aussi empathique, il n'avait pas l'air de comprendre qu'elle n'ait pas envie d'être dépossédée des décisions concernant sa vie et celle de ses enfants. S'ils décidaient d'élever les jumeaux conjointement, elle allait devoir le lui faire comprendre plus fermement.

Elle attendit qu'il ait attaché sa ceinture et se tourna vers lui.

— Qu'est-ce que tu aurais dit si j'avais tout à coup décidé d'annoncer que mes enfants avaient du sang royal, que leur père était un prince, caché dans une île de Floride ?

Ses mains s'immobilisèrent sur le volant mais il ne se retourna pas. Elle avait conscience d'aborder un sujet critique mais, justement, elle devait prendre position. Autant le faire avant la naissance des jumeaux.

— Je comprends. Je ne dirai ni ne ferai plus rien qui concerne nos enfants sans t'avoir demandé la permission auparavant.

Alex avait beau réfuter l'idée qu'il était prince, il se comportait pourtant parfois comme un monarque.

— Que ce soit clair, Alex, si jamais tu refais une chose pareille, si jamais tu prends seul une décision concernant les enfants, sans m'en parler, je te jure que je prendrai un avocat. Je préférerais qu'il en soit autrement mais je t'assure que je le ferai s'il le faut.

Il finit par tourner la tête vers elle. Le choc qu'exprimait son visage lui fit comprendre qu'il avait bien reçu le message. La mauvaise conscience s'empara d'elle mais elle la chassa. Loin d'elle l'idée de lui faire du mal. Tout ce qu'elle voulait, c'était qu'il comprenne ce qu'elle ressentait quand il ne prenait pas ses besoins en considération.

Le retour vers Key West se déroula dans un silence inconfortable et lui parut interminable. Chaque fois qu'elle sentait des coups de pieds ou de poings, elle posait la main sur son ventre, tout en fulminant contre Alex.

Elle venait d'élever un mur entre lui et elle et se demandait si elle devait le laisser ou y faire au moins une brèche. Ne pas toucher au mur lui parut être la meilleure option pour l'instant.

Alex avait grandi dans le faste et probablement toujours obtenu tout ce qu'il voulait. Il était temps qu'il comprenne qu'il n'en était pas toujours ainsi. Il voulait travailler avec elle ? Parfait. Mais s'il pensait diriger sa vie et celle de leurs enfants, il devait comprendre qu'il se trompait. Et, si cela impliquait l'intervention d'un tiers, elle n'hésiterait pas à recourir aux services d'un avocat. Car personne, fût-ce le prince de Soura, ne prendrait la moindre décision au sujet de ses bébés sans son assentiment.

6.

— Je me suis retournée une seconde, dit la jeune mère en passant la main dans les cheveux de sa fille. Tout est allé si vite !

— Elle a reçu un sacré coup, constata Alex en examinant la plaie sur le front de la petite fille. Mais, sur le scanner, on ne voit aucune fracture. Je vais utiliser une colle spéciale pour refermer la plaie. Elle va avoir un vilain hématome et il faudra simplement que la plaie reste propre. Mais cela devrait se résorber rapidement.

Il se tourna vers la petite fille de trois ans.

— Quant à vous, mademoiselle Valeria, sachez que, les balançoires, c'est fait pour se balancer, pas pour se cogner la tête.

Il essuya les larmes sur ses joues roses, puis commença à appliquer la colle cutanée sur sa plaie.

— Dès que j'aurai fini ça, je crois que je pourrai te trouver une sucette. Quelle est ta couleur préférée ?

La petite fille s'arrêta net de gigoter.

— Rouge. Et Bubba aussi, il aime les sucettes rouges.

— Alors je te donnerai deux sucettes rouges, dit-il en vérifiant que les bords de la plaie étaient bien rapprochés.

Quelques minutes plus tard, il tint sa promesse puis quitta la salle avec la sensation d'être un vrai médecin, sensation qu'il n'avait pas éprouvée depuis longtemps.

Il aimait son travail chez Heli-Care mais il avait aussi besoin d'être au contact de patients qui venaient aux urgences faute de savoir où aller – notamment en dehors des heures d'ouverture des cabinets médicaux traditionnels.

— Je viens de recevoir un appel de l'équipe de Heli-Care. Ils amènent un patient qui a une douleur à la poitrine.

L'hélicoptère devrait atterrir dans trois minutes, annonça le coordinateur quand il rentra dans son bureau.

Summer et Jo faisaient partie de l'équipe. Le patient était entre de bonnes mains.

Il n'avait pas vu Summer depuis deux jours. Deux jours qu'il attendait qu'elle décolère et cesse de lui en vouloir d'avoir « proclamé au monde entier » qu'il était le père de ses enfants.

C'est vrai qu'il avait éprouvé un grand plaisir à reconnaître publiquement sa paternité. Quel mal y avait-il à cela ? Il allait être père de deux bébés qu'il aimait déjà même s'il ne les avait pas encore vus.

De là à le menacer de prendre un avocat ! Comment la situation avait-elle pu dégénérer à ce point entre eux ?

Il le savait : il s'était montré fourbe et n'avait pas pris un instant en considération ce que Summer éprouverait. Maintenant, il fallait qu'il répare, une fois de plus, ce qu'il avait abîmé.

Il vit Jo et Summer entrer en poussant un brancard jaune et bleu et les suivit jusqu'à la salle de traumatologie.

— C'est M. Martin, soixante-trois ans. Il a commencé à ressentir une douleur à la poitrine pendant la visite du fort Jefferson, expliqua Jo.

Alex comprit alors pourquoi on avait évacué l'homme en hélicoptère. Le fort se situait sur l'une des îles Dry Tortugas, auxquelles on avait accès seulement par la mer ou par les airs.

Jo énuméra les signes vitaux. L'homme avait une tension élevée, son visage était rose mais aucune trace de sueur ne faisait luire sa peau.

— Tiens, c'est son électroencéphalogramme, dit Summer en lui tendant un papier.

— Cela m'a tout l'air d'être un NSTEMI, dit Alex en scrutant la feuille. Il faut faire d'autres examens et aller chercher de la morphine.

— M. Martin, je suis le Dr Leonelli. Pouvez-vous me dire où vous avez mal ?

— Mais… Je vous connais ! Je vous ai vu à la télé !

Alex ignora le commentaire et plaça la sonde du stéthoscope

sur la poitrine du patient. Ses poumons étaient dégagés, mais le rythme cardiaque était irrégulier.

— Nous allons faire une prise de sang et vous administrer quelque chose contre la douleur. Si nous estimons nécessaire de vous faire un cathétérisme cardiaque ce soir, nous devrons vous transférer à l'hôpital de Miami, dans le service de soins intensifs en chirurgie cardiaque.

Il le rassura sur le fait que sa femme pourrait venir le voir rapidement, puis le laissa aux bons soins de ses infirmières et partit en quête de Summer.

— Bonjour chef ! dit Jo quand il entra dans la salle de repos.

Elle prit du jus de fruit dans le réfrigérateur et en tendit un verre à Summer, blanche comme un linge.

— Que se passe-t-il ? dit-il en s'approchant de Summer. Tu as mangé ?

Il lui prit le pouls et scruta son visage.

— Jo, pourrais-tu aller me chercher un glucomètre, s'il te plaît ?

— Non, Jo, dit Summer qui commençait à reprendre des couleurs. Ce n'est pas le glucose. Je me suis penchée pour prendre à boire dans le frigo et relevée un peu trop vite. C'est une chute de tension. Ça va passer.

Sans lâcher son bras, Alex alla s'asseoir à côté d'elle.

— En général, à partir de vingt-quatre semaines de grossesse, la tension se stabilise.

— Vous avez révisé vos cours de médecine, docteur ? dit Summer après avoir bu une gorgée de jus de fruit.

— Et quand bien même ? Je ne vois pas de mal à se préparer.

— Oh ! à propos, félicitations ! s'exclama Jo en recouvrant le sourire, maintenant que son amie s'était rétablie de son malaise. Et bravo pour l'annonce. En général, les gens se contentent d'envoyer de petites cartes annonçant qu'ils attendent un heureux événement. Vous avez fait fort !

— Merci. C'était le bon moment, dit-il alors que Summer retirait promptement son bras en le foudroyant du regard.

Mais il ne se laissa pas impressionner. La santé de Summer et des bébés était le plus important.

— Ces malaises sont fréquents ? demanda-t-il, redevenu sérieux.

— Je ne sais pas, je ne les ai pas comptés, rétorqua Summer de mauvais gré.

Alex se tourna vers Jo.

— Oh ! non, je n'interviens pas dans vos histoires, dit-elle avant de quitter la pièce.

— Summer, reprit-il, nous sommes ensemble dans cette histoire, nous voulons la même chose, c'est-à-dire que les bébés aillent bien. Je m'inquiète simplement de ces malaises. Je ne voudrais pas que tu en aies un quand tu es toute seule chez toi.

— Si nous sommes vraiment ensemble, il faudrait peut-être qu'on clarifie la situation de sorte que, la prochaine fois que nous passerons à la télévision, tu ne dévoiles pas ma vie privée sans m'en avoir parlé auparavant.

— Ta vie privée est aussi la mienne, en ce qui concerne la grossesse. Ce sont mes bébés, et notre relation n'a jamais été un secret, que je sache.

Son portable se mit à vibrer. Le nom de son frère était affiché sur l'écran. Il rejeta l'appel.

— Je suis désolé, je te l'ai dit, de ne pas t'avoir consultée avant de faire cette déclaration. Mais peut-être pourrions-nous passer à autre chose, maintenant. L'interview est finie, et le monde a certainement déjà tourné son attention vers un autre sujet.

— Nous n'en savons rien, objecta Summer en se calant sur sa chaise. Debbie Duncan a l'air d'aimer fouiller dans la vie des gens. Elle m'a parue très déterminée à trouver des informations croustillantes sur nous.

— C'est juste une star de télévision locale à l'affût d'histoires qui font monter l'audimat, dit-il pour dédramatiser, bien qu'il ait senti, lui aussi, que cette femme passait beaucoup plus de temps que nécessaire sur des détails de leur vie.

On leur avait annoncé que l'émission servirait les intérêts

de Heli-Care, mais toute l'interview avait tourné autour de leur vie privée.

— En ce qui concerne ces malaises, j'aimerais que tu voies le médecin dès que possible, et aussi que tu réfléchisses à la possibilité de venir habiter chez moi, insista-t-il.

Elle ouvrit la bouche pour réagir, mais il poursuivit.

— Que se passera-t-il si tu perds connaissance, si tu fais une chute ? Tu es bien placée pour savoir qu'on recommande toujours aux patients ayant ces mêmes symptômes de ne pas rester seuls.

— Il n'y a rien d'extraordinaire à ce qu'une femme enceinte ait des vertiges légers, dit-elle. Mais, si tu insistes, j'appellerai le médecin et, si elle estime que je dois prendre rendez-vous avec elle, j'irai.

— Si je te promets de ne pas te harceler – ni toi ni ton médecin –, est-ce que tu pourrais envisager de venir vivre chez moi ?

Elle scruta son visage pendant quelques secondes.

— Cela m'étonnerait que tu te retiennes de poser des dizaines de questions au Dr Wade. Elle passe son temps à me dire que les infirmières et les médecins sont des patientes pénibles.

Elle se leva.

— J'accepte que tu viennes avec moi aux visites, à condition que tu ne me demandes plus de déménager chez toi si elle conclut que tout va bien.

Son téléphone se mit à sonner.

— Excuse-moi, il faut que je réponde, dit-il en voyant le numéro du palais s'afficher.

— Alex ? s'enquit son frère à l'autre bout de la ligne. Tu filtres mes appels, maintenant ?

— Je travaille. Tu ne peux pas laisser un message, comme tout le monde ?

Il n'avait pas le temps de bavarder et d'écouter son frère tenter de le persuader d'accepter que leur père le reconnaisse publiquement, ce qui était cocasse étant donné la manière dont lui-même venait d'annoncer sa paternité au monde entier.

— Il fallait que je te parle en personne, dit Nicholas. On dirait que le journaliste que tu as vu sur la plage a fait du zèle. On voit partout la photo d'une jeune femme enceinte qui, selon lui, fait partie de ton équipe de secouristes. Il prétend aussi que, toi, le Dr Alex Leonelli, qui n'est autre qu'Alexandro Leonelli, l'ami d'enfance du prince héritier Nicholas, tu as annoncé dans une émission de télévision être le père des enfants qu'elle attend. Ne crois-tu pas que tu aurais pu nous en parler ?

Alex jura, ce qui lui valut un regard un peu choqué de Summer. Il avait annoncé la nouvelle à sa mère mais s'était dit qu'il appellerait son père et son frère plus tard. Il avait déjà suffisamment de pression de leur part. Son père estimait qu'il valait mieux d'abord divulguer la relation qu'il avait eue avec Melanie Leonelli et que c'était à Alex de décider quand annoncer qu'il était le fruit de cette union. Mais c'était avant qu'Alex révèle l'existence de ses jumeaux. Il ne savait pas comment son père prendrait la nouvelle ni quelle serait sa réaction.

— Désolé, je suis très occupé en ce moment. Veux-tu m'envoyer l'article et la photo ? Je te rappelle.

Le coordinateur passa la tête dans l'entrebâillement de la porte.

— Docteur Leonelli, le Dr Patel est au téléphone et Robin m'a demandé de vous dire que les résultats du labo sont arrivés, pour le patient en salle de traumatologie.

Alex se tourna vers Summer.

— Est-ce que tu te sens prête à décoller si M. Martin a besoin d'être transféré ? demanda Alex en se levant.

Sa vie privée était importante, mais il ne fallait pas en oublier les priorités du moment.

— Cela devrait aller, répondit-elle en se levant doucement. Qui était-ce, au téléphone ?

Ce n'était ni le lieu ni le moment pour discuter, mais pouvait-il espérer regagner sa confiance s'il continuait à lui cacher cette partie de sa vie ?

— C'était mon frère. Il faut croire que tu avais raison. Le journaliste de Soura est tombé sur l'interview que nous avons donnée. Et mon frère est tombé sur l'article que ce journaliste a écrit, dans lequel il relaie la nouvelle.

— Tu ne l'avais pas dit à ton père et à ton frère ?

— Non, je craignais que le roi en profite pour annoncer à son tour que j'étais son fils et qu'il allait être grand-père.

Summer le regarda d'un air entendu. Elle avait raison : sa vie était coupée en deux et il était temps qu'il la reprenne en main.

— Ce que je ne comprends pas, c'est pourquoi ce type s'intéresse autant à nous. Personne ne s'est douté de rien pendant tout le temps où tu as fréquenté Nicholas en laissant les gens penser que vous étiez amis. Qu'est-ce qui a changé ? Quel intérêt d'écrire un article sur toi s'il ne te soupçonnait pas d'être le fils du roi de Soura ?

— Je ne sais pas mais il va falloir que je comprenne. Dès que je reçois l'article, je te l'envoie, dit-il, partagé entre l'envie de la protéger de la convoitise des médias et la nécessité de la tenir au courant de ce qui se passait réellement dans sa vie, maintenant qu'il lui avait révélé le secret qui avait pesé si lourd sur ses épaules pendant toutes ces années.

— Et, moi, je t'envoie l'heure du rendez-vous – si toutefois mon médecin veut me voir.

Ils regagnèrent la salle des urgences, et Summer rejoignit Jo. Alex se fit la remarque qu'ils venaient de se comporter comme un couple. Ils se trouvaient peut-être au seuil d'une nouvelle étape de leur relation.

— C'est intéressant, très intéressant…, dit Jo au moment où Summer remontait à bord de l'hélicoptère.

Le patient s'était stabilisé et il n'avait pas besoin d'être transféré à Miami. Il resterait à l'hôpital de Key West.

— Qu'est-ce qui est intéressant ? demanda Summer.

Elle avait beau prétendre le contraire devant Alex, elle ressentait encore l'effet de la baisse de tension. À moins qu'il ne s'agisse de l'anxiété qu'elle éprouvait chaque fois que son nom était associé à celui d'Alex dans les médias. Elle redoutait qu'on ne respecte pas sa vie privée mais craignait encore plus qu'on commence à s'intéresser de près à son passé. Passé qui changerait radicalement l'image que les gens avaient d'elle. Mais elle ne pouvait rien faire d'autre, pour le moment, qu'attendre qu'Alex lui envoie l'article du journaliste de Soura et espérer que l'histoire se tarisse d'elle-même.

— La façon dont Alex s'inquiète pour toi n'est pas celle d'un homme qui n'en a rien à faire de sa petite amie, dit Jo en nettoyant le matériel pour qu'il soit prêt pour le prochain appel.

— Ex-petite amie, la corrigea Summer. De plus, il ne s'inquiète pas pour moi mais pour les enfants que je porte.

Elle ne risquait pas de dire à Jo qu'Alex lui avait demandé d'emménager chez lui. Jo était trop fleur bleue. Elle en tirerait aussitôt des conclusions erronées.

— Si tu voyais la manière dont il te regarde ! Ce n'est pas à moi de te dire ce que tu dois faire mais, si j'étais toi, je ne partirais pas du principe que tout est terminé entre nous. En tout cas, je suis persuadé que cela ne l'est pas pour lui.

— Je ne crois pas. Si j'étais pour lui autre chose qu'une aventure entre copains, il ne serait pas parti comme il l'a fait.

Elle voyait que son amie cherchait à l'aider mais rien de ce qu'elle ne dirait pourrait changer ce qui s'était passé. La seule chose qui intéressait Alex était les jumeaux qui grandissaient dans son ventre. À la façon dont il avait agi, il était clair qu'il ne prenait pas leur relation très au sérieux. Ils étaient deux amis qui étaient devenus amants. Elle ne savait même pas s'il avait l'intention qu'ils le restent après son retour. En revanche, elle savait que le fait qu'elle soit enceinte avait tout changé. Il semblait disposé à tout faire pour assumer sa paternité, y compris l'épouser.

Mais il était temps qu'elle se comporte comme la mère responsable qu'elle voulait être et qu'elle cesse d'imaginer qu'Alex puisse lui vouer un amour aussi fort que celui qu'il éprouvait à l'égard de ses futurs enfants.

Car, quoi qu'en pense Jo, leur relation n'avait aucun avenir. Ce qu'elle avait appris sur les origines d'Alex ne faisait que le confirmer. Jamais elle ne trouverait sa place dans sa famille royale, à moins qu'une bonne fée apparaisse et lui prouve le contraire. Or, elle n'avait pas vu beaucoup de bonnes fées voleter du côté de Key West.

L'après-midi suivant, Summer, allongée devant l'échographe, contemplait les deux petits corps sur l'écran. Elle compta les bras, les jambes, les doigts et les orteils. Ils étaient parfaits.

— Leur rythme de croissance est dans la norme, même si bébé A est un peu plus gros que bébé B, dit l'échographiste à Alex qui scrutait l'écran.

Ce dernier n'avait pas dit un mot depuis qu'elle avait appliqué le gel puis la sonde sur son ventre.

— Bébé A, c'est le garçon, dit Summer, consciente qu'il n'avait pas assisté aux échographies précédentes.

Ni quand elle avait appris le sexe des bébés. Ni même quand elle avait appris qu'elle était enceinte. Il avait manqué plusieurs épisodes importants pendant son absence.

Elle n'avait pas eu besoin de lui, cela dit. Elle était allée à chaque visite seule et avait écouté, seule, les conseils du médecin.

Comment cela se serait-il passé s'il l'avait accompagnée chaque fois ? Elle ne pouvait pas lui en vouloir de ne pas l'avoir fait. C'était elle qui avait fait jurer sa meilleure amie et le reste de l'équipe de garder le secret de sa grossesse. Elle ne voulait pas qu'Alex rentre en catastrophe en apprenant qu'elle était enceinte.

Non. Elle voulait qu'il rentre parce qu'elle lui manquait. Elle voulait qu'il lui raconte où il était allé et ce qu'il était allé y faire. Qu'il lui explique en quoi c'était si urgent, si important. Elle voulait qu'il la rassure, qu'il lui confirme qu'elle n'était pas n'importe quelle petite amie de passage.

Au lieu de cela, il s'était déjà attaché aux bébés et semblait avoir oublié ce qu'ils avaient vécu ensemble avant son départ précipité.

Elle avait le sentiment que l'histoire de ses parents se répétait à travers elle. Elle espérait au moins qu'Alex n'abandonnerait jamais ses enfants, comme son père l'avait fait quand elle était petite.

Elle sentit un petit coup de pied et se reconcentra sur l'écran.

— Vous avez vu ? Il vient de donner un coup de pied à sa sœur, dit Alex, un immense sourire sur les lèvres.

— Non, docteur, c'est elle qui a donné un coup de pied à son frère, rectifia l'échographiste.

Elle tendit du papier à Summer pour qu'elle essuie le gel collé sur son ventre.

— Le Dr Wade va arriver, ajouta-t-elle avant de quitter la pièce.

— C'est drôle de voir qu'il se crée déjà des liens entre eux, dit Alex.

— Oui, ça fait un peu peur de penser à leur avenir, de ne pas savoir ce qu'ils vont devenir.

— C'est aussi ce qui fait la beauté de la vie, assura Alex avec philosophie.

Summer pensa aux relations qu'Alex avait eues avec son frère. Elle avait du mal à imaginer la vie qu'ils avaient vécue. Elle était fille unique et avait passé le plus clair de son enfance livrée à elle-même.

— C'est bien de savoir qu'ils grandiront et joueront ensemble, dit-elle.

— Oui, j'espère qu'ils ne feront pas que se donner des coups de pied, comme dans ton ventre, dit Alex.

La porte s'ouvrit, et le Dr Wade entra.

— Bonjour. Ce n'est pas tous les jours que je reçois deux héros en consultation, dit-elle en souriant.

Alex se leva et lui serra la main.

— Alors, parlez-moi de ces vertiges, dit-elle à Summer.

Summer décrivit ses malaises tout en jetant des coups d'œil à Alex qui lui avait promis de ne pas intervenir. À sa façon de serrer les mâchoires, elle eut l'impression que garder le silence lui coûtait beaucoup.

— Si cela se produit surtout quand vous vous levez ou changez de position un peu vite, cela m'a tout l'air d'être des chutes de tension, en effet, dit le médecin.

Summer se tourna vers Alex avec un grand sourire. Elle avait vu juste.

— Et j'ai regardé les résultats de vos examens. Le taux d'hémoglobine est un peu bas, ce qui n'est pas étonnant mais je pense qu'un supplément de fer serait opportun.

— Comment diminuer ces malaises ? demanda Alex, manifestement incapable de se retenir plus longtemps.

Il fallait reconnaître qu'il avait été patient, bien plus patient qu'elle ne l'aurait imaginé.

— Summer vit seule, et je ne voudrais pas qu'il lui arrive un malaise.

Elle le voyait venir de loin.

— Il faut bien s'hydrater, d'autant qu'il fait chaud en ce moment. Et rester conscient de la situation. Le plus gros risque de l'hypotension pendant la grossesse est la possibilité de chuter et de se blesser. Ou de compromettre la grossesse.

— C'est ce que je t'ai dit, dirent-ils de conserve.

— Et, vous avez raison, Alex, sur le fait qu'il vaut mieux ne pas rester seul dans ces cas-là.

Summer leva les yeux au ciel.

— Vous avez peut-être un ami qui pourrait venir vivre avec vous, dit le Dr Wade quand elle se mit à protester. Je vais vous prescrire des examens supplémentaires pour m'assurer que votre taux d'électrolytes est suffisant et je vous revois dans deux semaines.

Le médecin eut à peine passé le seuil de la porte que Summer explosa.

— Je n'en reviens pas que tu oses prendre de simples chutes de tension comme prétexte pour me faire déménager chez toi.

— Qu'est-ce que tu racontes ? J'ai juste fait part de mes préoccupations au Dr Wade. C'est elle qui a dit qu'il ne fallait pas que tu restes seule.

— Tu as vu mon planning. Je ne suis à la maison que quelques nuits par semaine. Le reste du temps, je suis constamment entourée de dizaines de personnes.

Elle se sentait manipulée et elle n'aimait pas du tout cela.

— Justement, dit Alex, je pense qu'il faudrait que tu lèves un peu le pied. Tu travailles beaucoup, et ce n'est bon ni pour toi ni pour les bébés.

Il lui tendit la main pour l'aider à descendre de la table d'examen, et elle n'osa pas l'ignorer de peur d'avoir une autre chute de tension et de tomber à ses pieds. Elle ne souhaitait pas aggraver son cas.

— Doucement, dit Alex en la soutenant.

Elle se demanda comment il réagirait si elle lui disait que le contact de ses mains chaudes sur sa taille était plus déstabilisant que le simple fait de passer de la position allongée à la position debout.

— Je ne veux pas que tu t'épuises.

— Le Dr Wade a dit que tout allait bien.

Elle s'écarta de lui avant de se laisser aller à une impulsion idiote comme celle de se jeter dans ses bras. C'était exactement la raison pour laquelle emménager chez lui était tout sauf une bonne idée. Comment résister à autant de tentations ?

— Elle a dit qu'il existait un risque de chute lié à l'hypotension. Et qu'il te fallait un supplément de fer, dit Alex en lui tenant la porte.

Il se réjouissait que les résultats de ses analyses soient positifs et, surtout, il n'en revenait pas d'avoir vu les bébés. Leurs bébés.

Il tapota la poche de sa chemise, dans laquelle il avait rangé l'image que lui avait donnée l'échographiste. Il allait la scanner et l'envoyer à sa mère. Elle était aux anges à l'idée d'être bientôt *nonna* et prévoyait de venir leur rendre visite dès la fin du tournage du film dans lequel elle était en train de jouer.

— Je n'ai pas envie de me disputer avec toi, dit Summer

en sortant du cabinet. J'ai accepté que tu viennes pour que tu constates de tes propres yeux que je vais bien.

— Je veux juste que tu sois prudente. Et ne me regarde pas comme ça, Summer. Je sais que tu t'es débrouillée toute seule en mon absence. Mais je suis là, maintenant, et je vais veiller sur toi. Il faudra que tu t'y habitues.

Elle poussa un gros soupir. D'accord, il était un peu anxieux mais il venait de voir leurs bébés pour la première fois. N'importe quel père ressentirait soudain le poids des responsabilités en voyant leurs petits bras et leurs petites jambes gigoter, bien au chaud dans le ventre de leur mère. Il souhaitait simplement être sûr qu'ils y restent aussi longtemps que possible.

Mais ce n'était pas tout.

Il était également inquiet de voir Summer dans cet état de vulnérabilité. Il devait s'assurer qu'elle soit en sécurité, elle aussi. Elle avait beau prétendre le contraire, ils avaient besoin l'un de l'autre autant que les bébés avaient besoin d'eux. Voire plus.

À cela s'ajoutait l'article que son frère lui avait envoyé.

Ils montèrent dans la voiture et bouclèrent leurs ceintures.

— Tu avais raison, au sujet de l'article. Je suis désolé de t'avoir embarquée dans tout cela.

— Je ne comprends toujours pas pourquoi un journaliste de Soura s'intéresse autant au meilleur ami du prince. C'est qu'il se doute de quelque chose, non ?

— Mon frère est en train d'enquêter de son côté. Il soupçonne l'homme d'être appuyé par quelqu'un qui n'aime pas le roi, dit-il. Malheureusement, il n'a pas réussi à le localiser. Ce qui signifie qu'il y a autant de chances qu'il soit à Key West qu'à Soura. Je ne voudrais pas qu'il débarque chez toi.

— S'il débarque, je lui dirai de retourner d'où il vient, dit Summer avec candeur.

Comment expliquer à quelqu'un qui n'avait pas grandi dans le monde des paparazzis que ces gens étaient des requins affamés prêts à tout pour obtenir la moindre miette ?

— Ce n'est pas si simple. Mon frère pense que ce type peut

être vraiment dangereux. Il a la réputation d'être manipulateur et insistant. Je me sentirais beaucoup mieux si tu venais t'installer chez moi, au moins le temps que cette affaire se tasse.

— Pourquoi tiens-tu autant à ce que je vienne m'installer chez toi ? demanda-t-elle en plantant son regard dans le sien.

Elle avait des yeux magnifiques, intelligents, curieux, fascinants. Les yeux étaient le miroir de l'âme. Les siens reflétaient son désir pour une chose qu'il n'était pas sûr de pouvoir lui donner. Il tendit la main et écarta une mèche blonde qui lui barrait le visage.

Lui avait-il dit la vérité ? Lui avait-il avoué qu'il éprouvait un besoin croissant de la savoir près de lui ? Que beaucoup de choses lui échappaient mais qu'il était persuadé qu'ensemble ils trouveraient des solutions à tout ?

Peut-être est-ce justement ce qui la ferait fuir. Elle n'avait pas – ou plus – confiance en lui. Elle ne lui laisserait aucune chance de lui faire encore du mal. C'était à lui de regagner sa confiance s'il espérait un jour partager l'avenir avec elle.

Il fit démarrer la voiture et mit l'air conditionné en marche.

— Cela me paraît logique, tout simplement. Qu'est-ce que tu comptais faire à la sortie de la maternité ?

— C'est-à-dire ? Je comptais les ramener chez moi, évidemment, dit-elle en relevant le menton, avec sa détermination habituelle. Si tu veux parler de droits parentaux, tu peux t'adresser à mon avocat. Je n'ai aucune intention d'accepter la garde partagée, comme dans ce film avec ces petites jumelles dont les parents se séparent.

— *À nous quatre* ? Aucun parent ayant un minimum d'humanité peut faire une chose pareille. Je parle de l'endroit où tu vas vivre avec eux. Ton appartement va vite être saturé, avec deux bébés et tout le matériel dont ils auront besoin.

— J'ai déjà fait de la place. Il y a un endroit où je pourrai mettre deux berceaux. Cela devrait faire l'affaire au moins les premiers mois.

Elle se cala sur le siège et s'appuya contre la portière.

— Tu as pensé aux voisins ? Deux bébés qui pleurent

peuvent vite devenir insupportables au beau milieu de la nuit. Toi qui te plains de ton voisin de palier qui joue de la clarinette à 6 heures du matin ! Je n'ose imaginer comment les bébés vont pouvoir dormir dans ce bruit.

— Je demanderai à mon voisin d'arrêter, dit Summer avant de soupirer. Je sais qu'il va falloir que je trouve un appartement plus grand. Mais je n'ai pas eu beaucoup de temps à consacrer aux recherches. Dès qu'un logement apparaît dans les agences, il est pris d'assaut.

Alex se gara devant son immeuble et coupa le moteur. Le quartier n'était pas désagréable mais son appartement était assez peu protégé en plus d'être trop petit pour une femme et deux nouveau-nés.

— J'ai une idée, dit-il. Prends le temps d'y réfléchir et tu verras qu'elle nous conviendra à tous.

La méfiance qu'il perçut dans son regard ne le surprit pas. Elle semblait se méfier a priori de tout ce qui touchait de près ou de loin aux bébés. Il espérait pouvoir la faire changer d'attitude. Il n'aimait pas l'idée qu'elle le considère comme le méchant de l'histoire.

Il avait plutôt envie de jouer le rôle du prince courageux qui venait la délivrer des griffes des dragons, même s'il était conscient qu'elle était capable de tuer les dragons elle-même.

— Dis toujours. Mais sache que c'est moi qui aurai le dernier mot.

— Je comprends. Je veux simplement que tu me promettes de m'écouter et de prendre les décisions les plus adéquates pour nos bébés.

— Vas-y, dis-moi, dit-elle sans se départir de sa détermination.

— Je veux passer du temps avec toi et avec les enfants une fois que tu auras accouché. Il me semble plus logique que vous veniez vous installer chez moi. J'ai toute la place qu'il faut. Vous pourrez vous installer dans l'autre aile de la maison. Et vous serez en sécurité. Je suis désolé de t'avoir entraînée dans cette histoire. Maintenant que ce journaliste est à l'affût de ragots à colporter, il faut vous protéger. Mais sache que tu garderas ton indépendance et que tu pourras aller et venir à ta guise.

Il attendit, prêt à la voir se mettre en colère. Prêt à l'entendre rétorquer qu'elle avait tout fait toute seule jusqu'à présent et qu'elle n'avait pas besoin de son assistance. Mais elle demeura silencieuse et le regarda longuement.

Au bout de secondes qui lui parurent durer une éternité, elle regarda son ventre rond.

— Je sais que tu veux bien faire, finit-elle par dire, et que tu veux être partie prenante de la vie de nos bébés. Mais tu dois aussi comprendre que, si tu t'engages, il faut le faire à long terme. Si tu veux être là au début, quand ils sont petits, tu devras être là aussi quand ils grandiront. Tu ne pourras pas entrer et sortir de leur vie selon ton humeur, tes opportunités professionnelles ou les aléas de ta vie privée. Et ne t'imagine pas que je raconte n'importe quoi. Tous les jours des parents abandonnent leurs enfants. Ce n'est pas l'avenir que j'ai envie d'offrir à mes enfants. Et je te demande de réfléchir à cela pendant que je réfléchirai à ta proposition.

Elle ouvrit la portière puis se retourna avant de descendre.

— Je redoute davantage ce qui se passerait si tu décidais de partir en laissant deux enfants derrière toi que d'être prise en photo par les paparazzis.

— Je n'ai aucune intention de partir et jamais je ne laisserai mes enfants derrière moi. Je te le promets.

Il sentit son regard le transpercer jusqu'au tréfonds de son âme. Cette femme était d'ordinaire enjouée et détendue, mais la grossesse avait fait d'elle une lionne prête à tout pour défendre ses lionceaux.

— D'accord, dit-elle simplement. On peut essayer.

Il demeura un moment sur le parking, bien après qu'elle eut fermé la porte. Le problème n'était pas seulement qu'elle lui en voulait de ne pas avoir été là quand elle avait appris qu'elle était enceinte. Il y avait autre chose.

Depuis qu'il la connaissait, elle ne lui avait jamais vraiment parlé de son enfance. Il n'y avait pas vraiment prêté attention jusque-là, étant lui-même peu enclin à parler de la sienne. Il n'avait pas eu une enfance tout à fait ordinaire et avait pris l'habitude de garder pour lui toute information qui risquerait de nuire à la monarchie de Soura en général et à son père en particulier.

Il se doutait que Summer avait été abandonnée par l'un de ses parents – et cela n'avait rien à voir avec une absence de cinq mois. Il ignorait s'il s'agissait de son père ou de sa mère. Pour l'heure, tout ce qui lui importait était de voir disparaître la douleur que cet abandon avait générée. Et de lui faire comprendre que jamais il ne la quitterait, ni elle ni les enfants qu'ils allaient avoir ensemble.

7.

Summer regarda les gens s'affairer autour d'elle. Tout le monde s'activait sauf elle. Dès qu'elle commençait à faire quelque chose, quelqu'un surgissait pour lui prendre des mains ce qu'elle portait. Elle regarda l'homme posté devant le barbecue. C'était sa faute, elle en était sûre.

Elle l'avait compris depuis peu : Alex avait beau prétendre vouloir se tenir à l'écart de la famille royale de Soura, il donnait des ordres comme s'il siégeait sur le trône. Il lui avait, par exemple, intimé de s'asseoir et de profiter de la journée, pendant que tout le monde mettait la main à la pâte.

Elle avait débarqué chez lui avec deux valises, acceptant de faire un essai de cohabitation avec lui.

Qu'est-ce qui lui avait pris ?

— Si tu continues à le regarder comme ça, il va prendre feu, avertit Jo en la rejoignant sur la chaise longue deux places où Alex l'avait installée dès son arrivée chez lui. Cela dit, je te comprends, c'est plutôt un beau spectacle. Il est plus bronzé que quand il est parti, non ?

Summer souleva ses lunettes et scruta Alex. En réalité, Jo essayait surtout d'en savoir davantage sur ce qui avait poussé Alex à s'absenter pendant cinq mois : où, avec qui, pourquoi ?

Mais elle avait raison. Alex était beau. Avec son maillot – Dieu merci, il n'avait pas décidé de nager nu ce soir – et sa chemise blanche ouverte sur un torse bronzé et musclé, il avait vraiment tout d'un autochtone.

Mais il n'en était pas un. Elle seule connaissait et devait garder le secret de ses origines. Elle remit ses lunettes et se cala sur la chaise longue. Elle garderait aussi pour elle le fait que son cœur battait plus fort quand elle pensait à l'homme avec qui elle avait fait ces enfants. Ces stupides hormones ne lui laissaient aucun répit et lui rappelaient sans cesse comme il était beau quand il sortait de l'eau, nu comme un ver.

— Ça va ? demanda Jo d'un air inquiet. Tu es toute rouge. Tu as trop chaud ?

Oh oui ! Les images d'Alex qui revenaient en boucle dans son esprit lui donnaient effectivement trop chaud.

— Ça va, répondit-elle tout en priant pour avoir l'air crédible et pour que ses hormones cessent de lui jouer des tours.

Mieux valait éviter de voir Alex sous cet angle. Leur relation était déjà suffisamment compliquée pour que le sexe ne fasse pas partie de l'équation. Même si c'était plus que tentant.

— Tu as bien fait de venir t'installer chez Alex, dit Jo. Il y a pire comme logement.

Summer était bien placée pour le savoir. Elle avait vécu dans une vieille caravane toute son enfance et, une fois adulte, dans un mouchoir de poche. Elle parcourut des yeux le jardin, la piscine, la cuisine d'été où Alex se tenait toujours, plus sexy que jamais. Elle détourna le regard vers les larges baies vitrées grandes ouvertes pour permettre aux convives de profiter à la fois de l'intérieur et de l'extérieur. Tout était parfait. L'inverse de l'endroit où elle avait grandi.

Mais elle n'était plus au Texas. Elle ne vivait plus dans une caravane minuscule et rouillée et n'allait plus au lycée où l'on se moquait d'elle parce qu'elle n'avait pas de maison ou d'appartement comme tout le monde. Sa mère ne pouvait pas se le permettre avec ce qu'elle gagnait à l'épicerie, une fois que son père avait disparu de la circulation. Avec le recul, elle éprouvait de la compassion pour cette femme qui s'était battue pour s'en sortir, à sa façon. À l'époque, quand elle se faisait malmener par les autres élèves, elle souffrait. Et n'avait qu'une envie : s'enfuir.

Elle savait que ses enfants ne se retrouveraient jamais dans une telle situation. Elle avait travaillé dur pour gagner son indépendance. Mais était-il juste de sa part qu'elle élève seule les jumeaux, qu'elle les empêche de créer un lien fort avec leur père ?

Elle ignorait ce que l'avenir leur réservait. Que se passerait-il quand Alex tomberait amoureux d'une autre femme, une femme plus en adéquation avec son mode de vie et son milieu ? Abandonnerait-il ses enfants pour elle ?

Elle regarda de nouveau Alex. Affairé devant le barbecue, il saluait d'une main un urgentiste qui venait d'arriver et retournait, de l'autre, les steaks et les saucisses.

Alex avait beau être parti du jour au lendemain sans explications, elle avait la forte conviction qu'il ne ferait jamais pareille chose à ses enfants. Une partie d'elle était encore blessée qu'il l'ait laissée pendant cinq mois et, surtout, qu'il n'ait pas été suffisamment honnête pour lui dire la vérité sur sa vie privée. Elle était consciente que cette partie d'elle représentait la petite fille qui avait été abandonnée par son père, et elle n'était pas encore capable d'y penser sans éprouver de la colère. Colère essentiellement dirigée contre elle-même pour avoir bêtement laissé l'histoire de ses parents se répéter. Cela la faisait douter de sa capacité à prendre des décisions avisées au sujet de ses enfants.

— Tu es avec moi ? demanda Jo, la tirant de sa réflexion.

— Désolée, j'étais dans mes pensées, répondit-elle, tout à coup épuisée. Oui, je pense que c'est bien de faire un essai, avant que les bébés naissent. Cela nous laisse du temps pour nous organiser.

— Il ne te reste que trois mois de grossesse, et encore les jumeaux naissent généralement avant le terme. Mais tu as raison, c'est suffisant pour vous organiser. Et, si j'étais toi, je ne prendrais pas de décision hâtive. Je laisserais Alex y prendre part.

— Je ne suis pas en train de me venger, Jo, dit Summer. Je pense aux enfants, à leur avenir, à ce qui est le mieux pour eux. Pas à ma relation avec leur père.

Elle aimait beaucoup ses amis mais elle aurait voulu, en

cet instant précis, qu'ils disparaissent de sa vue et lui fichent la paix.

— La façon dont leur père, comme tu dis, te regarde ne me donne pas l'impression qu'il a tourné la page. Tu as beau répéter que votre relation s'est arrêtée le jour où il est parti, je ne suis pas sûre qu'il voie les choses de la même manière.

— Tu as lu trop de romans à l'eau de rose, mon amie. Je crois que je vais faire un petit somme. Va rejoindre les autres. J'ai besoin d'une pause avant que la fête batte son plein.

Jo vérifia que le parasol était bien positionné puis s'éloigna. Summer ferma les yeux. Jo était restée une grande romantique en dépit de la façon dont son mariage s'était terminé. Mais, cette fois, elle se trompait. Summer avait passé suffisamment de temps avec Alex, au cours des trois semaines qui s'étaient écoulées depuis son retour, pour comprendre que la seule chose qui l'intéressait désormais, dans leur relation, c'étaient les bébés qu'elle portait.

Elle s'était répété que c'était bien ainsi. Que les bébés devaient effectivement être leur priorité. Le problème, c'étaient ces hormones qui n'avaient pas l'air de comprendre que l'eau avait coulé sous les ponts et qu'ils étaient passés à autre chose. Qu'il n'y aurait plus d'intimité sexuelle entre Alex et elle, quoi qu'elles aient l'air d'en penser.

Alex déposa les derniers morceaux de viande sur le plat déjà bien garni et jeta un coup d'œil à Summer. Elle venait de travailler vingt-quatre heures d'affilée, et les cernes sous ses beaux yeux bleus montraient qu'elle ne s'était pas suffisamment reposée. Combien de temps encore allait-elle encore tirer sur la corde ?

Rien ne l'autorisait à lui demander de réduire le nombre d'heures qu'elle passait en service. C'était une femme indépendante qui n'avait d'ordre à recevoir de personne. Encore moins de lui.

La seule chose qu'il avait pu faire avait été d'envoyer à tous les convives du barbecue une seule et même consigne : les préparatifs se feraient sans Summer qui devait se reposer. Il se réjouissait de la voir allongée, les yeux clos, sur une chaise longue, à l'ombre d'un parasol. Il se réjouissait aussi qu'elle ait fini par accepter d'emménager chez lui. Quoi qu'elle en dise, mieux valait que quelqu'un veille sur elle, et la personne la plus habilitée pour le faire, c'était lui.

Les haut-parleurs installés autour de la piscine se mirent en marche dans un crissement pire que celui des ongles sur un tableau noir, puis Max prit la parole.

Alex jeta un autre coup d'œil vers Summer, que le son strident avait réveillée. Il se dirigea vers la chaîne stéréo pour régler le son avant que Max ne perce le tympan de tous ses invités.

— Je voudrais qu'on applaudisse le retour de notre chef, que nous sommes tous contents d'avoir retrouvé, dit Max, suscitant une salve d'applaudissements, et le remercier d'avoir organisé cette fête pour célébrer le renouvellement du contrat de Heli-Care dans les Keys.

Tout le monde se mit à siffler et à acclamer avec ferveur.

— C'est sans doute le résultat de notre travail à tous, mais je tiens aussi à saluer les efforts héroïques d'Alex et de Summer qui ont sans aucun doute compté dans la décision du conseil du comté de signer de nouveau avec nous.

Max fit une pause pendant laquelle Alex avança pour prendre le micro, mais Casey le devança.

— J'ai juste une chose à ajouter, dit ce dernier. Nous avons tous souhaité faire quelque chose pour Summer et vous. Non pas à cause du contrat renouvelé mais simplement parce que vous êtes un peu notre famille.

Casey se tourna vers le salon, d'où Jo et les autres membres des équipes de Key West et de Marathon sortirent, les bras chargés de cadeaux colorés pour les bébés.

Summer s'était levée et regardait la scène avec la même surprise. Il se sentit gêné que tout le monde se soit donné autant de peine pour accueillir leurs futurs enfants.

Il marcha vers Summer et la prit par la main. Ils étaient deux dans cette aventure. Il faudrait bien qu'elle s'y fasse.

— Je ne savais pas, murmura-t-elle tandis qu'ils s'approchaient de la table sur laquelle avaient été déposés les cadeaux.

— Vous allez avoir deux enfants d'ici quelques mois. On voulait juste vous aider, expliqua Dylan en prenant la main de Katie dans la sienne.

— Deux bébés, ça veut dire avoir tout en double, dit Violet, la fille de Dylan. J'aimerais bien que mon père et Katie aient aussi des jumeaux.

— Je crois que je préférerais en faire un à la fois, dit Katie. Comment vas-tu, Alex ?

Alex lâcha la main de Summer pour embrasser sa vieille amie.

— Je vais bien, merci. Je suis content que vous ayez pu venir.

Puis il reprit la main de Summer qui, manifestement surprise, n'osa pas le repousser comme elle le faisait chaque fois qu'il la touchait. Ils prirent un moment pour regarder les cadeaux pendant que les convives allaient et venaient entre le buffet et les tables, au son de la musique diffusée par les haut-parleurs. Ce n'était pas la première fois qu'on faisait une surprise à Alex. Sa mère adorait lui organiser des fêtes d'anniversaire quand il était petit, fêtes souvent spectaculaires, comme tout à Hollywood. Mais, cette fois, c'était différent : la surprise concernait les bébés. Leurs collègues l'avaient totalement inclus dans la célébration, et il se demandait comment Summer prenait la chose.

— Tu crois vraiment qu'ils ont besoin de tout cela ? demanda Summer en regardant les cadeaux, l'un après l'autre, manifestement bouleversée par la générosité de leurs collègues.

— Je crois qu'avoir un bébé nécessite d'être bien équipé. À plus forte raison quand il s'agit de jumeaux. Viens, je vais te montrer quelque chose, dit-il en lâchant sa main à contrecœur.

Ils traversèrent le salon et empruntèrent un couloir dans la direction opposée à celle de sa chambre. Il aurait préféré un autre arrangement. Il aurait préféré que Summer et les bébés vivent tout près de lui mais il savait que Summer n'aurait jamais accepté une telle offre. Pas d'emblée, du moins.

Il ouvrit la porte et la conduisit dans l'une des plus grandes pièces de l'aile ouest de la maison, dans laquelle il avait déposé ses valises quand elle était arrivée. Il avait fait venir un décorateur dès qu'il avait demandé à Summer de réfléchir à la possibilité de venir habiter chez lui. Le parquet blond était le même que dans toute la maison mais un grand tapis coloré en couvrait à présent une bonne partie, là où il avait fait installer un nouveau lit et deux tables de chevet. Il avait fait vider l'autre partie de la pièce où ne se trouvait plus qu'un fauteuil à bascule.

— J'ai pensé que tu aurais envie que les bébés restent avec toi ici, au début, mais il y a une autre chambre, en face, assez grande pour mettre deux berceaux et tout ce dont ils auront besoin.

Du moins l'espérait-il. Vu la montagne de cadeaux qu'ils avaient reçus, il risquait d'avoir à ajouter une extension à la maison.

— C'est magnifique, dit Summer en caressant le dessus-de-lit vert amande.

— Tu peux changer tout ce que tu veux, si cela ne te plaît pas.

Il se souvenait que le vert amande était l'une de ses couleurs préférées.

— C'est parfait. Tu ne fais pas les choses à moitié.

— En effet, quand elles me tiennent à cœur. Or, les bébés et toi me tenez vraiment à cœur.

— Tu es sûr que ce n'est pas plutôt parce que tu es un petit garçon riche et gâté, habitué depuis toujours à obtenir tout ce qu'il veut ?

Il savait qu'elle plaisantait mais sa remarque le blessa. Il avait déployé des efforts considérables pour ne pas avoir la réputation d'un gosse de riche à qui tout arrive sur un plateau d'argent. Il n'en demeurait pas moins reconnaissant d'avoir pu obtenir son doctorat sans avoir à rembourser d'emprunt étudiant à la banque. Son père avait insisté pour lui payer ses études.

— Je plaisantais, dit Summer en lui caressant la joue. Ce n'est pas ce que je pense.

Ils se regardèrent, et quelque chose du passé resurgit. Quelque chose qu'il n'avait pas vu depuis qu'il était revenu de Soura. Était-il possible qu'elle ait toujours des sentiments pour lui, bien qu'elle fasse tout pour lui montrer le contraire ?

Avant qu'elle s'écarte de lui et remette en place la muraille qu'elle tenait à ériger entre eux, il baissa la tête.

Leurs lèvres se frôlèrent. Si elle le repoussait, il la laisserait faire, en dépit de la douleur que cela engendrerait. Quand elle ferma les yeux et posa la main sur son torse, il l'embrassa plus fermement. Elle gémit, et il passa ses bras autour d'elle. Loin de le repousser, elle se serra contre lui.

— Hé, chef ! On vous attend dehors avec le gâteau, cria Casey depuis le salon.

Summer se détacha de lui et lui adressa un regard mi-désolé, mi-amusé.

— Cette chambre est vraiment très belle, conclut-elle simplement.

— Je suis content qu'elle te plaise. On décidera plus tard de ce qu'on fait de l'autre.

Il boutonna sa chemise et la suivit quand elle sortit de la pièce. Elle avait beau faire comme si rien ne s'était passé, il n'était pas dupe. Elle éprouvait autant de désir pour lui que lui pour elle. Quelque chose avait changé entre eux au cours des quelques instants où il l'avait tenue dans ses bras. Elle n'avait peut-être pas confiance en lui, mais elle était toujours attirée par lui.

Il avait atteint un premier objectif : elle était venue s'installer chez lui. Il fallait à présent qu'il regagne sa confiance et lui montre qu'ils pouvaient s'entendre. Il espérait simplement que sa méfiance ne l'empêcherait pas de se rouvrir à cette possibilité.

Summer déballa le dernier cadeau et posa la petite robe sur la pile de vêtements pour bébé qu'il faudrait laver avant de les ranger dans l'énorme dressing de leur chambre.

— Ah, tu es là, dit Alex en passant la tête dans l'entrebâillement de la porte. Les derniers invités viennent de partir.

— Les filles m'ont aidée à rentrer tous les cadeaux et je n'ai pas pu résister. Cela rend les choses plus tangibles de voir les vêtements qu'ils vont porter et les jouets avec lesquels ils vont s'amuser.

Elle jeta un coup d'œil circulaire sur la montagne de papiers cadeau qu'elle avait éparpillés dans la chambre et se pencha pour les ramasser. Mais sa tête se mit à tourner et ses jambes à se dérober sous elle. Elle se raccrocha à l'accoudoir du fauteuil et se sentit soudain soulevée de terre.

— Viens, je vais t'examiner, dit-il en s'asseyant dans le fauteuil, Summer sur les genoux.

Il scruta son visage, ses yeux puis ses ongles.

— Ça va, dit-elle en tentant de se lever.

Après le baiser qu'ils avaient échangé, mieux valait se tenir à distance. Même son cerveau mal irrigué le savait.

— Arrête de bouger cinq minutes, veux-tu ? dit Alex d'une voix ferme. Ferme les yeux et détends-toi.

Elle n'avait pas eu de malaise depuis leur visite chez le médecin et elle avait espéré que les chutes de tension disparaîtraient d'elles-mêmes.

Elle capitula, posa la tête contre son épaule et ferma les yeux. Elle était éreintée. Il fallait simplement qu'elle se repose quelques minutes. Elle avait l'impression d'être toujours fatiguée. Elle se mit à somnoler dans les bras d'Alex. Cette nouvelle facette de sa personnalité, celle qui voulait la protéger, était réconfortante. Mais jamais elle ne lui avouerait une chose pareille. Ni qu'elle aimerait qu'il prenne soin d'elle par amour pour elle et pas simplement pour le bien-être de ses enfants.

Lorsqu'elle rouvrit les yeux, la chambre était plongée dans

l'obscurité et elle était allongée dans le lit. Une main – celle d'Alex – était posée sur son ventre. Il dormait à côté d'elle.

Elle souleva doucement son bras et se leva. Il fallait qu'elle trouve les toilettes. Elle ouvrit une porte qui ne donnait ni sur le couloir ni sur le dressing et entra dans une grande salle de bains équipée d'une immense baignoire. Elle n'avait qu'une douche dans son appartement. La dernière fois qu'elle avait pris un bain, c'était le dernier soir qu'elle avait passé chez Alex. Mais mieux valait qu'elle ne se remémore pas cette soirée en détail, d'autant qu'Alex était allongé juste à côté.

Elle était déjà enceinte, à l'époque, mais ne le savait pas encore. Leur vie était parfaite. Le sexe, spectaculaire. Puis tout avait changé.

Elle fit sa toilette et revint dans la chambre. Alex était étendu sur le ventre, en maillot de bain, sans chemise.

Elle devait le réveiller et lui demander de regagner sa chambre. C'était la meilleure chose à faire. La plus sensée, en tout cas. Et, dans une telle situation, le bon sens prévalait.

Mais elle se dirigea vers le lit en priant pour que ni lui ni elle ne regrettent ce qu'elle était sur le point de faire. Car, elle avait beau se dire et se répéter qu'elle ferait mieux de mettre de la distance entre eux, elle n'y parvenait pas. La tentation était trop grande. Après le baiser qu'ils avaient échangé, elle avait compris que cet aspect de leur ancienne vie, l'attirance et le désir, était toujours là.

Elle s'allongea doucement sur le lit de sorte à voir le visage d'Alex et le regarda dormir.

Cet homme était fort et courageux, en plus d'être divinement beau. Il n'avait pas hésité un instant avant de se jeter à l'eau pour aller sauver le jeune Scottie. Il avait laissé derrière lui le confort de sa vie en Floride pour voler au chevet de son frère blessé quand ce dernier avait eu besoin de lui, alors que son père ne l'avait jamais reconnu officiellement.

Les paupières d'Alex se mirent à battre, et il se retourna, exposant son ventre plat et bronzé. Elle posa la main sur son torse et parcourut la ligne de poils bruns qui disparaissaient sous lc tissu de son maillot. Combien de fois l'avait-elle caressé de cette manière quand il dormait, attendant patiemment qu'il se réveille et la prenne dans ses bras ? Ce soir, elle était impatiente. Ses seins étaient lourds, et elle sentait une tension entre ses cuisses. Il ne l'avait pas encore touchée, mais elle était déjà excitée. Elle avait lu quelque part que la libido pouvait augmenter pendant la grossesse. La sienne semblait capable d'atteindre des records.

Alex posa la main sur la sienne. Elle avait senti qu'il s'était réveillé, à la manière dont les muscles de son ventre s'étaient tendus sous la caresse de ses doigts.

— Tu veux quelque chose ? demanda-t-il en maintenant sa main contre son cœur qui battait la chamade.

— Oui, je crois.

— Tu es sûre ? insista-t-il en la regardant droit dans les yeux.

Sûre qu'elle n'était pas sur le point de commettre la plus grosse erreur de sa vie ? Non, elle n'était pas sûre.

Sûre qu'elle avait tout de même envie d'aller plus loin ? Certainement.

— Oui, dit-elle, incapable de rebrousser chemin.

Ils s'étaient toujours bien entendus physiquement. Que risquait-elle à se faire plaisir, à passer un bon moment quand il se présentait ?

Il se tourna sur le côté pour lui faire face, sans cesser de la fixer. Que cherchait-il dans son regard ? Des doutes ? C'est vrai, elle avait des doutes. Avant même qu'il parte, avant même de découvrir qu'elle était enceinte, elle se demandait déjà si les sentiments qu'elle éprouvait pour lui n'étaient pas plus profonds qu'il ne l'aurait souhaité. Cela ne l'avait pas arrêtée, à l'époque, et ne l'arrêterait pas à présent. Elle pouvait prendre ce que la vie lui offrait sans la promesse que les choses aillent plus loin qu'un moment de plaisir partagé.

Elle posa la main sur sa joue ombrée par sa barbe naissante et frissonna en se rappelant les sensations que ce contact rêche provoquait sur différentes parties de son corps.

Elle avait envie d'éprouver encore ces sensations. Elle

avait envie de se réveiller, le matin, le corps endolori par une nuit de sexe torride. Elle avait envie de faire l'amour avec lui. Mais Alex la regardait, sans bouger. Attendait-il qu'elle fasse le premier pas ?

Elle posa ses lèvres sur les siennes, comme Alex l'avait fait quelques heures plus tôt. Ses lèvres s'entrouvrirent. Il abandonna le peu de contrôle qu'il semblait avoir, alors qu'elle-même ouvrait les vannes d'un désir trop longtemps retenu.

Sans cesser de l'embrasser, il se pencha au-dessus d'elle, une main encadrant son visage, l'autre parcourant sa poitrine, par-dessus son chemisier, jusqu'à trouver le bout de son sein dressé et s'y attarder.

Elle lâcha totalement prise sur le contrôle de la situation, le contrôle qui l'avait protégée de toutes les émotions dangereuses qu'elle verrouillait depuis des semaines en sa présence. La joie de le savoir revenu à Key West. La colère éprouvée quand il l'avait demandée en mariage au seul prétexte qu'elle était enceinte de lui. Le désir brûlant qu'elle éprouvait chaque fois que leurs corps s'effleuraient.

Elle avait envie de le serrer dans ses bras, de le gifler et de lui faire l'amour – tout en même temps. Mais, surtout, elle avait envie de le sentir en elle, encore une fois. De ressentir le lien qui les unissait, sans penser au lendemain. De profiter du moment où ils étaient ensemble pour se donner et recevoir du plaisir. Du plaisir et de… l'amour ?

Elle écarta son visage du sien pour le regarder dans les yeux. Qu'y voyait-elle ? Du désir ou de l'amour ?

C'était du désir physique, sans conteste. Elle n'avait pas besoin d'amour.

Ses mains descendirent le long de son torse, sur son ventre, jusqu'à son sexe dressé. Voilà ce dont elle avait besoin en cet instant précis. De passion. De feu.

Il la déshabilla tout en plaquant sa bouche sur le bout de son sein. Puis il entra en elle. Son corps était brûlant contre le sien. Ils n'échangèrent aucun mot, aucune caresse tendre. Ils étaient tous deux en quête d'une chose qu'ils avaient oubliée et perdue. Et qui était là. Leurs corps bougèrent ensemble, et elle écarta davantage les jambes pour accueillir encore plus de plaisir. Elle avait envie de tout ce qu'il pourrait lui donner.

Il glissa la main entre ses cuisses, tandis que sa langue excitait le bout sensible de ses seins, et la caressa jusqu'à ce qu'elle jouisse. Son cri rompit le silence de la maison, alors que le plaisir l'inondait par vagues successives et qu'Alex jouissait à son tour.

Ils s'effondrèrent ensemble, les membres affaiblis, les muscles tremblants. Le corps satisfait, l'esprit dégagé des préoccupations de l'avenir, elle sentit le sommeil la gagner, enveloppée par les bras d'Alex. Demain matin, elle se dirait peut-être qu'elle avait fait n'importe quoi mais, pour l'heure, elle avait envie de dormir sans regrets.

8.

Un parfum de lilas le réveilla. Il adorait le lilas qui lui rappelait son enfance pleine de câlins et d'éclats de rire. En réalité, ce n'était pas l'odeur des fleurs mais du parfum que sa mère avait rendu célèbre. Ce qui ne pouvait signifier qu'une chose.

Il ouvrit les yeux et vit sa mère, habillée comme si elle allait déjeuner dans le centre de Manhattan.

— J'espère que c'est la mère de mes petits-enfants, dit-elle en les regardant tous les deux sans la moindre gêne.

— Qu'est-ce que tu fais là ? murmura-t-il.

Soit Summer dormait à poings fermés, soit elle faisait la morte.

— Je t'ai dit que j'allais venir. Ce n'est pas le bon moment ?

Non, ce n'était pas le bon moment. C'était même le pire. Après la nuit qu'il venait de passer avec Summer, il avait l'espoir de voir leur relation repartir sur de nouvelles bases. La présence de sa mère n'était pas le facteur le plus favorable à cette renaissance. Summer n'était probablement pas prête. D'ailleurs, personne n'était jamais tout à fait prêt à supporter sa mère. Mais il ne pouvait pas le lui dire.

— Si, tu as bien fait. Mais est-ce que tu pourrais nous laisser un moment, s'il te plaît ?

— Bien sûr, *bambino mio*, je t'attends dans le salon.

Une fois de plus, il se demanda pourquoi il n'avait pas pu naître dans une famille normale. Normale ? Il ne savait même pas ce que cela signifiait mais cela ne l'empêchait pas d'espérer offrir un peu de normalité à ses enfants.

Il attendit que sa mère referme la porte derrière elle.

— Tu peux ouvrir les yeux, chuchota-t-il.

Summer écarquilla les yeux et rejeta brusquement les draps pour se lever.

— C'était ta mère ? Je n'y crois pas ! Melanie Leonelli vient de me surprendre dans le lit de son fils.

— Elle sait que tu es enceinte, je présume qu'elle se doute que nous avons déjà couché ensemble, dit-il en la prenant dans ses bras avant qu'elle ne bondisse du lit. Attends…

— Mais il faut que je me lève et que je m'habille. Je ne sais pas ce qu'elle va penser de moi !

Ce n'était pas la première fois qu'elle faisait ce genre de commentaire. C'était comme si elle éprouvait de la honte. Cela n'avait probablement rien à voir avec la grossesse. Ce sentiment semblait profondément enfoui en elle.

Il parvint à la retenir et à la prendre de nouveau dans ses bras.

— Attends, Summer. Il ne faut pas te lever brusquement. Je ne veux pas que tu aies une autre chute de tension.

Il avait conscience de profiter de la situation mais il voulait passer encore un peu de temps avec elle avant d'affronter sa mère. Car il connaissait Melanie. Dès qu'elle était quelque part, les choses prenaient toujours une tournure intéressante.

— Je crois que, si je fais un malaise, ce sera plutôt à cause de la gêne que j'éprouve que de ma tension, dit-elle en se blottissant contre lui.

Il n'osa imaginer ce qui se serait passé s'ils avaient été seuls.

— Venez voir ! s'écria soudain sa mère depuis le salon. On parle de vous à la télévision. Debbie Duncan vient d'annoncer la suite de l'histoire des deux héros locaux pour après les pubs !

Summer se raidit, et il desserra son étreinte.

— La suite de l'histoire, c'est peut-être un point sur l'état de santé de Scottie, dit-il.

Le garçon se portait bien, et ses parents l'avaient ramené chez eux après le feu vert de l'hôpital.

— Peut-être. Mais j'ai vraiment le sentiment que cette femme est une vipère. L'odeur du sang lui donne envie d'achever sa proie.

— Je ne vois pas ce qu'elle peut nous faire. La seule chose

qui pourrait être préoccupante, c'est qu'elle ait compris qui était mon père. Or, je ne vois pas comment elle pourrait être au courant.

Summer enfila son short et son haut et jeta un coup d'œil à Alex. Il ne voulait pas qu'on découvre qui était son père, et ce serait en effet un gros scoop. Ce qu'il ignorait, c'est qu'elle-même avait un secret bien gardé, qu'elle ne voulait pas non plus voir dévoilé dans les médias. Son casier judiciaire avait beau avoir été scellé, elle ne se faisait pas d'illusion sur la capacité de Debbie Duncan à déterrer toutes les histoires sordides de sa jeunesse.

De plus, l'une des plus grandes stars du cinéma mondial se trouvait dans le salon. Elle avait dû être surprise de les voir allongés dans le même lit si Alex lui avait expliqué qu'ils n'étaient plus en couple. Qu'avait-elle pensé d'elle ?

Et elle, que pensait-elle d'elle-même ? Elle s'était promis de mettre de la distance – physique et émotionnelle – entre Alex et elle mais, la première fois que ses hormones s'étaient échauffées, elle avait cédé.

Cela dit, elle ne regrettait rien. Ce qui s'était passé pendant la nuit valait tous les reproches qu'elle se faisait à présent.

— Dépêchez-vous, les pubs sont finies, dit la mère d'Alex.

Alex et Summer entrèrent dans le salon. La jeune femme s'arrêta net en voyant sur l'écran une photo d'Alex en compagnie du prince Nicholas de Soura. Les deux hommes regardaient la caméra d'un œil agacé. N'importe qui doué d'une bonne vue pouvait comprendre qu'il y avait entre eux un lien de parenté.

Alex s'approcha et laissa échapper un juron. Sa mère lui jeta un regard noir et monta le volume.

— Alors, voyons quelles nouvelles nous avons aujourd'hui pour nos téléspectateurs fidèles. Il semble que le héros de Key West, le Dr Alex Leonelli, ait une deuxième activité. Non seulement il travaille sans relâche au sein de notre communauté mais il prendrait également soin de l'une des figures royales les plus célèbres au monde, à savoir le prince Nicholas, héritier de la couronne de Soura, dit Debbie Duncan sur un ton mielleux.

Summer eut un haut-le-cœur. Cette femme était sur le point de faire voler en éclats la vie d'une personne devant un public qui n'attendait que cela.

— Comme le savent beaucoup d'entre vous, le prince Nicholas a été victime d'un grave accident de ski. On ne connaît pas bien les liens qui l'unissent au Dr Leonelli mais ils se seraient rencontrés auparavant. La mère du Dr Leonelli, qui n'est autre que l'actrice Melanie Leonelli, pourrait avoir joué le rôle d'intermédiaire, mais rien n'est encore avéré. Restez à l'écoute, nous essaierons d'en savoir davantage dans le courant de la semaine.

Ils continuèrent à regarder fixement l'écran alors qu'une annonce publicitaire était lancée. Puis Alex s'approcha de sa mère et lui prit la télécommande des mains.

— Ce ne sont que des paroles. Si elle savait quelque chose, elle l'aurait déjà annoncé, dit Alex.

— Je ne connais pas cette femme, dit sa mère, mais je n'aime pas sa manière de procéder. Il y a une semaine, vous étiez des héros et, maintenant, elle dissèque votre vie privée pour faire augmenter l'audimat.

— Elle était moins intéressée par le fait que nous ayons sauvé la vie de ce garçon que par celui que nous attendions des jumeaux, dit Summer avant de tendre la main. Enchantée, je suis Summer.

— Je sais que vous êtes Summer. Et vous êtes encore plus ravissante que ce que m'a dit Alex. Je suis sûre que vous allez avoir les plus beaux bébés du monde, dit Melanie qui ignora sa main et la prit spontanément dans ses bras. Je n'en reviens pas qu'il ne nous ait pas présentées auparavant.

Melanie s'écarta.

— Le temps file, et il y a des tas de choses à préparer pour la venue de ces deux petits, dit-elle en posant la main sur le ventre de Summer.

Les années ne semblaient avoir aucune prise sur le visage

de cette femme rayonnante. Son sourire s'agrandit quand l'un des bébés donna un petit coup là où elle avait posé la main.

— Je vais défaire mes bagages et puis j'appellerai ton père, Alex. Il doit certainement savoir gérer ce genre de situation.

Summer la regarda quitter la pièce. Cette femme semblait aussi bienveillante qu'elle était belle. Mais tout ce qui venait de se passer en un quart d'heure faisait beaucoup. Summer sentit qu'il lui fallait un café.

Elle soupira discrètement quand Alex lui tendit une orange pressée. Elle avait plutôt envie de caféine.

— Je suis désolée que ma mère ait débarqué comme ça, dit-il.

— C'était peut-être mieux, dit-elle en se sentant rougir.

La veille, elle avait fait fi de tous ses principes et il fallait maintenant qu'elle en assume les conséquences. Ce qui signifiait qu'elle devait bien réfléchir à ce qu'elle voulait faire de sa relation avec Alex. Elle avait vu sa mère se séparer et se rabibocher sans cesse avec les hommes qu'elle avait fréquentés et elle ne tenait pas à reproduire ce schéma malsain. Elle voulait aussi que ses enfants sachent à quoi s'en tenir en ce qui concernait leurs parents.

— Je vais rentrer, dit-elle, et te laisser tranquille avec ta mère.

Il fallait surtout qu'elle parte avant que son attirance pour Alex lui fasse faire encore plus de bêtises.

— Tu as l'air d'oublier une chose, dit-il d'un air amusé.

— Quoi ?

— Tu vis ici, maintenant.

Elle secoua la tête. Comment avait-elle pu oublier qu'elle avait déménagé la veille ?

— Il faut que j'aille finir mes cartons, dit-elle.

En fait, ce dont elle avait besoin, c'était de se recoucher et de passer la journée sous la couette.

— Tu viendras dîner avec nous ? Il y a un restau italien, dans la vieille ville, où ma mère adore aller quand elle vient à Key West. On reparlera de tout ça quand mon père nous aura donné son avis sur la situation.

— Je suis sûre que ta mère a envie de passer du temps avec toi.

Elle aussi avait besoin de rester tranquille.

— Si Debbie Duncan a découvert qui est mon père, les médias vont se déchaîner, dit Alex en buvant une gorgée de café. Il faudra que nous soyons prêts.

— Mais je ne suis pas prête…

— Tu es la mère des petits-enfants du roi de Soura. Tout ce qui nous concerne de près ou de loin les intéresse. Nous devons nous y préparer. Et ma mère risque d'être déçue si tu ne viens pas.

— D'accord, dit-elle, ne voulant pas vexer sa mère. Je n'en ai plus pour longtemps, de toute façon. Je reviens quand j'ai fini.

— Ma mère va être ravie, dit Alex.

Au sourire qu'il lui adressa, elle comprit qu'il risquait de se servir de sa mère comme excuse le plus longtemps possible. Dieu savait combien de fois il avait dû utiliser ce sourire quand il était plus jeune !

— Il faut que je me couche tôt. Je travaille avec Dylan, demain, dit-elle avant de sortir de la maison.

Lorsque Summer revint, elle se félicita qu'Alex soit au téléphone et se précipita dans ses quartiers avant qu'il ne l'en empêche.

Après la nuit qu'ils avaient passée, elle avait besoin d'être seule. Elle ne pouvait s'empêcher de penser à Debbie Duncan et aux révélations qu'elle risquait de faire. Alex et sa mère étaient persuadés que cela les concernait. Elle redoutait aussi que la journaliste et ses sbires aient fouillé dans son propre passé. Et redoutait plus que tout la réaction d'Alex, s'il apprenait ce qu'elle avait fait dans sa jeunesse.

Summer pensait savoir comment vivaient les gens riches. Sa mère adorait les paillettes et le glamour des soap operas. Elle-même était fascinée de voir que certaines personnes vivaient sans porter de vêtements de seconde main, sans manger les restes de lentilles-saucisses de la veille un jour sur deux.

Mais le restaurant et la manière dont on y traitait Melanie n'avaient rien à voir avec ce qu'elle s'était imaginé.

Elle avait enfilé la seule robe de maternité d'été qu'elle possédait. On était à Key West, après tout. Une robe d'été était considérée comme habillée dans la plupart des endroits de la ville. Par chance, la mère d'Alex avait privilégié le confort, même si sa tenue coûtait probablement plus de deux mois de son salaire.

— Christos s'est penché sur le cas Debbie Duncan, dit Melanie une fois que le serveur se fut éloigné. Il m'a parlé du journaliste de Soura qui a posé des questions au personnel du château, au sujet de Nicholas et toi, et que vous avez vu sur la plage.

— Sommes-nous certains que ce n'est pas lui qui a suscité ces questions ? demanda Alex.

— Je pense que tu t'inquiètes trop, dit Melanie. Est-ce que ce serait si grave si on apprenait que tu es le fils de Christos ? Son père et sa femme ne sont plus là. Le royaume a changé. Et le monde a changé. Son pays l'adore et continuera à l'adorer même s'il apprend qu'il a un fils caché.

Le serveur vint déposer des assiettes remplies d'une soupe fumante au parfum délicieux, parsemée de copeaux de parmesan.

Une femme s'approcha de la table et s'adressa à Melanie.

— Excusez-moi de vous déranger, mademoiselle, mais j'adore votre travail, dit-elle.

Ce fut le début d'un défilé qui dura pendant tout le repas. Melanie passa la soirée à signer des autographes et à parler aux autres clients du restaurant.

— Est-ce que vous vous attendiez à cela, quand vous avez décidé de devenir actrice ? demanda Summer quand le dernier fan s'éloigna.

— Je crois que je ne me suis pas posé la question. J'ai fait du théâtre dès mon plus jeune âge et, après mes études, il m'a paru naturel de me rendre en Californie. J'ai travaillé d'arrache-pied et suis devenue actrice, comme je rêvais de l'être, tout en élevant mon fils. Les fans et les paparazzis ne sont que l'une des facettes de mon existence.

Si les paparazzis faisaient partie de la vie que Melanie avaient choisie, Alex les avait subis. Il avait été célèbre malgré lui.

Une fois dans sa chambre, Summer repensa au dîner. Alex était resté silencieux pendant presque tout le repas, comme s'il avait préféré rester dans l'ombre pendant que les projecteurs étaient braqués sur sa mère. S'il ne voulait pas que ses liens avec le roi de Soura soient éventés, c'était parce qu'il n'avait pas envie de l'attention que cette nouvelle projetterait sur lui.

Il avait choisi d'être médecin pour venir au secours des gens. Sans fanfare ni trompettes. Simplement pour la satisfaction de contribuer au bien-être des autres.

Incapable de trouver le sommeil, elle alla chercher un verre de lait dans la cuisine. La télévision était allumée dans le salon. Elle hésita.

— Excusez-moi, je ne voulais pas vous déranger, dit-elle en voyant Melanie assise en T-shirt sur le canapé comme le commun des mortels.

À une époque, Summer s'était sentie chez elle dans cette maison mais, à présent, elle avait le sentiment de ne plus être à sa place, tel un invité qui aurait abusé de l'hospitalité de ses hôtes.

— Je pensais regarder un peu la télévision avant d'aller me coucher, dit Melanie. Je suis en plein décalage horaire. Venez vous asseoir et dites-moi ce qui vous tracasse.

— Qu'est-ce qui vous fait penser que quelque chose me tracasse ? demanda Summer en ouvrant la porte du réfrigérateur.

Elle remplit un verre de lait et la rejoignit sur le canapé.

— J'ai l'habitude d'étudier le visage des gens. Le vôtre me dit que vous êtes inquiète. C'est à cause de cette Debbie Duncan ?

Discuter avec Melanie pouvait être une occasion de mieux connaître Alex. Il fallait simplement la voir non plus comme une star mais comme une mère.

— Entre autres. Je ne comprends pas en quoi nous l'intéressons tant.

— Elle est journaliste et a flairé une histoire, même si elle ne sait pas encore de quoi il s'agit précisément.

— Alex m'a appris il y a peu qui était son père. Je sais que vous n'avez pas eu le choix, mais cela a dû être dur pour vous de l'élever seule.

— Je ne me suis jamais sentie seule, répondit Melanie. Christos appelait tous les jours pour savoir comment nous allions. Je savais qu'il serait là si j'avais besoin de lui. Vous avez peur qu'Alex ne soit pas là pour vous ? Laissez-moi vous dire qu'il sera là. Mon fils est un homme très responsable.

— Je sais qu'il est responsable, dit-elle avant de boire une gorgée de lait.

Le problème était qu'elle ne voulait pas être une responsabilité supplémentaire pour lui.

— Cela n'a-t-il pas été difficile de laisser Christos s'impliquer dans la vie d'Alex alors qu'il ne pouvait pas être là au quotidien ?

— Non, j'ai toujours considéré que Christos avait souffert de la situation autant qu'Alex. S'il avait pu, il aurait agi autrement. Mais son père était très vieux jeu. Jamais il n'aurait accepté cet enfant illégitime. D'une certaine manière, Christos a protégé Alex en lui évitant d'être rejeté et mal-aimé.

— Mais Alex a dû en souffrir quand il était petit.

Melanie replia les jambes sous elle et se tourna vers Summer qui eut le sentiment d'être allée trop loin. Pourtant, elle se gardait bien de juger Melanie. Au contraire, elle était même étonnée de voir à quel point Alex était équilibré alors qu'il avait passé son enfance sous le feu des projecteurs et dans la peau d'un enfant sans père.

— Certainement, même si j'ai tout fait pour qu'il ait une vie aussi normale que possible, dit Melanie, un sourire triste sur les lèvres.

— Je n'insinuais pas que vous vous y étiez mal prise, dit Summer.

— Je sais, Summer.

Melanie prit sa main dans la sienne.

— Alex adore son père, qui le lui rend bien. La situation aurait été encore plus dure si Christos n'avait pas été présent du tout.

— Mais Alex semble vraiment déterminé à garder secrète sa relation avec lui.

Ce n'était pas la première fois qu'elle se demandait si Alex faisait bien de rester dans l'ombre. S'il avouait une fois pour toutes qui il était, il pourrait enfin vivre ouvertement sa relation avec son père, comme n'importe quel fils ou fille.

— On dirait presque qu'il a honte d'être qui il est, ce qui paraît absurde.

— N'oubliez pas qu'il a grandi à Hollywood. Il ne marchait pas encore qu'il était déjà l'objet de toutes les curiosités. Tout le monde se demandait qui était son père. Adolescent, il ne pouvait pas sortir de la maison sans garde du corps. Le milieu dans lequel je travaille n'est pas l'idéal pour un enfant. Alex a passé son enfance à essayer de se fondre parmi les autres. Ce qui n'était pas simple quand sa photo faisait la une des tabloïdes. Les autres étaient rarement tendres avec lui, plus souvent jaloux ou intéressés.

Summer avait suffisamment été stigmatisée à l'école pour comprendre le besoin d'Alex de se fondre dans le paysage.

Elle se leva et réprima un bâillement. Le lait avait fait son effet. La journée du lendemain s'annonçait difficile. Elle avait l'impression que plus sa grossesse avançait, plus ses journées de travail étaient longues.

— Merci de m'avoir parlé. Je ne voulais pas être indiscrète.

— Vous allez avoir des enfants ensemble. C'est normal que vous ayez envie d'en savoir plus sur sa vie. Et, je ne sais pas ce qui s'est passé entre vous mais sachez qu'Alex vous a dit des choses qu'il n'a jamais dites à personne. C'est le signe qu'il a confiance en vous. Pourtant, la confiance n'est pas son fort. Il a été trahi par des gens qui prétendaient être ses amis mais qui ne le fréquentaient que par intérêt.

— Ce n'est pas mon cas. Je ne l'ai jamais fréquenté par intérêt.

— Je sais. Alex le sait aussi. Il a confiance en vous. C'est maintenant à vous de décider si vous êtes prête à lui faire confiance.

Melanie se leva et vint déposer un baiser maternel sur sa joue. Summer la regarda quitter la pièce, porta la main à sa joue et sentit les larmes lui monter aux yeux. Cette femme qui la connaissait à peine lui avait témoigné plus d'affection en un quart d'heure que sa propre mère dans toute sa vie. Mais était-elle sincère ? Ou était-elle, comme Alex, prête à tout pour faire partie de la vie de ses jumeaux ?

Était-ce ce qu'Alex avait vécu enfant ? Avait-il passé sa vie à se demander qui l'aimait vraiment et qui ne cherchait qu'à l'utiliser ? Elle éprouva soudain de la compassion pour le petit garçon qui voulait être aimé tout en se demandant si c'était bien lui qu'on aimait.

9.

Alex lut le mail une troisième fois. Quand son directeur lui avait dit que le comté avait de nouveau signé le contrat avec Heli-Care, il avait oublié de mentionner un détail : une diminution du prix de leurs prestations. Diminution qui entraînait des répercussions sur leur trésorerie. Et c'était à lui que revenait la tâche de trouver où faire ces coupes budgétaires.

Les Keys n'étaient pas suffisamment peuplées pour héberger un grand hôpital. Le transport des patients par hélicoptère était donc une nécessité. Depuis son arrivée à Key West, cinq ans auparavant, ils avaient mis en fonction un deuxième hélicoptère, posté à Marathon, et le service tournait à plein régime toute l'année, entre les transferts de l'hôpital local à Miami et le transport de personnes blessées à la plage ou dans des accidents de voiture. Leur demander de faire des économies pour réduire les coûts était une aberration.

Il se leva et s'étira. Il était fatigué et de mauvaise humeur après une nuit sans sommeil et une matinée aux urgences. Malheureusement, il risquait de ne pas mieux dormir la nuit suivante car la femme avec qui il voulait partager sa vie serait de garde à la base.

Après ce qui s'était passé entre eux, il avait espéré qu'elle viendrait dormir avec lui tous les soirs mais elle préférait rester dans l'autre aile de la maison, et il ne voyait pas pourquoi. Leur désir était mutuel, et aussi intense qu'avant qu'il ne parte pour Soura. Cela ne prouvait-il pas la force du lien qui les unissait ? Il fallait qu'il trouve un moyen de la ramener dans son lit, et de faire en sorte qu'elle y reste.

Le son de l'hélicoptère qui était en train d'atterrir emplit le bâtiment. Il se détendit, comme chaque fois que ses équipes rentraient à la base. Le fait que Summer soit encore de garde à cette étape avancée de la grossesse était particulièrement stressant.

Il retrouva ses équipiers dans la cuisine. À en juger par leurs visages, la mission n'avait pas été simple. Par chance, la fin du service s'annonçait plus calme.

Il s'assit en face de Summer et, après avoir mis ses jambes sur ses genoux, il délaça l'une de ses chaussures. Comme elle ne protestait pas, il fit de même avec la seconde. Le gémissement qu'elle poussa quand il se mit à lui masser les pieds fit monter en lui un désir soudain, que la vue de ses chevilles enflées refroidit aussitôt.

— Il faut que tu arrêtes les heures supplémentaires, Summer, dit-il sans cesser de la masser.

Pour toute réponse, elle ferma les yeux et se cala sur sa chaise.

— C'est le directeur ou le père de mes enfants qui s'exprime ? finit-elle par demander en se caressant le ventre comme pour masser à son tour les bébés.

— Et si c'était l'ami ?

— Il faut que je travaille, Alex. Que je mette de l'argent de côté pour pouvoir prendre un congé à leur naissance.

Il ne comprenait pas pourquoi elle était aussi entêtée.

— Tu sais que tu n'es pas obligée. Je peux m'occuper de vous.

— C'est mal me connaître. Je ne veux pas qu'on s'occupe de moi. Je suis partie de chez moi à dix-huit ans pour gagner ma vie et être indépendante. Ce n'est pas pour faire chemin arrière une décennie plus tard.

— Si nous étions mariés…

Summer se raidit et replia les jambes.

— Attends, Summer, écoute-moi. Je veux juste que tu imagines ce qui se serait passé si je t'avais parlé de ma famille avant, si je n'étais pas parti à Soura ? Si la situation entre nous n'avait pas été interrompue par ce départ précipité ? Notre relation était merveilleuse, tu ne peux pas le nier. Et si nous avions appris que tu étais enceinte à ce moment-là, aurais-tu accepté de te marier avec moi ?

— Mais le fait est que tu es parti. Tu m'as laissée en plan. On ne peut pas remonter le temps. La situation a changé et nous avec.

Il n'y avait aucune colère dans ses paroles. C'était justement ce qui lui faisait peur. Cela signifiait qu'elle avait tiré un trait sur leur relation.

— Je suis sûr que tu ne pensais pas la même chose quand tu étais dans mes bras. S'il n'y avait vraiment rien entre nous, pourrions-nous encore faire l'amour de cette manière ? Tu peux continuer à prétendre le contraire mais je suis sûr que le désir est toujours intact entre nous.

Elle se trompait si elle pensait le voir capituler.

— Justement, c'est du désir. C'est purement sexuel, dit-elle en se levant. Comme ça l'était avant que tu partes. Tu n'as pas été honnête avec moi, Alex. Si j'avais compté pour toi, est-ce que tu serais parti sans un mot d'explication ? Qu'est-ce qui t'a empêché d'avoir confiance en moi et de me parler ?

— Je sais que tu m'en veux d'être parti. Cependant le problème est plus large, je crois.

Il marqua une pause, hésitant à aller plus loin. Mais il ne pouvait pas laisser le problème en suspens. Il fallait l'aborder s'ils voulaient avancer. Il décida de se jeter à l'eau.

— Quelqu'un d'autre est parti dans ta vie, et tu ne t'en es jamais remise. Quelqu'un d'important. Qui ? Qui t'a abandonnée et n'est jamais revenu ?

Il se leva à son tour et la rejoignit. Puis il écarta ses cheveux qui cachaient son visage.

Un grand bruit dans le couloir les fit sursauter. Il avait presque oublié où ils se trouvaient. Ils sortirent de la salle de repos.

— Que se passe-t-il ? demanda Roy dans le couloir.

— On dirait que ça vient de la salle de Max, dit Summer.

Alex frappa doucement à la porte.

— Max ? Ça va ?

Max poussa un grognement, et Alex tourna la poignée.

Mais la porte était bloquée. Il comprit que Max était tombé et empêchait la porte de s'ouvrir en grand. Par l'entrebâillement, il vit que la table de chevet et la lampe étaient renversées, comme si Max avait essayé de s'y raccrocher en tombant. Sa peau paraissait moite, et il se tenait le bras gauche en grimaçant de douleur. Alex se faufila et s'agenouilla auprès de son collègue.

Son pouls était rapide mais fort. Il respirait vite et avec difficulté. Il fallait faire un ECG le plus vite possible.

— Quand as-tu commencé à avoir mal ? demanda Summer.

— Je ne sais pas, j'ai d'abord cru que j'avais une indigestion, répondit Max.

— Tu sais bien que ce n'est pas ça, dit Summer en l'examinant aussi. On va à l'hôpital d'ici ou directement à Miami ?

Elle ne demanda même pas qui remplacerait Max à ses côtés. Il allait de soi qu'Alex viendrait avec elle dans l'hélicoptère.

Roy revint avec un électrocardiographe qui devait confirmer ce qu'ils savaient déjà, à savoir un infarctus du myocarde.

Ils procédèrent à l'examen et lui posèrent les questions d'usage.

— Il faut appeler Stacey, dit Max. Elle va s'inquiéter si je rentre tard.

Alex regarda le moniteur cardiaque. Max ne rentrerait pas à la maison ce jour-là, tout le monde en était conscient.

— Tu es en train de faire un STEMI. On ne va pas perdre de temps à t'emmener aux urgences d'ici. On va aller directement à Miami. Roy, appelle-les.

— Je vais chercher la civière, dit Summer en suivant Roy vers l'hélicoptère.

Quand elle revient et qu'ils allongèrent Max sur la civière, Summer eut du mal à la soulever. Qu'elle le veuille ou non, elle allait bientôt devoir s'arrêter de voler.

Une fois en vol, en revanche, elle se débrouilla comme si elle avait toujours travaillé en solo, pendant qu'Alex s'entretenait avec l'hôpital de Miami.

— Atterrissage prévu dans trois minutes, annonça Roy dans leurs casques.

— On est presque arrivés, dit Summer en prenant la main de Max dans la sienne.

Quand l'hélicoptère se posa, l'équipe au sol les attendait et, en quelques secondes, Max fut conduit au laboratoire de cathétérisme.

— Qu'est-ce qu'on fait ? demanda Roy.

— Je peux rentrer avec Roy et trouver quelqu'un pour remplacer Max dans l'équipe, proposa Summer, pourtant réticente à laisser son coéquipier.

— Roy, dit Alex, appelle le coordinateur. Pour ma part, je vais demander à l'équipe de Marathon de couvrir tout le territoire, le temps qu'on ait trouvé quelqu'un. Summer, peux-tu appeler Jo afin qu'elle contacte Stacey pour lui expliquer ce qui se passe ?

Sur ce, Alex et Summer se dirigèrent vers les urgences tandis que Roy décollait pour rentrer à la base.

— Tu as trouvé quelqu'un ? s'enquit Summer en s'asseyant sur le canapé de la salle d'attente, devant le laboratoire.

— Dylan et Casey vont vous remplacer, Max et toi.

— Jo va appeler Stacey, dit-elle avant de bâiller.

Elle était épuisée depuis que Max et elle étaient rentrés de leur première mission. Elle avait mal au dos et aux jambes et, pour être honnête, elle n'aurait pas pu enchaîner une autre intervention.

Alex avait raison. Il fallait qu'elle lève le pied. Elle avait gardé toutes ses vacances et avait mis un peu d'argent de côté. Si elle cessait de voler pour travailler aux urgences, elle aurait de quoi prendre un congé de maternité. Car, Alex avait beau insister, elle ne risquait pas de dépendre financièrement de lui. Elle saurait se débrouiller sans lui.

Elle ferma les yeux et se mit à rêver à un endroit où il n'y aurait ni travail ni factures. Elle sentit qu'on lui soulevait les jambes et qu'on retirait ses chaussures. Puis qu'on déposait une couverture sur elle.

Alex n'était pas un mauvais bougre. Il voulait prendre soin d'elle, tel le prince charmant avec Cendrillon. Elle avait passé sa vie à s'occuper des autres. Personne n'avait pris soin d'elle. Quel effet cela faisait-il quand quelqu'un venait à votre secours ? Elle n'en saurait jamais rien. Elle n'avait pas l'étoffe d'une princesse.

Elle entendit son prénom. Puis celui d'Alex. Quelqu'un, une femme, parlait d'eux. La mère d'Alex, peut-être ? Non, elle ne connaissait pas Max. Ce devait être Joe et Stacey qui étaient arrivées à l'hôpital. Si c'était le cas, elle avait dormi plus longtemps qu'elle n'aurait dû. Il fallait qu'elle se lève et aille voir Max. Il fallait qu'elle soulève ses paupières.

« Le prince Nicholas, prince héritier de la couronne de Soura, a refusé de faire un commentaire », poursuivit la voix féminine.

Summer ouvrit les yeux et chercha la télécommande.

— J'ai parlé avec le cardiologue, dit Alex. Max est en salle de réveil. J'ai préféré te laisser dormir.

Elle hocha la tête et augmenta le volume de la télévision.

— Ils parlent de nous, dit-elle en désignant l'écran d'un signe de tête.

Elle écouta l'émission jusqu'à découvrir la photo du prince Nicholas puis une photo d'Alex et elle qu'elle n'avait jamais vue auparavant.

— On nous a suivis le soir où nous sommes allés dîner avec ma mère, dit Alex en scrutant l'écran.

Ils écoutèrent la présentatrice raconter comment le jeune Scottie avait été sauvé de la noyade, puis répéter le scoop annoncé par Debbie Duncan sur sa grossesse et la paternité d'Alex.

« D'après nos renseignements, il semblerait qu'il existe un lien entre la famille royale du petit royaume de Soura et ce médecin. La population du royaume est maintenant en effervescence. Interrogé par l'un de nos confrères, le prince Nicholas s'est refusé à tout commentaire, ce qui est assez inhabituel de la part de cette personnalité d'ordinaire plutôt loquace. »

La journaliste passa ensuite à un sujet probablement plus intéressant pour les médias que l'histoire d'un médecin et d'une infirmière enceinte.

— Il faut que je passe un coup de fil, dit Alex en sortant son téléphone.

S'attendant à ce qu'il contacte l'un de ses parents, Summer fut surprise de l'entendre s'adresser à un avocat. Qui pouvait appeler un avocat à cette heure indue ? Certainement quelqu'un dont la mère était star hollywoodienne et le père, roi d'un pays. Ils n'étaient décidément pas du même monde.

Ce qui serait encore plus flagrant si le passé de Summer était soudain révélé. Et si un journaliste contactait sa mère ? Elle n'avait pratiquement pas de contact avec elle depuis qu'elle avait quitté la maison. Sa mère n'avait jamais compris pourquoi elle était partie mais elle avait été claire sur le fait qu'elle devait l'aider à payer les factures. De fait, Summer lui envoyait un chèque tous les mois. C'était tout ce qu'elle pouvait faire pour la femme qui l'avait élevée.

Alex la rejoignit devant la fenêtre. Le soleil poignait à l'horizon.

— Jo et Stacey devraient arriver d'ici une heure. Elles resteront ici jusqu'à la sortie de Max. Dès qu'elles seront là, une voiture nous emmènera à l'aéroport où nous attend le jet de ma mère.

Elle n'en revenait pas qu'Alex ait un jet privé à sa disposition.

— Quel traitement princier ! dit Summer en plaisantant, même si la situation ne prêtait pas spécialement à rire. Comment sommes-nous passés du statut de héros locaux à celui de célébrités internationales ?

— C'est ma faute, dit Alex en se passant la main dans les cheveux. J'aurais dû ne pas céder à la pression du département marketing et refuser de donner l'interview avec Debbie Duncan.

— Tu n'y es pour rien. On aurait peut-être mieux fait d'éviter cette interview mais Debbie Duncan avait l'air déterminée à fouiner dans notre vie privée, avec ou sans interview. Tu as vu son regard, son sourire carnassier…

Alex secoua la tête de dépit. Il était certainement aussi surpris qu'elle que la présentatrice d'une émission de télévision locale mette au jour une histoire que ses parents avaient réussi à cacher pendant plus de trente ans.

Une demi-heure plus tard, Jo et Stacey étant arrivées, Summer et Alex furent conduits à un aérodrome privé. Alex passa quelques appels dans une langue qu'elle ne comprenait pas mais, à en juger par l'expression de son visage quand il raccrocha, les nouvelles n'étaient pas bonnes.

— Le journaliste qui m'a suivi ici a écrit quelques articles sur l'amitié qui liait ma mère et mon père à l'université et sur les moments que j'ai passés au palais depuis ma naissance. Mon père et mon frère ont refusé de faire quelque commentaire que ce soit mais ils ont eu une réunion avec le Premier ministre.

— Ce qui signifie ?

— Ce qui signifie que mon père doit être en train d'étudier toutes les possibilités. Soit il laisse l'affaire éclater au grand jour dans les médias, soit il fait lui-même une annonce publique au sujet de ma naissance. Dans tous les cas, nous allons nous retrouver engloutis. Les journalistes et les paparazzis seront partout.

Un homme leur apporta des plateaux contenant un petit déjeuner complet : œufs au bacon, pommes de terre et fruits.

— C'est ça, la vie que tu menais avant de venir vivre à Key West ? demanda-t-elle.

— Quand je voyageais avec ma mère, oui. Mais, la plupart du temps, je restais à la maison.

— Avec une gouvernante et un cuisinier, j'imagine.

Pour toute réponse, Alex haussa une épaule. Comment pouvait-elle demander à quelqu'un qui avait grandi dans le luxe d'imaginer ce qu'elle avait vécu ? Il ne comprendrait pas ce que la pauvreté l'avait poussée à faire quand elle était jeune.

— La situation n'est pas forcément si grave. Ton père a

raison. Le moment est peut-être venu de dévoiler les choses. Sans doute ne faut-il plus se battre contre l'inévitable.

— Je suis prêt à me battre jusqu'à mon dernier souffle pour protéger ma vie privée, c'est-à-dire nos enfants et toi.

Il y avait une telle rage dans son regard qu'elle ne douta pas un instant de sa sincérité. Elle espérait simplement qu'il n'avait pas de regrets.

10.

Summer rangea le dernier vêtement dans le dressing, tout en écoutant Jo lui donner des nouvelles de Max. Ce dernier était redevenu bougon, ce qui leur paraissait bon signe.

Elle avait fait une longue sieste et, à son réveil, Alex était toujours pendu au téléphone. Sa mère lui avait parlé de sa publiciste personnelle, une femme fiable qui saurait gérer toute conséquence au cas où les médias se déchaîneraient contre Alex et elle.

— Il faut que je raconte tout à Alex, dit-elle, interrompant Jo qui était en train de critiquer les soins que leur coéquipier avait reçus à l'hôpital de Miami.

— Et quel est le problème ?

— Tu le sais aussi bien que moi.

Il était vraiment difficile de cacher à son amie ce qu'elle avait appris sur Alex. Comment avait-il pu garder un secret aussi longtemps ? Elle était mal placée pour le juger, cela dit. Elle avait ses propres secrets qu'elle ne tenait pas à divulguer. Elle redoutait de percevoir sa déception dans son regard. Sans compter que, si son passé était mis au jour, elle ne pourrait plus jamais regarder Melanie dans les yeux.

— Tu étais jeune, Summer, dit Jo. Ce n'est pas aussi dramatique que tu le penses.

Ce serait pourtant dramatique de voir, étalé dans les médias, que la mère des jumeaux du prince Alexandro Leonelli avait été arrêtée pour vol à l'étalage dans sa jeunesse.

— Affronte le problème une fois pour toutes. Dois-je comprendre que tu as accepté de t'installer avec lui pour de bon ? Franchement, je pense que ce serait bien pour vous deux. Tu aurais moins de pression financière. Tu ne peux pas continuer à travailler à ce rythme éternellement. Je parie que tu ne vois déjà plus tes pieds.

Summer regarda son ventre qui semblait avoir doublé de volume en quelques jours.

— Je vois encore mes orteils, dit-elle en les agitant. Et, oui, je m'installe ici pour de bon. Mais je reste dans mes quartiers, ajouta-t-elle avant que son amie se fasse des idées.

— Pour l'instant, dit Jo avant d'éclater de rire. Je suis prête à parier que tu ne mettras pas longtemps avant de migrer dans l'autre aile de la maison.

Summer leva les yeux au ciel. Elle n'avait pas envie de penser aux efforts qu'elle faisait, la nuit, pour résister à la tentation de rejoindre Alex dans son lit. La situation était déjà suffisamment compliquée. Alex avait interprété leur nuit torride comme le signe qu'ils avaient des sentiments l'un pour l'autre, ce qu'elle continuerait à nier, quoi qu'en dise son cœur. Elle ne tenait pas non plus à tomber sur Melanie au beau milieu de la nuit en entrant ou sortant de la chambre de son fils.

— Alex ne va pas te juger sur une bêtise que tu as faite quand tu étais gamine. Lui aussi doit avoir des secrets. On a tous fait des choses dont on n'est pas fier.

Summer repensa à sa conversation avec Melanie. La mère d'Alex avait peut-être raison. Le fait qu'Alex ait partagé son secret avec elle n'avait pas dû être une décision facile à prendre pour lui. C'était le signe qu'il avait confiance en elle. Et il fallait qu'elle ait confiance en lui.

Il apparut justement à la porte de sa chambre.

— Voulez-vous manger un morceau ? Ma mère a laissé des sandwichs pour nous avant de partir, dit-il.

— Je vais y aller, dit Jo qui semblait se réjouir de les laisser seuls.

— Melanie est rentrée en Californie ? demanda Summer, une fois Jo partie, sans savoir si elle devait être soulagée ou inquiète du fait qu'il n'y aurait plus personne pour faire tampon entre Alex et elle.

— Tu dormais, elle n'a pas voulu te déranger. Nous nous sommes dit que sa présence à Key West risquait d'attiser la curiosité. Mais elle reviendra. Elle est ravie d'être bientôt grand-mère. Elle s'occupera des paparazzis quand les bébés seront nés.

Summer ne doutait pas de la capacité de Melanie à gérer les journalistes en leur donnant certaines informations quand elle le jugeait nécessaire et en les tenant à l'écart quand elle avait besoin de se protéger.

— Mon père est content, lui aussi. Mais il ne viendra probablement pas aux États-Unis avant longtemps. J'ai passé ma journée au téléphone. On peut aller manger au bord de la piscine. Sandwich ?

Elle hocha la tête et le suivit jusque sur la terrasse.

— Tu as eu la publiciste ? demanda-t-elle, une fois dehors.

— Oui. Ma mère m'a assuré qu'on lui avait confié des secrets bien plus lourds que les nôtres, répondit Alex.

C'était le moment ou jamais de lui avouer ce qui lui pesait sur le cœur. Mieux valait qu'il l'apprenne de sa bouche que sur les réseaux sociaux.

— Je me suis fait arrêter pour vol à l'étalage, quand j'avais dix-sept ans, s'entendit-elle dire.

Elle attendit la réaction d'Alex, le cœur battant. Le choc, la déception. Mais rien de cela ne se manifesta sur son visage. Il posa son sandwich et la regarda dans les yeux. Il n'y avait ni dégoût ni déception dans son regard. Était-ce de la compassion ?

Elle ne voulait pas de sa compassion. Elle en avait suffisamment reçu, petite. La compassion des enseignants quand elle n'avait pas tout le matériel requis en début d'année. La compassion des employés de la cantine qui ajoutaient toujours de la nourriture sur son plateau sans la lui faire payer. La compassion des rares amis qui n'avaient pas honte d'être vus en compagnie d'une fille qui s'habillait à la friperie.

— C'était il y a longtemps mais je voulais que tu le saches. Et je pense qu'il faudra aussi le dire à la publiciste.

Elle se leva et quitta la table en se demandant si Melanie allait conseiller à son fils de compter les couverts en argent.

Alex attendit un moment avant de rejoindre Summer. Ce chaos médiatique l'avait fait replonger dans son passé, qui était manifestement douloureux. Ils n'avaient jamais fini la conversation interrompue par l'infarctus de Max.

— Je suis désolée, dit-elle quand il entra dans sa chambre.

Elle était assise sur le tapis, au milieu de piles de vêtements pour bébés. Elle avait l'air à la fois soucieuse et perdue.

— Tu n'as pas à t'excuser, dit-il en s'asseyant à côté d'elle.

Il prit deux minuscules pyjamas et les étala sur le tapis. Il avait du mal à imaginer que, dans quelques semaines, une petite fille et un petit garçon porteraient ces vêtements minuscules.

— Comment en suis-je arrivée là ? demanda-t-elle, plus à elle-même qu'à lui.

Il ne répondit pas. Summer avait dû emprunter un chemin fort différent du sien pour arriver jusqu'à Key West.

— J'ai eu des bourses et j'ai fait des emprunts pour payer mes études d'infirmière. Je finirai de rembourser quand ces bébés seront eux-mêmes à l'université, dit-elle en caressant son ventre.

Elle n'avait jamais mentionné ses emprunts étudiants. Probablement parce qu'elle savait qu'il proposerait de les rembourser à sa place.

— Et tout ça, dit-elle dans un grand geste de la main. Jamais je n'aurais imaginé que je pourrais dormir dans une chambre comme ça un jour.

— Qu'est-ce que tu imaginais ? demanda-t-il, pressentant que sa réponse lui apprendrait beaucoup sur elle et sur ce qui l'avait meurtrie dans sa jeunesse.

— La liberté, l'espace. Une vie loin de l'endroit où j'ai grandi. L'indépendance.

Elle s'allongea sur le tapis et sourit en regardant le plafond.

— Comment appelle-t-on ce bois sculpté au plafond ?

Il s'allongea à côté d'elle et scruta à son tour les panneaux de bois.

— C'est un plafond à caissons, répondit-il. Ce sont des motifs architecturaux. Mais on peut les enlever s'ils ne te plaisent pas.

Elle éclata d'un rire sans joie.

— Tu vois ? Si quelque chose ne te plaît pas, tu le changes. Moi, j'ai passé mon enfance à regarder la même tache d'humidité au-dessus de mon lit. J'avais une chambre plus petite que le dressing. Deux fois plus petite. Nos vies sont vraiment trop différentes.

— Je n'ai pas l'impression que ça ait été un problème avant que je parte à Soura, dit-il. En quoi sommes-nous plus différents maintenant ?

Elle tourna la tête vers lui. Ses lèvres étaient tout proches des siennes. Ses cheveux sentaient le soleil et le chèvrefeuille. S'étaient-ils rapprochés l'un de l'autre ?

— Nous ne le sommes pas plus. C'est moi qui pensais avoir laissé mon passé derrière moi. Mais le passé est toujours là. Le mien, le tien, celui de nos parents…

— Raconte-moi, dit-il en lui caressant doucement la joue. Dis-moi la partie de ton passé qui te pèse encore aujourd'hui. Je t'ai raconté mon histoire. Raconte-moi la tienne.

Elle prit une profonde inspiration.

— Je n'ai certainement pas de rois dans mes ancêtres. Mes parents ont grandi dans une petite ville du Texas où tout le monde travaillait à l'usine de papier. C'est là que j'ai grandi, moi aussi, dans cette odeur affreuse.

Elle tourna de nouveau la tête vers le plafond.

— Ce n'était peut-être pas aussi terrible mais je n'ai pas de bons souvenirs de cet endroit. Aucun endroit n'est vraiment beau quand on est pauvre. On habitait dans une vieille caravane.

— Je suis désolé que tu aies eu une enfance aussi dure, dit Alex.

— Elle n'a pas toujours été aussi dure. Toute petite, je

crois que j'étais heureuse. On avait de quoi manger, de quoi se vêtir. Je n'avais pas l'impression d'être différente des autres.

— Qu'est-ce qui a changé ?

— Mon père est parti quand j'avais cinq ou six ans, je ne me rappelle plus très bien. Il a épousé ma mère quand elle est tombée enceinte mais leur couple n'a pas fait long feu. Rien de très original, cela dit. Beaucoup de couples passent par là.

Il comprenait à présent pourquoi elle s'était mise dans un tel état quand il lui avait proposé de se marier. C'était en tout cas une éventualité, car il devait y avoir quelque chose de plus profond que la séparation de ses parents.

— Ta mère et toi vous êtes retrouvées dans une situation compliquée, tenta-t-il.

— C'est le moins que l'on puisse dire. Ma mère était employée à l'épicerie et, dès que j'ai pu travailler, je lui ai donné l'argent que je gagnais. J'ai gardé des enfants, fait des ménages. J'ai même bossé dans une station de lavage de voitures où j'étais payée à la journée. Mais cela ne suffisait pas. Alors, comme les fins de mois étaient trop dures, j'ai appris à voler à manger sans me faire prendre.

— Tu crois vraiment que j'allais m'offusquer parce que tu volais quand tu avais faim ?

Il sentait la tension du corps de Summer à côté du sien et eut envie de la prendre dans ses bras, de sentir son corps se détendre.

— Non, je ne pense pas qu'on puisse en vouloir à un enfant de voler de la nourriture quand il a faim. Je suis persuadée que les gens du marché me voyaient faire et ne disaient rien.

— Mais c'est toi qui as du mal à te pardonner…

— Pour ça, non. Le problème, c'est que je ne m'en suis pas tenue à de la nourriture. Et c'est ce qui m'inquiète quand je pense aux journalistes à l'affût. J'ai volé une robe qui valait quatre cents dollars pour le bal de fin d'année. Tu imagines, si on apprend dans les médias que la mère des petits enfants du roi Christos de Soura a fait de la prison pour avoir volé une robe ?

— J'espère au moins qu'elle était belle, dit-il.

— Comment ?

Elle se tourna vers lui.

— Qu'est-ce que ça change ?

Il sourit.

— Si la publiciste doit gérer aussi ce problème, autant qu'elle voie que tu as bon goût.

— Tu te moques de moi ? demanda-t-elle entre rire et larmes.

— Oui, je plaisante. Tu crois vraiment que mon père, après ce que mon frère lui a fait endurer, va être choqué en apprenant qu'une adolescente a volé une belle robe pour le bal de fin d'année ?

— Mais les médias…

Il se rapprocha d'elle et posa la main sur son ventre.

— Les médias, je m'en occupe. Tu as suffisamment à faire avec ces deux petits.

Elle se blottit contre son épaule. Le lendemain, les paparazzis risquaient de les traquer. Pour l'heure, ils étaient seuls, l'un avec l'autre.

— Tu t'en fiches vraiment ? demanda-t-elle dans un murmure.

— Crois-tu vraiment que cette bêtise du passé définit la personne que tu es aujourd'hui ? Tu es une excellente infirmière, une super amie, et bientôt une super maman. Voilà ce que tu es, ce que tu es devenue. Ce n'est peut-être pas la personne que tu avais imaginée devenir mais tu peux être fière d'elle.

Il déposa de petits baisers sur son front, sa joue, son cou et sentit son corps s'arquer contre le sien. Sa main glissa le long de sa jambe nue et remonta jusqu'à son short.

— Ne t'arrête pas, murmura-t-elle en déboutonnant sa chemise.

— Jamais, répondit-il sans cesser de l'embrasser et de la caresser.

Ses doigts se frayèrent un chemin entre ses cuisses. Elle se mit à bouger contre sa main. Elle était mouillée de désir pour lui. Il avait envie de lui donner du plaisir, de la goûter et de l'exciter jusqu'à ce qu'elle ne puisse plus envisager de vivre sans qu'il la caresse. Cette pensée provoqua en lui une montée d'adrénaline, et son cœur se mit à battre dangereusement. Il ignorait s'il pourrait se retenir longtemps mais il voulait prendre son temps. Pour elle.

Leurs vêtements volèrent dans la pièce. Il se mit à embrasser chaque centimètre de son corps nu. Sa peau avait le même parfum de chèvrefeuille que ses cheveux. Sa bouche se posa sur le bout de son sein tandis que sa main continuait à explorer et à caresser les replis de son intimité. Quand ses halètements se transformèrent en un cri de plaisir, il l'embrassa avec fougue.

Son corps se consumait du désir de la pénétrer. Un besoin primaire, qui le rendait animal et vulnérable à la fois, comme si sa vie dépendait de ce moment unique.

Il sentit la main de Summer s'emparer de son sexe dur et le guider en elle. Elle jouit une deuxième fois, et il se laissa emporter à son tour.

Il se sentit soudain faible et roula sur le côté, sans lâcher Summer qui se blottit contre lui.

Son monde s'était transformé à jamais. Jamais il ne pourrait quitter cette femme, pour qui il était prêt à se battre s'il le fallait. Et il allait le lui prouver, à chaque instant du reste de sa vie.

11.

— Tu sais bien que je n'aime pas ça, dit Summer.

Raconter son métier devant les classes de l'école élémentaire n'était pas son passe-temps favori, quoi qu'en dise son supérieur hiérarchique qui essayait de l'en convaincre.

Une centaine d'enfants allant et venant entre un hélicoptère, une ambulance et une voiture de police avait à ses yeux un avant-goût de désastre.

Elle s'apprêtait à sortir la carte de la grossesse mais Alex rebondit sur l'idée qu'elle reste au sol. Le matin même, il avait vérifié avec Sam, le nouveau pilote, qu'elle ne dépasse pas le poids limite autorisé pour monter à bord de l'hélicoptère.

Il plaisantait, bien sûr. Et elle n'avait pas à se plaindre. Alex voulait simplement la protéger.

Depuis une semaine, ils dormaient ensemble tous les soirs. Ses hormones ne l'avaient jamais rendue aussi heureuse. Elle jouait un jeu dangereux sur le plan émotionnel mais elle était prête à prendre ce risque.

Elle savait que ses journées de vol étaient comptées mais Alex avait fini par accepter qu'elle continue, tant que son médecin n'y voyait pas de contre-indication. Et elle avait accepté de rester chez lui jusqu'à la fin de sa grossesse et pendant quelques semaines après l'accouchement. Elle ne lui avait pas dit que l'emballement de ses hormones avait beaucoup pesé dans sa décision.

— Je ne peux pas vous accompagner, dit Alex, je suis de garde à l'hôpital cet après-midi.

— Avec un peu de chance, il y aura un carambolage sur

l'autoroute, dit Jo avec un sourire en coin qui lui fit se demander si elle plaisantait vraiment.

— C'est censé ne durer qu'une heure, dit Alex avant que son téléphone sonne.

Il regarda l'écran et fronça les sourcils. Ce devait être son père ou la publiciste, qui n'avaient probablement pas de bonnes nouvelles à lui annoncer.

Summer et Jo sortirent du bureau.

— Que se passe-t-il ? demanda Jo. Alex passe son temps au téléphone. Il me semble que cela a un rapport avec les rumeurs qu'on trouve sur Internet, selon lesquelles il aurait des liens avec un prince, je ne sais où en Europe. C'est là-bas qu'il est allé ?

Summer aurait voulu pouvoir tout lui raconter.

Elle en avait même parlé avec Alex. Ils pouvaient avoir confiance en leur équipe. Quand des journalistes les avaient contactés, ils s'étaient tous gardés de faire quelque commentaire que ce soit.

Cependant, même si elle avait beau être convaincue qu'Alex serait soulagé le jour où il n'aurait plus à porter le secret de ses origines, ce n'était pas à elle de le divulguer. Elle ne voulait pas trahir la confiance qu'il avait en elle.

— Je pense que les médias vont bientôt tourner leur attention vers autre chose, dit Summer sans croire un mot de ce qu'elle disait.

Car plus Debbie Duncan en apprenait sur eux, plus elle cherchait à en savoir. Les journalistes locaux sentaient l'odeur du sang et continueraient à les traquer jusqu'à la dernière goutte.

Les enfants de l'école, en file indienne, attendaient patiemment leur tour de monter à bord de l'hélicoptère. Sam leur expliquait le fonctionnement de la machine et Jo, l'organisation médicale. Summer, debout devant une civière qui lui servait de table, leur faisait un cours improvisé sur la sécurité.

— Vous ne voulez pas vous asseoir ? demanda l'une des institutrices. Je m'appelle Kathy. Ma classe, c'est celle qui est près de la voiture de police. Je voulais juste vous dire bravo pour ce que vous faites pour les enfants.

Summer grimaça en repensant à sa réaction première. Cette pauvre femme s'occupait des élèves tous les jours, toute la journée. Et, un jour, les bébés qu'elle portait seraient en âge d'aller à l'école, eux aussi. Kathy serait peut-être leur institutrice.

— Bravo pour ce que vous faites aussi. Pour être tout à fait honnête, je crois que je suis plus à l'aise quand il faut dégager le corps d'un accidenté de la route pour l'emmener aux urgences en hélicoptère.

Au regard que l'institutrice lui jeta, elle comprit qu'elle était peut-être allée un peu loin. Il fallait reconnaître que l'humour des urgentistes était particulier.

D'autres groupes d'enfants se succédèrent, à qui elle donna des consignes de sécurité en espérant qu'ils les retiendraient. Même assise sur une chaise, elle avait mal au dos.

Par chance, l'intervention se termina et les élèves reprirent le chemin de leurs classes.

— L'année prochaine, on envoie Max et Casey, dit Jo d'un air entendu. Je crois que je préfère encore gérer des accidentés de la route.

Summer remonta avec elle à bord de l'hélicoptère qui ne tarda pas à décoller en se demandant où elle serait d'ici un an. Elle aurait deux enfants. Trouver un mode de garde pour un bébé était déjà compliqué. Avec deux, il faudrait qu'elle ait beaucoup de chance.

Elle ne voulait pas s'avouer que vivre avec Alex lui permettrait d'être plus à l'aise sur le plan matériel. Alex disait qu'il voulait être un papa présent. Elle s'efforçait de croire qu'il tiendrait parole.

Un message du coordinateur leur parvint. Summer et Jo râlèrent sur le même ton. Le pilote se mit à rire et changea sa course.

— C'est un accident impliquant trois véhicules sur le pont de l'autoroute 1. Jo, ton vœu a été exaucé.

Lorsqu'ils revinrent à la base, la douleur était devenue lancinante. Summer s'assit sur le premier fauteuil inclinable qu'elle trouva.

— Je n'en peux plus ! Est-ce que tu pourrais m'apporter un verre d'eau, s'il te plaît ? demanda-t-elle à Jo qui se dirigeait vers la cuisine.

Elle ferma les yeux et prit de profondes inspirations, les mains sur son ventre. Quelque chose clochait. Au lieu de diminuer, comme chaque fois qu'elle surélevait les jambes, la douleur dans son dos empirait.

Jo lui mit un verre entre les mains.

— Ça va ?

Summer hocha la tête et plissa les yeux en apercevant un visage familier sur l'écran de la télévision derrière Jo.

— Il faut que j'écoute ça, dit-elle en cherchant à se lever.

— Reste assise, je vais chercher la télécommande, dit Jo avant d'augmenter le son.

« La mère de Summer déclare qu'elle n'a pas vu sa fille depuis que cette dernière a quitté le domicile familial à dix-huit ans. Selon elle, le fait que sa fille ait tourné le dos à sa famille est lié au fait qu'elle ne s'est jamais contentée de ce qu'elle avait. De fait, Summer a purgé une peine de prison pour avoir volé dans plusieurs magasins. »

Summer sentit son sang se glacer et se félicita d'être assise.

— Jo, appelle Alex. Il faut que je le voie.

— T'inquiète, personne n'écoute ce genre de ragots. Et on a tous rêvé d'avoir des choses qu'on ne pouvait pas se permettre. De plus, aucun enfant ne devrait souffrir de la faim.

— Je me fiche de ce que dit cette femme. Pour l'instant, je te demande juste d'appeler Alex et de lui dire que je file à la maternité. Je pense que j'ai perdu les eaux.

Jo blêmit en constatant qu'une flaque d'eau s'était formée entre les jambes de Summer.

— Tu as des contractions ? demanda-t-elle en posant la main sur le ventre de Summer.

— C'est possible. J'ai eu mal au dos toute la journée. Je n'ai pas pensé aux contractions. Je n'en suis qu'à trente semaines, répondit-elle en tentant de maîtriser la panique qui montait en elle.

Jo insista pour qu'ils se rendent à l'hôpital en hélicoptère et alla chercher Sam, laissant Summer avec ses peurs.

Elle aurait dû être plus à l'écoute des signaux de son corps. Elle aurait dû se douter de quelque chose quand son mal de dos avait persisté. Elle aurait dû écouter Alex quand il lui avait suggéré de lever le pied.

Et s'il arrivait quelque chose aux bébés parce qu'elle avait été trop orgueilleuse pour accepter l'aide d'Alex ? Comment vivrait-elle en sachant qu'elle avait fait passer sa fierté avant leur santé ?

Elle jeta un coup d'œil à l'écran de télévision où sa mère venait de déballer sa vie privée. Quoi qu'il arrive désormais, Summer allait prendre soin de ses bébés. Elle allait les protéger et faire en sorte qu'ils aient une vie digne et, si possible, heureuse.

12.

Alex était furieux. La publiciste l'avait appelé pour lui raconter l'interview de la mère de Summer. Comment une femme pouvait-elle parler de sa fille en ces termes ? Il se demandait si l'enfance de Summer n'avait pas été pire que ce qu'elle lui en avait dit.

— Docteur, il y a un appel pour vous, dit l'infirmière responsable.

— Passez-le-moi, dit-il en se rappelant que ce qui se passait dans sa vie privée ne devait pas l'empêcher de rester professionnel.

— Alex, c'est Jo. On amène une patiente à la maternité. Trente semaines de grossesse, rupture prématurée de la poche des eaux.

Jo connaissait la procédure pour les accouchements prématurés : il fallait emmener les femmes à la maternité de Miami, sauf quand l'accouchement semblait imminent. D'ailleurs, on les sollicitait rarement car la plupart des patientes dans ce cas arrivaient à la maternité en voiture ou en ambulance. Pourquoi cette femme était-elle dans l'hélicoptère ? Et pourquoi Jo l'appelait-elle alors que Summer était l'infirmière chef ce jour-là ?

— Jo ? Passe-moi Summer, s'il te plaît.

— Ce n'est pas vraiment le moment, si tu vois ce que je veux dire…

Son sang ne fit qu'un tour.

— C'est elle qui a perdu les eaux ? Quand ?

La rupture prématurée des membranes était rare à trente semaines, et il n'y avait eu aucun signe de travail. Pas qu'il sache, du moins.

— Il y a dix minutes, répondit Jo. Elle a eu une seule contraction, assez légère. Elle dit que les bébés bougent toujours. Elle voulait que j'appelle le Dr Wade et toi. On devrait atterrir d'ici trois minutes.

— Ses signes vitaux ?

Des prématurés de trente semaines avaient un bon taux de survie mais il pouvait toujours y avoir des complications. Surtout lors d'une grossesse gémellaire.

— Ne t'inquiète pas, Alex. Elle va bien, dit Jo.

Quelques minutes plus tard, Summer entra, allongée sur un brancard poussé par Jo et Sam.

— Je leur ai dit que je pouvais marcher mais ils ne m'écoutent pas. J'ai l'impression de parler aux murs.

Le simple son de sa voix calma ses angoisses. Summer était entre de bonnes mains. Ce qui n'avait pas empêché Alex de commencer à se renseigner sur les maternités de Miami possédant les meilleurs services de soins intensifs.

— Je retourne dans mon bureau mais j'ai demandé qu'on vienne me remplacer un moment. Dès que ma remplaçante est là, je reviens.

Il regarda le brancard disparaître derrière les portes de l'ascenseur. Il ne voulait pas ressembler à ces pères angoissés qui se mêlent de tout. Il attendrait que Summer soit dans sa chambre, connectée aux moniteurs, avant de rappeler et de harceler les infirmières.

Une fois dans son bureau, il se rappela les paroles de la publiciste. Il ne fallait pas que Summer voie l'interview de sa mère. Quelles en seraient les conséquences ? Il fallait qu'il la protège. Il sortit son téléphone et composa le numéro de Jo.

— Jo, il ne faut pas que Summer regarde le journal télévisé.

La réponse ne se fit pas attendre.

— Trop tard. Elle a déjà vu l'interview de sa mère. – Quand ?

— Juste avant la rupture des eaux. Elle s'en sort. Elle est plus forte que tu ne crois.

Plus forte ? La publiciste lui avait expliqué que la mère de Summer avait fait des remarques acerbes, comme pour nuire à sa réputation. Il se fichait pas mal de ce que les gens pouvaient penser de Summer ou de lui. Tout ce qui comptait, c'était qu'elle et les bébés aillent bien. Était-ce l'interview qui avait provoqué la rupture des membranes ?

Rien de cela ne serait arrivé s'il n'avait pas été le fils du roi de Soura. Il avait essayé de la protéger mais la situation n'avait fait qu'empirer depuis.

Le premier battement de cœur du bébé A fit perler une larme à ses paupières. Quand les battements de cœur du bébé B parvinrent à leur tour aux oreilles de Summer, la larme se transforma en torrent. Jamais elle n'avait entendu de son plus merveilleux que celui de ces deux cœurs qui battaient ensemble, chacun à son rythme. Elle était parvenue à conserver un calme de façade pour ne pas montrer à Jo ou à Alex à quel point elle avait peur, mais l'émotion était désormais plus forte qu'elle.

Jamais elle ne s'était sentie aussi dépassée. La maternité était l'un des rares services dans lesquels elle n'avait jamais travaillé. Autant une fracture ou une urgence cardiaque ne lui posaient aucun problème, autant elle ignorait presque tout de l'accouchement, à part peut-être comment attraper le bébé, le réanimer si besoin et éviter une hémorragie chez la mère. Ce qu'elle savait, en revanche, c'était que les bébés n'étaient pas censés naître à trente semaines.

— Il faut que vous restiez au calme encore un peu, leur dit-elle doucement en posant la main sur son ventre.

Elle se mit à rire en sentant un petit coup, telle une réponse. Ces enfants étaient forts et vifs. Tout irait bien.

— Voulez-vous que j'allume la télévision ? demanda l'infirmière qui venait d'entrer dans la chambre.

— Non, répondit-elle d'une voix ferme qui les surprit toutes les deux.

Elle ne supportait pas l'idée que d'autres gens entendent ce que sa mère avait dit devant les caméras. Tout le monde allait penser qu'elle était une voleuse invétérée et pourquoi pas, vu la situation actuelle, une croqueuse de diamants.

— Non merci, se reprit-elle. Je ne veux pas regarder la télévision.

Peut-être même ne l'allumerait-elle plus jamais, maintenant qu'elle savait comme il était facile aux journalistes de déformer la réalité.

Elle avait commis un délit et avait été punie pour cela. Ressortir ces vieux dossiers n'avait pour objectif que de faire grimper l'audimat. Pourquoi Debbie Duncan et ses pairs s'intéressaient-ils aux délits mineurs d'une gamine de dix-sept ans ?

Parce qu'elle portait *ses* bébés, évidemment ! Ce qui lui fit penser qu'elle avait oublié de prévenir Alex.

— Est-ce que je peux recevoir des visites ?

— Bien sûr. Le Dr Leonelli a appelé pour prévenir qu'il serait là d'ici cinq minutes, précisa l'infirmière, comme si elle avait lu dans ses pensées.

Une fois l'infirmière partie, Summer essaya de se détendre. Elle avait toujours mal au dos et sentait son ventre se crisper par moments, mais les contractions étaient heureusement légères et espacées.

Elle scruta le moniteur. Elle se souvenait de suffisamment de choses de ses années d'études pour comprendre la signification des différentes lignes ondulant sur l'écran. Puisque personne n'entrait en courant dans sa chambre, c'est qu'il ne se passait rien d'alarmant.

Elle prit une profonde inspiration, comme elle apprenait à ses patientes enceintes à le faire quand elles devaient quitter Key West pour aller accoucher à Miami.

Elle-même n'avait pas suivi de cours de préparation à l'accouchement. Le Dr Wade avait prévu une césarienne, à cause des jumeaux. Mais le travail avait-il commencé ? Et, si oui, pourraient-ils l'arrêter ? Allait-on lui faire une césarienne aujourd'hui ?

Elle n'avait même pas de maxi-cosy. Les berceaux qu'Alex l'avait aidée à choisir étaient toujours dans leur emballage.

Ils allaient être parents mais ils n'étaient pas prêts.

Elle sentit la panique monter en elle quand une nouvelle infirmière entra avec un chariot et deux poches de fluides – une grande et une plus petite. Elle reconnut l'étiquette. Allait-on lui faire une perfusion de sulfate de magnésium pour arrêter le travail ? Ce qui signifiait que le travail avait commencé et qu'il fallait l'arrêter ?

Il était beaucoup trop tôt pour que ces deux petits êtres viennent au monde. Il faudrait sans doute qu'elle reste allongée jusqu'à ce qu'ils soient assez développés pour naître.

Elle jeta un coup d'œil sur l'horloge murale. Que faisait Alex ? Elle avait vraiment besoin de lui.

Et depuis quand avait-elle vraiment besoin de lui ? Depuis qu'il était revenu et s'était immiscé dans tous les domaines de sa vie ? Non, pas sa vie à elle mais celle de leurs bébés. Le simple fait qu'elle ait envie qu'il soit là l'effrayait. Leurs vies étaient trop imbriquées. Elle était en train de devenir dépendante de lui.

Parce qu'elle était amoureuse ? Amoureuse au point d'en oublier pourquoi il valait mieux qu'elle ne lui fasse pas confiance ? D'oublier qu'il risquait de disparaître, comme cela lui était déjà arrivé une fois ? Comme c'était arrivé à son père ?

L'infirmière plaça la perfusion sur son bras au moment où une contraction survenait. Elle essaya de compter les minutes tout en regardant le moniteur.

La porte de la chambre s'ouvrit, et l'homme auquel elle pensait trop souvent entra, suivi du Dr Wade. Elle n'aurait pas su dire qui elle était le plus contente de voir. Et c'était un sacré problème dont il faudrait s'occuper plus tard. Pour l'heure, son médecin avait un air sérieux qui lui fit comprendre que ce qu'elle allait lui dire ne serait pas agréable à entendre.

— Comment ça va ? demanda-t-elle en jetant un coup d'œil à la perfusion qu'installait l'infirmière.

— J'ai eu quelques contractions légères. Un peu comme des

crampes, répondit Summer en essayant de rester positive, quoi que l'infirmière mette dans la perfusion et qui allait bientôt lui donner chaud et la rendre léthargique. Elle se souvenait aussi de cela de ses années d'école d'infirmière.

Elle n'avait pas envie d'être de ce côté du lit. Elle voulait être celle qui prend les décisions, pas celle qui attend qu'on les prenne pour elle.

— Je vais tout faire pour que ces bébés restent dans mon ventre, dit-elle.

— Je sais. C'est de cela que je suis venue parler avec vous, dit le médecin. L'échographiste va arriver, et il faut que je vous examine. Ensuite, nous parlerons de la suite. Il faut absolument que vous preniez des stéroïdes pour les bébés. On va vous faire la première injection.

— La suite, c'est de me transférer dans un autre hôpital ? demanda Summer alors qu'elle savait pertinemment qu'elle ne pourrait pas faire naître de bébés prématurés à Key West.

— Oui, et sans doute assez rapidement. Je veux juste vérifier que le col n'est pas dilaté et que vous pouvez être transportée en toute sécurité. Les contractions ne sont pas régulières, ce qui est bon signe, et le magnésium devrait les ralentir, voire les arrêter tout à fait.

Elle eut du mal à suivre les étapes qui suivirent, notamment à cause du magnésium qui l'étourdissait et lui donnait la nausée. Elle avait la sensation très désagréable d'avoir trop fait la fête la veille.

Alex resta assis à son chevet pendant tout le temps en lui tenant la main pendant l'examen. Il lui releva les cheveux pendant qu'elle vomissait à cause du médicament. Quand le Dr Wade annonça qu'elle pouvait être déplacée en hélicoptère, il organisa son transfert tout en donnant le code de sa maison à Katie pour qu'elle aille y chercher quelques affaires pour Summer et lui.

Il fallait qu'elle dise à Alex que sa mère était passée à la télévision. Il était tellement déterminé à prendre soin d'elle et des bébés dont il ne connaissait l'existence que depuis un mois mais qu'il semblait déjà aimer autant qu'elle. Tout était arrivé si vite !

— Tu n'es pas obligé de m'accompagner à Miami, dit-elle. D'ailleurs, je pourrais très bien y aller par la route. Le Dr Wade dit que le col est à peine dilaté et que les bébés vont bien. Le magnésium fait son effet.

Mais Alex ne l'écouta pas et, moins de deux heures après que la poche des eaux fut rompue, elle se retrouvait dans l'hélicoptère – pour la deuxième fois de l'autre côté, celui des patients. Cela ne l'amusait pas. Elle préférait de loin regarder les moniteurs et le paysage plutôt que le plafond de l'hélicoptère. Par chance pour tout le monde, elle s'endormit au bruit des rotors.

13.

Dès qu'ils allumèrent la télévision pour regarder la remise des Oscars, Alex comprit que ce n'était pas une bonne idée.

Il essayait de protéger Summer du battage médiatique dont ils avaient soudain fait l'objet. Différents journalistes l'avaient approché pour lui poser des questions sur son lien avec le royaume de Soura. Par chance, Summer était à l'abri dans l'enceinte de l'hôpital, dont l'entrée était interdite à tout représentant des médias. Cela lui avait grandement facilité la vie toute la semaine.

Il la rejoignait à Miami un jour sur deux. Les soirs où il ne pouvait pas aller la voir lui pesaient. Il préférait de loin dormir dans un fauteuil dans la chambre de Summer, en écoutant le cœur des bébés en fond sonore que rentrer dans sa maison vide et silencieuse. Comment sa vie avait-elle pu changer à ce point ?

Celle de Summer aussi avait changé. Il comprenait sa réticence à être sous les projecteurs. Loin de s'amenuiser, l'intérêt des médias avait augmenté quand avait circulé la nouvelle que Summer était partie à la maternité. Le public semblait se passionner pour tout ce qu'il leur arrivait.

Son frère l'avait appelé pour l'informer que des vidéos d'Alex, réalisées au fil des ans, étaient diffusées sur différentes chaînes de télévision de Soura. Et il lui avait demandé de parler avec leur père.

Il avait l'impression de se trouver sur un train lancé à toute vitesse sur une voie de garage, sans moyen d'éviter la collision imminente.

— Regarde ! C'est ta mère ! s'écria Summer en pointant du doigt l'écran de télévision.

Le moniteur enregistra aussitôt le sursaut des bébés.

— Désolés, mes chéris, dit-elle en caressant son ventre.

Sur le moniteur, le tracé redevint plat.

— Elle m'a envoyé une photo de la robe qu'elle allait porter pour la cérémonie. Monte le son, le présentateur est sur le point de l'interviewer, ajouta-t-elle en battant des mains. Je dois avouer que la cérémonie des Oscars est bien plus intéressante quand on connaît l'un des nominés !

« Vous êtes très en beauté, ce soir, Melanie, dit le présentateur. Nous sommes ravis que vous ayez pu participer à cette cérémonie. »

L'homme en costume trois pièces avait un air guindé – à moins que le col de sa chemise ne fût trop serré.

« Vous savez, John, que je ne manque jamais une occasion de soutenir mes pairs », répondit Melanie avant de saluer une autre actrice de la main.

« Nous savons que vous êtes très occupée en ce moment. Vous venez de terminer un tournage, et il semble que la compagne de votre fils soit à la maternité. Vous devez être fière d'eux, après ce qu'ils ont fait. On les a vus sauver un garçon de la noyade, dans une vidéo qui a fait le tour du monde. »

— On peut éteindre, proposa Alex en voyant que l'excitation de Summer s'était soudain ternie.

« Je suis toujours fière d'Alex et de Summer. Ce sont des urgentistes très dévoués qui sauvent des gens tous les jours », commenta Melanie en souriant à son interlocuteur, avant de s'éloigner.

— Je ne suis pas sûre qu'il la lâche aussi facilement. On dirait une fouine, dit Summer. Cela dit, ta mère a la carrure pour affronter ce genre d'animal.

De fait, la fouine semblait avoir oublié la présence des autres célébrités qui arrivaient et préféra suivre Melanie sur le tapis rouge en brandissant son micro.

« Des rumeurs circulent sur le fait que votre fils serait lié à la famille royale de Soura. Il semble que vous-même fréquentiez les membres de cette famille royale avant de venir vous installer aux États-Unis. Que pouvez-vous nous dire au sujet de ces rumeurs ? »

« Que ce sont des rumeurs, justement. Les rumeurs vont et viennent. C'est d'ailleurs ce qui vous fait vivre, n'est-ce pas ? »

Elle leva tranquillement sa main couverte d'or et de pierres précieuses et salua une connaissance avec le sourire charmant qui l'avait rendue célèbre, avant de continuer à avancer sur le tapis rouge.

La caméra la suivit jusqu'à ce qu'elle entre dans le théâtre. Summer et Alex poussèrent un gros soupir.

— Ça aurait pu être pire, dit Summer.

— Regarde, ce n'est pas fini, ajouta-t-il en voyant une photo d'eux sur l'écran, suivie d'un cliché de Summer sur la plage, pris quelques jours avant son départ pour la maternité.

— D'où ça sort ? Quel intérêt de me prendre en photo, marchant sur la plage ?

Alex sentit la colère monter en lui. La plage avait toujours été un havre de paix pour Summer, l'endroit où elle venait se ressourcer.

Jusque-là, il était resté courtois. Il avait accordé l'interview qu'on lui avait demandé de donner. Il avait ignoré le journaliste qui avait essayé de salir la réputation de Summer au lieu de le poursuivre. Mais il n'avait pas été capable de protéger Summer d'un harceleur.

— Pourquoi moi, Alex ? Je ne suis personne, même si certains essaient de me faire passer pour une croqueuse de diamants. Qu'est-ce qui les intéresse dans ma vie ?

Il n'était pas nécessaire qu'il lui rappelle que tout cela avait eu lieu à cause de lui. Elle le savait aussi bien que lui. Il prit la télécommande.

— Ils finiront par se lasser, dit-il avant d'éteindre.

Mais il n'en était plus certain, quoi qu'en dise la publiciste.

— On ne peut pas passer sa vie à se cacher. Tout ça, dit Summer en levant les mains vers la télévision, ce n'est pas notre vie. Je n'ai pas l'intention que les enfants grandissent en se cachant.

Cela signifiait-il qu'elle ne laisserait pas les enfants grandir auprès de lui ? Pouvait-il lui reprocher d'être préoccupée qu'on l'ait prise en photo à son insu ? Ce n'était pas sa vie à elle mais c'était celle qu'il avait vécue, plus jeune. Et dont il avait espéré se protéger en venant s'installer à Key West.

— Qu'est-ce qu'ils veulent, Alex ? demanda-t-elle en le regardant droit dans les yeux, comme s'il détenait une réponse capable de nettoyer toute cette saleté.

Peut-être l'avait-il, cette réponse. Peut-être était-il temps de donner au public ce qu'il attendait.

Summer se sentait prête. L'équipe médicale était parvenue à retarder le travail de trois semaines. Chaque semaine supplémentaire que les bébés passaient dans son ventre augmentait le risque de complications mais également le risque d'infection des membranes déchirées. Elle avait suivi un traitement antibiotique mais les médecins estimaient qu'elle devait accoucher.

Summer regrettait que les bébés soient envoyés, dès leur naissance, dans le service de soins intensifs où l'on vérifierait qu'ils n'aient pas de problèmes respiratoires et où l'on veillerait à ce que leurs corps se maintiennent à une température constante. Ce n'était pas ce qu'elle avait imaginé mais elle comprenait que les médecins prennent toutes les précautions. L'essentiel était que les bébés soient en bonne santé.

Alex demeura à ses côtés quand on la couvrit du champ opératoire et qu'on commença l'opération. La pièce était extrêmement silencieuse, en dépit de la présence de deux équipes des soins intensifs de néonatalité. Elle sentit un tiraillement dans son ventre et serra la main d'Alex.

— Vous avez mal ? demanda l'anesthésiste.

Elle secoua la tête et tourna la tête vers Alex qui souriait. Un cri rompit le silence du bloc, et le médecin souleva l'un des bébés au-dessus du champ, pour le lui montrer.

— Voici la première, dit-il, avant de le tendre à l'une des infirmières en soins intensifs.

Quelques minutes plus tard, il souleva l'autre jumeau.

— Et voici le second.

— Ils sont magnifiques, s'exclama Summer.

Alex tendait le cou pour voir les infirmières et les bébés.

— Vas-y, dit-elle. Va avec eux.

Il se tourna vers elle, l'embrassa.

— Je t'aime, dit-il, avant de suivre les infirmières.

Elle le regarda s'éloigner. Puis ses paroles se mirent à résonner dans son esprit.

« Je t'aime » ?

Cela lui avait sans doute échappé, dans le feu de l'action. C'était normal que les émotions remontent, après la journée qu'ils venaient de vivre.

Cela n'avait rien à voir avec la réalité de leur relation et ne signifiait pas qu'il était amoureux d'elle. Dommage, car rien ne l'aurait rendue plus heureuse.

Alex se tenait debout, derrière le fauteuil roulant qu'il utilisait pour emmener Summer dans le service des soins intensifs de néonatologie. Tandis que leur fille s'époumonait si fort qu'il était difficile de l'ignorer, leur fils dormait tranquillement dans sa couveuse.

— Une vraie princesse, dit Summer.

— C'en est une, en effet, fit remarquer Alex.

Elle ne parlait pas tant de titre que d'attitude. Cela dit, elle n'en revenait pas que ses enfants aient pour père un prince et pour grand-père un roi.

— Il faut que tu y ailles, non ? dit-elle en jetant un coup d'œil à l'horloge murale.

— Ils peuvent bien attendre cinq minutes.

— Tout va bien se passer, dit Summer sur un ton qui se voulait rassurant.

Alex resserra sa cravate et lissa les pans de son costume.

— J'espère que cela ne va pas empirer la situation, dit-il.

Christos posa la main sur son épaule.

— Penses-tu que c'est une erreur ? demanda-t-il. Tu sais, quand ta mère et moi avons décidé de garder ta naissance secrète, j'ai su que c'était une erreur. À l'époque, vu les difficultés que traversait le pays, c'était la chose la plus censée à faire. Mais je peux t'assurer que j'ai rêvé toute ma vie du moment que nous allons vivre aujourd'hui.

Alex se redressa.

— Alors allons-y.

— Où est ta mère ? Il faut qu'elle soit à tes côtés. Nous allons montrer à ces imbéciles que nous sommes forts et unis.

— Ce n'est pas une déclaration de guerre, Votre Majesté, fit remarquer Summer.

Alex eut l'impression qu'elle se retenait de rire.

— Tu as raison, dit Christos. Finissons-en. J'ai envie de voir mes petits-enfants avant de rentrer à Soura.

Summer ouvrit la bouche pour intervenir.

— Ils n'acceptent pas les…

Alex lui coupa la parole.

— On va se débrouiller, dit-il.

Summer avait beaucoup à apprendre si elle pensait que quelque chose d'aussi trivial qu'un protocole hospitalier pouvait empêcher le roi de Soura de voir ses petits-enfants.

Alex ne fut pas surpris de voir sa mère occuper les journalistes qui avaient été invités à la conférence de presse. On les avait autorisés à se réunir dans la salle de conférences de l'hôpital séparée du bâtiment principal, où les journalistes étaient interdits de séjour.

Dès que son père et lui entrèrent dans la salle, les flashs se mirent à crépiter. Il avait décidé de prendre lui-même la parole et de répondre aux questions dans l'espoir que les journalistes en aient pour leur argent et finissent par les laisser tranquilles.

Quoi qu'il arrive, il savait qu'il avait le soutien de ses

parents, qui l'encadraient. Toute sa vie il avait rêvé de ce moment où l'on reconnaîtrait enfin qui il était – non pas le prince de Soura ou le fils d'un roi et d'une star de cinéma, cela lui importait peu. Il avait besoin que soit enfin reconnu le fait qu'il était le fils de Christos et de Melanie. Peu lui importait la manière dont les médias traiteraient cette information. Il espérait simplement que, une fois qu'il aurait fait son annonce, Summer, leurs enfants et lui n'auraient plus aucune raison de cacher qui ils étaient.

Il salua les journalistes, et le crépitement des flashs se tarit peu à peu.

— Aujourd'hui est un jour spécial pour ma compagne et moi, puisque c'est le jour de la naissance de notre fille et de notre fils.

Il attendit que les applaudissements cessent pour reprendre.

— Il nous incombe de donner à ces deux petits êtres la meilleure vie possible. C'est pourquoi…

Il s'interrompit et jeta un coup d'œil à sa droite et à sa gauche. Il était important que les gens voient que ses parents et lui étaient soudés. Et que l'entente et l'harmonie régnaient entre eux.

— C'est pourquoi ce jour nous a paru être aussi le jour idéal pour annoncer une nouvelle. Vous savez déjà que je suis le fils de l'une des actrices les plus talentueuses du cinéma mondial…

Il marqua une autre pause et attendit patiemment que le silence retombe dans la salle avant de poursuivre. Il eut l'impression que tous retenaient leur souffle, de peur de manquer la suite, comme si leur vie en dépendait. Il ne comprendrait jamais ce qui motivait ces personnes.

— Je suis fier de vous annoncer que je suis également le fils de Son Altesse royale, le roi Christos Konstantinos de Rothinburg.

Il prit une profonde inspiration et expira. Voilà. C'était fait. Le secret de sa naissance était dévoilé. Ces gens n'avaient plus de raisons de harceler sa famille. Du moins l'espérait-il.

Il voyait sa mère s'adresser aux médias depuis des années

et avait remarqué qu'elle faisait toujours en sorte de les avoir de son côté. Ainsi, c'était elle qui avait le contrôle sur ce qu'ils diffusaient à son sujet. Il espérait obtenir le même résultat.

Ils ignorèrent le tourbillon de questions qui jaillirent du parterre de journalistes et attendirent qu'ils se calment pour qu'Alex puisse continuer.

— Tout a commencé quand Summer et moi avons eu la chance d'être au bon endroit au bon moment et de pouvoir mettre nos compétences d'urgentistes au service d'un garçon à qui nous souhaitons d'avoir une vie riche et longue. Même si le battage médiatique qui s'en est suivi a bouleversé notre vie, nous ne regrettons pas d'être intervenus et le referions si l'occasion se représentait. Car sauver des vies est notre métier. C'est devenu une seconde nature. Nous travaillons tous les jours dans l'espoir que notre communauté, qui est désormais l'endroit où nos enfants grandiront, soit un endroit sûr. À aucun moment Summer et moi n'avons souhaité que nos vies soient exposées comme elles l'ont été. À aucun moment nous n'avons demandé à devenir la cible de journalistes peu scrupuleux désireux de raconter des histoires qui n'ont que peu de rapport avec la réalité.

Il scruta l'assistance en se demandant si ces professionnels avaient conscience d'outrepasser les limites quand leur travail risquait de faire voler la vie des autres en éclats. Il l'espérait. Certains journalistes avaient une éthique.

— Mes parents prendront la parole dans quelques instants, et je suis persuadé qu'ils ont des choses bien plus intéressantes à dire que moi. Je suis médecin, Summer est infirmière. Notre mission est d'aider les autres. Laissez-nous faire notre travail.

Il salua l'assistance d'un signe de tête et s'apprêtait à se lever quand une question lui parvint plus distinctement que les autres.

— Devons-nous nous attendre à un mariage royal d'ici peu ?

Alex se tourna vers l'auteur de la question et sourit. Enfin une question à laquelle il était content de répondre !

— Mon vœu le plus cher est d'épouser la femme de ma

vie, qui est aussi la mère de mes enfants. Malheureusement, toutes les femmes ne rêvent pas de se marier avec un prince, alors j'ai encore du pain sur la planche.

Des rires fusèrent dans l'assemblée. Il en profita pour se lever. Il avait dit ce qu'il avait à dire. Christos et Melanie allaient prendre la relève. Il était plus facile de dissuader les médias d'aller trop loin quand on avait du pouvoir. La récréation était terminée. Les attaques des médias devaient cesser.

Summer et Jo fixaient l'écran de la télévision, bouche bée. Summer avait annoncé à Alex qu'elle comptait informer son amie de la situation avant la conférence de presse. Elle avait l'impression de lui avoir caché la vérité depuis trop longtemps déjà et préférait qu'elle l'apprenne de sa bouche plutôt qu'au journal télévisé.

— C'est incroyable ! s'exclama Jo. Et tellement romantique !

Summer demeura immobile, incapable d'entendre la suite de la conférence de presse. La déclaration finale d'Alex la laissait sans voix. Était-il sincère ? Avait-il vraiment l'intention de l'épouser et, si oui, pour quelles raisons ? Parce qu'il l'aimait ou pour que ses enfants aient un père officiel ?

Il n'était pas nécessaire qu'ils se marient pour qu'Alex soit présent dans la vie de ses enfants. Depuis la rupture prématurée de la poche des eaux, ils prenaient déjà ensemble chacune des décisions concernant leurs enfants.

Mais il l'avait appelée la« femme de [sa] vie ». Devant des dizaines de journalistes et des millions de téléspectateurs.

— Je vais voir les jumeaux, dit Jo.

Au même moment, la porte de la chambre s'ouvrit.

— Ce n'est toujours pas terminé ? demanda Alex en voyant ses parents à l'écran.

Comment pouvait-il être aussi calme après une telle annonce ?

— Tu sais, si je ne veux pas qu'on se marie, ce n'est pas parce que tu es un prince. La personne que tu es aujourd'hui n'est pas définie seulement par ses origines, dit-elle.

Il hocha la tête.

— Tu as raison. La personne que tu es aujourd'hui n'est pas définie seulement par ses origines, répéta-t-il en la regardant d'un air entendu.

— Mais les autres…, tenta-t-elle.

Il s'assit à côté d'elle et prit sa main dans les siennes.

— Je viens de déclarer au monde entier que je me fichais de ce que pensaient les autres. Je t'aime et j'ai envie de me marier avec toi. Si ce n'est pas maintenant, ce sera l'année prochaine. Ou dans six ans. Peu importe quand. En attendant, je serai là pour prendre soin de toi et de nos enfants, quoi qu'il arrive.

Les paroles d'Alex lui coupèrent le souffle. Elles reflétaient exactement ce qu'elle éprouvait pour lui mais qu'elle n'avait jamais avoué. Elle connaissait si peu de choses de l'amour qu'elle ne savait pas comment le décrire.

Soudain une partie d'elle, qu'elle avait enfouie au plus profond de son cœur pour la protéger le jour où elle avait compris que son père ne reviendrait plus jamais, s'ouvrit et laissa s'exprimer une joie intense et un soulagement qu'elle n'avait jamais éprouvés. Si Alex et elle avaient l'un pour l'autre les mêmes sentiments profonds et sincères, cela signifiait qu'ils pouvaient se faire confiance.

— Oui, dit-elle.

— Oui quoi ? Oui, je veux bien t'épouser ? demanda Alex.

— Oui, je veux t'épouser parce que je t'aime, avec toutes tes facettes. J'aime le médecin qui risque sa vie pour sauver celle d'un autre. J'aime l'amant qui me serre dans ses bras quand nous faisons l'amour. J'aime le père avec qui je rêve de l'avenir de nos enfants. J'aime le prince qui fait tout pour que mes rêves se réalisent. Je veux vivre avec toi, travailler avec toi et élever nos enfants avec toi. Car tu n'es pas seulement un médecin, un amant, un père et un prince.

— Ah bon ? Et qu'est-ce que je suis encore ?

— Tu es l'homme que j'aime.

Épilogue

Le son de ses talons sur le sol de marbre emplit le hall désert. Elle tenait sa robe faite de kilomètres de soie et de dentelle blanche et ne pouvait pas avancer plus vite sans trébucher. Elle ne tenait pas à arriver à son mariage dans une robe déchirée, vu le mal que Melanie et Christos s'étaient donné pour l'organiser.

Elle jeta un coup d'œil à la coupole ornée d'arabesques dorées. Était-ce de l'or véritable ? Cela ne l'aurait pas surprise. Elle eut une pensée pour la vieille caravane rouillée et pour la tache d'humidité au-dessus de son lit.

Elle n'avait pas envie de se pincer, de peur de se réveiller et de se rendre compte que tout cela n'était qu'un rêve.

Mais ce n'était pas un rêve. C'était sa nouvelle réalité, pour le meilleur et pour le pire.

Elle finit par trouver la porte qu'elle cherchait et entrer dans une salle où se relayaient les nounous. Le père d'Alex avait insisté pour qu'il y ait aussi une infirmière chef, même si Alex et elle l'avaient rassuré sur le fait que ses petits-enfants étaient en pleine forme et n'avaient pas besoin d'une infirmière. Ils avaient déjà trois mois et n'avaient présenté aucune complication liée à leur naissance prématurée.

— Est-ce que je peux vous aider ? demanda l'infirmière.

Les femmes la regardaient comme si elle avait perdu la tête. Elle était censée se trouver au rez-de-chaussée, dans la grande salle de bal, pour épouser leur nouveau prince.

— J'ai juste envie de les voir deux minutes, dit-elle en se dirigeant vers les deux berceaux.

Les bébés portaient tous deux des vêtements blancs et or,

aux couleurs de la maison de Soura. On aurait dit deux anges. Ou plus exactement un prince et une princesse.

— J'étais sûr de vous trouver là.

La voix du roi Christos retentit dans la salle.

Elle fit la révérence comme les autres sujets mais se sentit ridicule et gênée. L'étiquette n'allait pas de soi, même après des heures d'entraînement et de conseils dispensés par sa future belle-mère.

— Je suis désolée. Je ne voulais pas vous ennuyer, dit-elle quand le roi la prit par le bras pour l'accompagner.

Craignait-il qu'elle s'échappe ?

— C'est un gros changement pour moi. Je me demande parfois comment tout cela est arrivé dans ma vie.

— C'est simple, dit Christos. Vous êtes tombée amoureuse de mon fils. Voilà comment.

Il lui tapota la main.

— Vous êtes prête ? demanda-t-il une fois qu'ils arrivèrent devant la porte de la salle de bal dans laquelle l'attendait Alex.

— Oui.

Les portes s'ouvrirent, et les convives qui s'étaient réunis pour célébrer le mariage du prince Alexandro se levèrent.

— Je suis prête.

Les portes donnant sur le balcon s'écartèrent. Alex, son fils Jacob Alexander Leonelli dans les bras, et Summer portant leur fille Margaret Marie Leonelli sortirent et furent accueillis par une foule en liesse, alors que le roi Christos les présentait à ses sujets.

Si on lui avait dit, un an auparavant, ce qui allait se passer, jamais il ne l'aurait cru. Cette cérémonie en grande pompe était une belle revanche sur la vie qu'il avait menée, caché dans l'ombre de son père et de son frère. Il n'avait plus à prétendre être un ami du prince Nicholas. Ils pouvaient désormais être les frères qu'ils étaient dans l'intimité.

Finis les secrets entre lui et le reste du monde. Ses amis

avaient pris la nouvelle avec joie. Ils ne lui en voulaient pas de leur avoir caché son identité pendant toutes ces années et se réjouissaient simplement qu'il soit encore plus heureux qu'auparavant.

— Je n'ai qu'un désir en ce monde, dit-il à Summer qui saluait la foule à ses côtés.

— Quel est-il, mon prince ? demanda-t-elle en lui souriant.

— Je souhaite vivre le restant de mes jours avec toi et avec nos enfants.

Il se pencha et l'embrassa sur la bouche.

— Très bien, Votre Altesse, dit Summer. Chacun sait que le destin d'un prince et d'une princesse est de vivre heureux et avoir beaucoup d'enfants.

BLANCHE

HARLEQUIN

Retrouvez prochainement, dans votre collection

BLANCHE

Le secret d'un ambulancier, d'Alison Roberts - N°1666

SÉRIE : PÈRE ET FILS - 1/2

Le premier jour de Brianna en tant qu'ambulancière urgentiste est chargé d'émotion. Non seulement elle intervient sur une situation dangereuse, mais surtout elle doit faire équipe avec un homme qu'elle pensait ne jamais revoir. Quel choc de retrouver Jonathan Morgan ! Bien qu'elle ne l'ait pas croisé en sept ans, jamais Brianna n'a oublié le sourire de Jonathan – le même que celui de leur enfant…

L'espoir du Dr Morgan, d'Alison Roberts

SÉRIE : PÈRE ET FILS - 2/2

Chirurgien pédiatrique, le Dr Anthony Morgan répare le cœur de ses petits patients, sans avoir jamais été capable de panser ses propres blessures. Fâché avec son fils, Jonathan, depuis de nombreuses années, il nourrit le secret espoir d'une réconciliation familiale. Un rêve que l'infirmière Elsie pourrait l'aider à réaliser, en lui présentant le petit-fils qu'ils ont en commun !

Retrouvailles à Brasilia, de Luana DaRosa - N°1667

Diagnosticienne de renommée mondiale, Yara est de retour à Brasilia, pour apporter son expertise sur un cas difficile. Alors qu'elle voudrait ignorer le passé, son cœur s'emballe au contact de Salvador Martins. Son amour de jeunesse est devenu un brillant médecin et un parent attentif à l'éducation de son neveu. L'homme idéal en somme, à ceci près que Yara n'a pas de temps à consacrer à l'amour…

Ce bonheur à t'offrir, de Janice Lynn

Infirmier passionné, Tristan enchaîne les missions intérimaires. C'est un choix de sa part : l'aventure sans attaches lui convient parfaitement. Jusqu'au jour où, à l'occasion d'un remplacement à l'hôpital de Chattanooga, il rencontre Jenny. Sa douce collègue, maman d'un adorable petit garçon, le fait soudain douter de son mode de vie. Et si le bonheur était là, sous ses yeux, auprès de Jenny ?

Leur mission : sauver des vies.
Leur destin : trouver l'amour.

BLANCHE

Le souhait d'une infirmière, de Carol Marinelli - N°1668

Infirmière dans un hôpital de Londres, Libby rêve d'une vie calme… et d'un bébé. Mais sa rencontre avec Alistair Lloyd vient bouleverser ses plans. Secouriste de métier, il n'a rien d'autre à lui offrir qu'une liaison torride. Une relation passionnée à laquelle elle ne réussit pas à mettre un terme, hélas ! Comment renoncer à celui qui la fait vibrer quand elle espère en secret qu'il puisse changer pour elle ?

Le bébé de Dolphin Island, de Marion Lennox

Le Dr Ben Duncan lui propose un poste de médecin sur Dolphin Island ? Anya n'en revient pas de cette aubaine. Situé au large de la Grande Barrière de corail, ce paradis est le cadre idéal pour un nouveau départ. Et puis, l'idée de travailler au côté de Ben n'est pas pour lui déplaire. Seulement voilà, quand la passion s'invite dans leur relation professionnelle, Anya se prend à rêver que l'idylle se transforme en histoire d'amour…

Rencontre en Méditerranée, de Connie Cox - N°1669

La mer, les voyages et une vie sans attaches : voilà les raisons pour lesquelles Annelise a choisi d'exercer son métier de médecin sur un bateau de croisière. Car la chose à laquelle elle tient le plus au monde, c'est son indépendance, qu'elle soit professionnelle ou sentimentale. Sauf que le jour où, pendant une mission, elle rencontre le beau Nikos Christopoulos, Annelise sent sa vie basculer. À l'encontre de tous ses principes, elle est tombée amoureuse…

Sous le charme du Dr St Claire, d'Emily Forbes

Caspar St Claire, le célèbre médecin, veut l'interviewer dans le cadre du reportage qu'il tourne actuellement dans l'hôpital où elle travaille ? Annie est désemparée : il est hors de question qu'elle accède à sa demande, elle qui, venue à Blue Lake pour changer de vie, apprécie plus que tout l'anonymat que lui offre cette grande ville. Pourtant, Caspar est si attentionné envers elle que bientôt elle sent sa résolution faiblir…

HARLEQUIN

Leur mission : sauver des vies.
Leur destin : trouver l'amour.

HARLEQUIN
www.harlequin.fr

BLANCHE

Deux enfants pour un médecin, de Dianne Drake - N°1670

Chirurgien dans l'armée, Matt McClain est un homme de terrain, sans la moindre attache. Aussi tombe-t-il des nues lorsqu'il devient soudain responsable de deux enfants. À peine est-il nommé tuteur de son neveu orphelin que la belle Ellie lui annonce qu'elle est enceinte de lui, après leur éphémère liaison... Toujours en déplacement, comment pourrait-il offrir un foyer digne de ce nom à ces êtres innocents ? Décidé malgré tout à assumer cette famille inattendue, Matt espère compter sur l'aide d'Ellie...

La fiancée retrouvée, de Louisa George

Quand elle reçoit l'expert chargé d'examiner le centre médical qu'elle a ouvert dans la petite ville où elle a grandi, Mim sent le sol se dérober sous ses pieds. Car cet expert n'est autre que Connor Wiseman, avec qui elle a brutalement rompu ses fiançailles quelques années plus tôt. Et, s'il y a bien une chose dont elle est sûre, c'est qu'aujourd'hui Connor ne lui fera aucun cadeau, malgré l'attirance qu'ils éprouvent encore l'un pour l'autre...

HARLEQUIN

Leur mission : sauver des vies.
Leur destin : trouver l'amour.

HARLEQUIN
www.harlequin.fr